Lautlos wie dein Verschwinden

Monika Lüthi

MONIKA LÜTHI

LAUTLOS WIE DEIN VERSCHWINDEN

Impressum

Lautlos wie dein Verschwinden
2. Auflage, September 2021

c/o autorenglück.de
Franz-Mehring-Str. 15
01237 Dresden

Lektorat: Astrid Töpfner www.astrid-topfner.com
Korrektorat: Claudia Heinen www.sks-heinen.de
Covergestaltung: Christin Giessel www.giessel-design.de
Buchsatz: Monika Lüthi www.monika-luethi.com
Herstellung: Bookpress.eu, Lubelska, 37c, 10-408 Olsztyn, Polen
Bestellung und Vertrieb: Nova MD GmbH, 83377 Vachendorf

Bibliografische Information der Deutschen Nationalbibliothek: Die Deutsche Nationalbibliothek verzeichnet diese Publikation in der deutschen Nationalbibliographie, detaillierte bibliografische Angaben sind im Internet über dnb.dnb.de abrufbar.

ISBN: 978-3-96966-787-3

Prolog

Jetzt

Sie sollte nicht hier stehen, hier vor diesem Haus mit dem riesigen Garten. Im Licht der Eingangslampe kann sie jeder sehen, der an ihr vorbeiläuft. Trotzdem geht sie nicht weiter. Wachsam betrachtet sie die Umgebung. Sogar in der Nacht erkennt man, wie viel Zeit und Mühe in dieses Haus gesteckt wurden. Alles ist mit viel Liebe hergerichtet. Die Blumentöpfe neben dem Eingang. Der gepflasterte Gehweg. Die Babyschaukel am Ast der Eiche. Am Gartenzaun hängt eine Geburtstafel, ein Storch mit einem rosaroten Bündel im Schnabel. Leonie, 19. April, steht in Großbuchstaben darunter. Das weiß sie, weil sie nicht das erste Mal hier ist und heute wird auch nicht das letzte Mal sein.

Sie streicht mit den Fingern über das Holz. Es fühlt sich rau an. Da kippt der Storch zur Seite. Wie ein Pendel schwingt er hin und her, bis er zum Stillstand kommt. Ihr Blick schweift vom Zaun zur Eingangstür, dann zum hell erleuchteten Panoramafenster, das sein Licht bis weit in den Garten wirft. Man sieht direkt zum Esstisch, wo Leonie in der Babyschale liegt und mit den Beinchen strampelt. Beim Anblick der Kleinen durchflutet sie eine Welle der Zufriedenheit und ihr rechter Mundwinkel zuckt kaum merklich nach oben. Ein Haus mit Garten, eine Geburtstafel und ein Baby. Bald wird sie all das auch haben.

Kapitel 1

Jetzt

Etwas stimmt nicht, aber ich kann nicht genau ausmachen was. Langsam lasse ich den Blick durch unseren Garten schweifen, den Griff des Kinderwagens fest umklammert. Die Babyschaukel unter der Eiche schwingt in der Brise hin und her. Das Quietschen des Scharniers übertönt das Rascheln der davonfliegenden Blätter. Ich begutachte die Blumentöpfe neben dem Eingang, dann die Fensterläden, entdecke aber nichts Auffälliges. Mechanisch schiebe ich den Kinderwagen vor und zurück. Leonie ist dick eingepackt in eine Wolldecke und schläft, wie so oft in den letzten Tagen. Ein Flaum weißblonder Haare blitzt unter der Mütze hervor. Vorsichtig berühre ich ihren Nacken, um zu überprüfen, ob sie schwitzt. Alles in Ordnung. Ich schaue hinüber in den Nachbarsgarten, ohne zu wissen, wonach ich suche. Bälle, Schaufeln und Sandkastenformen liegen kreuz und quer verteilt im verdorrten Gras. Das Bein eines Plastikstuhls steckt in einem Beet voller Margeriten, die ihre braunen Köpfe hängen lassen. Ich schüttle den Kopf. Da ist nichts.

Bestimmt kommt das flaue Gefühl in meinem Magen von der Sechsmonatskontrolle. Dieses Mal war es besonders schlimm. Weil die Arzthelferin krank war, musste ich Dr. Brunner bei der Blutabnahme assistieren. Mit schweißnassen Händen hielt ich Leonies Kopf fest, während er sich an der Vene direkt unter dem Haaransatz zu schaffen machte. Ein Stich, und Leonies fröhliches Geplapper verwandelte sich sekundenschnell in ein gellendes Schreien. Mein Magen krampfte sich zusammen und meine Finger zitterten. Leonies Gesicht verschwamm vor meinen Augen. Peinlich. Eine 29-Jährige brach in Tränen aus, nur weil ihrer Tochter Blut abgenommen wurde. Ein Stück des Pflasters, das Dr. Brunner ihr danach auf die Stirn geklebt hat, schaut unter der Mütze hervor. Ich reiße mich von Leonie los, betrachte ein letztes Mal die Umgebung und versichere mir noch einmal, dass da nichts ist. Dann schiebe ich den Kinderwagen auf dem gepflasterten Gehweg ins Haus.

Die Luft drinnen ist wärmer als die draußen. Vorsichtshalber schließe ich die Tür ab und hänge den Schlüssel ans Brett. Man kann nie wissen. Durch die Fensterfront im Wohnzimmer dringen die letzten Sonnenstrahlen des Tages. Staubkörnchen tanzen in den Lichtkegeln umher. Ich schiebe die Decke zum Fußende und lege Leonies Teddybär in die Ablage unter dem Wagen. Nicht, dass sich Leonie diesen im Schlaf aufs Gesicht zieht und keine Luft mehr bekommt. Das Gesundheitsheft schaut vorwitzig aus der Wickeltasche. Ich greife danach und blättere zum letzten Eintrag. Während ich im Wohnzimmer auf und ab wandere und die Wachstumskurve betrachte, rebelliert mein Magen wieder. Man erkennt auf den ersten Blick, dass Leonies Gewicht von der Kurve abweicht. Nach unten. Schlagwörter aus dem dicken Ratgeber für

Kindererziehung wirbeln wild durch meinen Kopf. Mangelndes Gedeihen. Wachstumsverzögerung. Entwicklungsstörung. Mein Atem geht schneller, unregelmäßiger.

»Was stimmt nicht mit ihr?«, fragte ich Dr. Brunner mit zittriger Stimme.

»Es ist alles in bester Ordnung«, beteuerte er und lächelte. Leonie sei zwar kleiner und leichter als die meisten Babys in ihrem Alter, aber sie wachse und das sei die Hauptsache. So richtig überzeugt hatte er mich nicht. Warum schreit sie dann so oft? Warum trinkt sie alle zwei Stunden an der Brust und scheint trotzdem nicht satt zu werden?

Ich sehe Dr. Brunner vor mir mit den grauen Haaren an den Schläfen und den Brillengläsern, hinter denen seine Augen wie winzige Knöpfe wirkten. Er war schon Kinderarzt, als ich noch zur Schule ging, und musste wissen, wovon er sprach. Es ist alles in Ordnung, wiederhole ich wie ein Mantra immer wieder. Wenn ich es doch nur glauben könnte. Ich klappe das Heft zu und lasse mich auf das Sofa fallen. Nun, da ich mich nicht mehr bewege, werden zuerst meine Füße und dann der Rest meines Körpers immer träger. Ich lehne den Kopf an das Polster und schließe die Augen. Nur kurz, dann werde ich das Abendessen vorbereiten.

Ich liege mit geschlossenen Augen da und lausche dem Herzschlag, der mich umgibt wie das Wasser meinen Körper. Babumm. Babumm. Babumm. Das Geräusch beruhigt mich. Ich strecke Arme und Beine aus und versinke tiefer in dieser wohligen Wärme, lasse mich vom regelmäßigen Rhythmus in den Bann ziehen. Es ist fast, als würde ich schweben. Dann, von einem Moment auf den anderen, ist der Herzschlag weg. Stille nimmt den Raum ein. Ich hole Luft und schreie aus Leibeskräften. Wasser dringt in meinen Mund und erstickt meine Stimme.

Ich wache auf, so plötzlich, dass ich nicht weiß, wo ich bin. Alles ist verschwommen, als hätte ich versehentlich Marcs Lesebrille aufgesetzt. Ich blinzle ein paar Mal und reibe mir die Augen. Dann sehe ich das Poster von Leonie als Neugeborenes an der Wand. Ich bin zu Hause und liege auf dem Sofa. Statt die Suppe zu kochen, bin ich eingenickt. Ich schaue an mir herunter. Leonie liegt nicht auf meinem Bauch. Wenn ich auf dem Sofa einschlafe, dann nur nach dem Stillen mit ihr auf dem Arm. Ich schieße hoch vor Schreck. Zu schnell. Alles um mich herum wird schwarz. Ich taste nach der Sofalehne und halte mich daran fest. Als ich wieder klare Gedanken fassen kann, haste ich sofort zum Kinderwagen und schaue hinein. Da liegt sie, hat sich selbstständig zur Seite gedreht.

Die Erläuterungen meiner Mutter zum plötzlichen Kindstod klingen in meinen Ohren nach. Selbst völlig gesunde Kinder können ohne erkennbare Ursache im Schlaf sterben. Für einen Moment bin ich wieder in der Vergangenheit und durchlebe die Panik von damals erneut. Schlägt ihr Herz noch? Schnell drehe ich sie zurück auf den Rücken und lege mein Ohr auf ihre Brust. Da ist er, ihr Herzschlag. Gott sei Dank! Ich halte mich am Griff des Kinderwagens fest und zwinge mich, ruhig zu atmen. Tief ein und wieder aus. Sanft streichle ich über Leonies Strampler. Sie verzieht das Gesicht und dreht sich wieder zur Seite. Ihr Herz schlägt, sie lebt. Ich hätte es nicht noch einmal ertragen, wenn es anders gewesen wäre.

Der Dampfabzug rattert und übertönt alle Geräusche im Raum. Der Schreck von vorhin steckt noch tief in meinen Gliedern und macht meine Bewegungen träge. Wie in Zeitlupe schneide ich Karotten in Stücke und werfe sie in den Topf. Immer wieder blicke ich in den Kinderwagen, um mich zu vergewissern, dass Leonie noch da ist und schläft. Seit sie geboren wurde, lebe ich mit der Angst, ihr könnte etwas zustoßen. Manchmal reicht sogar eine Schlagzeile in der Zeitung, um einen Gedankensturm auszulösen:

Acht Monate altes Baby an Leukämie gestorben.

Hund beißt Kleinkind (2) tot.

Einjähriges Mädchen stirbt, weil sich Ballonschnur um seinen Hals wickelt.

Ich schlucke leer und unterdrücke die aufsteigenden Tränen. Nie hätte ich erwartet, dass es an manchen Tagen so schwer sein würde. Dass ich mir so viele Sorgen um Leonie machen könnte. Ich kehre meine Gedanken in eine Ecke und versuche, an etwas anderes zu denken. Die Wanduhr verrät, dass Marc längst zu Hause sein müsste. Wahrscheinlich musste er in letzter Minute eine Präsentation beenden, eine E-Mail beantworten oder den neusten Artikel über die stagnierenden Immobilienpreise lesen und hat deswegen wie so oft den Zug verpasst. Ich sehe ihn vor mir, wie er vor dem Bildschirm sitzt, mit der Lesebrille auf der Nase. Marc geht so sehr in seiner Arbeit auf, dass er jegliches Zeitgefühl verliert. Sogar im Zug, auf der überfüllten Strecke zwischen Zürich und Bern gelingt es ihm, konzentriert zu arbeiten. Ich hingegen kann seit Leonies Geburt kaum ein paar Sätze in einem Buch lesen, ohne dass meine Gedanken abschweifen.

Nach zwanzig Minuten Kochzeit steche ich mit dem Messer in ein Stück Karotte. Es ist weich genug zum Pürieren. Ich zerdrücke das Gemüse mit kreisenden Bewegungen. Das Dröhnen des Pürierstabs mischt sich mit dem Surren des Dampfabzuges und lullt mich ein. Da kommt mir in den Sinn, dass ich vergessen habe, Windeln zu kaufen. Ich nehme mir vor, gleich heute Abend eine Bestellung aufzugeben. Die leere Ablage auf dem Wickeltisch, wo sich sonst Leonies Windeln stapeln, wird mich daran erinnern. Aus dem Augenwinkel nehme ich einen Schatten wahr. Ich zucke zusammen und lasse den Pürierstab fallen. Scheppernd fällt er zu Boden. Ich mache einen Schritt zur Seite und atme erleichtert aus, als ich sehe, wer vor mir steht.

»Marc! Ich habe dich gar nicht kommen hören.«

»Kein Wunder, bei dem Radau, den du da veranstaltest.« Marc legt einen Arm um meine Taille und drückt mir einen verhaltenen Kuss auf die Wange. Seine Lippen sind feucht und fühlen sich ungewohnt an auf meiner Haut. Er löst routiniert den Knoten seiner Krawatte, bevor er sie über den Kopf zieht und auf die Kommode neben der Garderobe legt. »Was hat der Arzt gesagt?«

»Alles sei in Ordnung.«

Er legt den Kopf schief und mustert mich. »Aber?«

»Er hat ihr Blut abgenommen.« Ich trete neben den Kinderwagen und berühre Leonie am Arm.

»Das macht er bei jedem Besuch, um dich zu beruhigen.« Ich schaue nicht auf, höre aber Marcs Lächeln in seiner Stimme.

»Ich weiß.« Ich beschließe, ihm nicht zu erzählen, wie hilflos ich mich während der Blutabnahme gefühlt habe.

Am liebsten hätte ich Leonie an mich genommen und die Praxis auf der Stelle verlassen. Sanft streichle ich mit dem Daumen über Leonies Handrücken. »Wenn er sich bis Ende der Woche nicht meldet, war die Blutprobe unauffällig.«

»Das ist sie bestimmt. Du machst dir zu viele Sorgen.«

Ich erwidere nichts. Ein beklemmendes Gefühl breitet sich in meiner Brust aus und schnürt mich ein. In einem Moment war der Herzschlag noch da, im nächsten verschwunden. Die Erinnerung an die qualvollen Sekunden der Stille versucht, sich gewaltsam Zutritt zu meinem Bewusstsein zu schaffen. Mit aller Kraft dränge ich sie zurück. Ich will jetzt nicht daran denken. Marc war nicht dabei gewesen, als es passierte. Wie könnte er da meine Ängste um Leonie verstehen? Tränen steigen in meine Augen. Nicht schon wieder! Ich wende mich von Marc ab und greife nach einem Lappen, um die Suppenspritzer auf dem Boden aufzuwischen.

»Seit wann schläft Leonie?«, fragt er.

»Jetzt sind es knapp eineinhalb Stunden.«

»Dann bleibt uns noch knapp eine Stunde.«

Eine Stunde wofür? Als ich mich erhebe und den Lappen auswasche, weiß ich es. Ich spüre die Wärme seines Körpers an meinem Rücken und verkrampfe mich, noch bevor seine Hände meinen Bauch berühren.

»Marc …« Ich versuche, mich aus seinen Armen zu befreien. Doch er hält mich nur noch fester. Seine Lippen liebkosen meinen Hals und wandern bis zu meinem Ohr. Ich muss lachen, weil es kitzelt. Marc versteht es als Aufforderung. Er schiebt seine Hände unter meinen Pullover, hoch zu meinen Brüsten.

»Marc, bitte. Leonie wollte letzte Nacht alle zwei Stunden an die Brust, ich habe kaum geschlafen.«

»Du wirst bestimmt schnell wieder munter«, murmelt er, dreht mich in seinen Armen zu sich und beugt sich zu mir herunter.

»Mein Tag war wirklich anstrengend«, stoße ich hervor und schiebe seine Hände weg.

Marc starrt mich an. Die Enttäuschung über die erneute Abweisung steht ihm ins Gesicht geschrieben. »Du bist ständig müde. Und wenn du es nicht bist, dann musst du Leonie stillen, das Bad putzen oder Rechnungen zahlen. Irgendetwas ist immer.«

»Die Diskussion hatten wir schon.« Energisch putze ich die Spritzer auf der Ablage weg.

»Das war keine Diskussion, Isabel. Du hast mich abgewiesen und dachtest, damit sei alles geklärt. Aber das ist es nicht.« Der Ton seiner Stimme wird angriffslustig. »Sag einfach, dass du keine Lust hast, und flüchte dich nicht in Ausreden.«

Wut keimt in mir auf. Wie soll ich Lust auf Sex haben, wenn mein Rücken schmerzt vom Heben und Tragen? Wie soll ich mich ihm hingeben, wenn meine Gedanken ständig bei Leonie sind? Wie soll ich es genießen, wenn ich jede Minute den Impuls verspüre, nach ihr zu sehen? Aber all das würde Marc nicht gelten lassen.

»Na gut.« Ich werfe den Lappen ins Spülbecken. »Ich habe keine Lust. Zufrieden?«

Verletzt schaut er mich an und ich bereue es sofort, ihn so angefahren zu haben. Ohne ein weiteres Wort verschwindet er im Bürozimmer. Nur noch das Surren des Kühlschrankes erfüllt den Raum und das Licht der

Deckenlampe wirkt kalt wie in einem Gefängnis. Ich setze mich aufs Sofa, schlinge die Arme um die Beine und lege den Kopf auf die Knie. Mein Blick fällt auf einen Streifen Fotoautomatenbilder von Marc und mir, die wir im ersten Monat unseres Kennenlernens gemacht haben. Damals gab es nur uns zwei. Seit Leonies Geburt hat sich so viel verändert. Vielleicht zu viel.

Kapitel 2

Ein Jahr zuvor

Marc fokussierte die rote Ampel auf der anderen Straßenseite. Meine Hand lag in seiner, schlaff und regungslos. Die andere ruhte auf meinem Bauch. Von außen sah man mir nichts an und doch war schon alles da. Der Kopf, fast so groß wie der restliche Körper. Hände, Füße und in der Mitte das Herz. Unermüdlich hatte es während der Ultraschalluntersuchung geschlagen, wie ein wummernder Bass, genauso schnell wie mein Herz, als ich Marc von der ungeplanten Schwangerschaft erzählte.

»Wie weit bist du?«, hörte ich seine Stimme in meinem Kopf.

»In der elften Woche.«

»Gut.« Er hatte sich neben mich aufs Sofa gesetzt und mir die Hand aufs Knie gelegt. »Dann ist es noch nicht zu spät für eine Abtreibung.«

Nun trennten uns nur ein paar Hundert Meter vom Eingang der Klinik, ein Betonblock ohne Wesen und ohne Gewissen. Das Gebäude, in dem wir meine Schwangerschaft beenden würden. Autos fuhren an uns vorbei, Abgase verpesteten die Luft und legten sich schwer auf meine Lunge. Die Fahrzeuge bremsten und die Ampel wechselte auf Grün. Wir überquerten die Straße, inmitten zig anderer Passanten, alle auf dem Weg nach Hause. Eine Frau in meinem Alter, mit Bäuchlein und Kinderwagen, wartete auf der anderen Seite, ein weiteres Kind an der Hand. Das Mädchen, ich schätzte sie auf zwei Jahre, weigerte sich, über den Zebrastreifen zu gehen. Die beiden Schwänzchen peitschten in ihr Gesicht, als sie wild den Kopf schüttelte. Ihr Kreischen dröhnte in meinen Ohren. Die Mutter ließ sich nicht aus der Ruhe bringen, redete auf ihr Kind ein und strich ihm übers Haar, bis es ihr schließlich schniefend nachtrottete. Ich schaute zurück, mein Blick glitt von selbst in die Wanne des Kinderwagens. Ein Säugling lag darin, das Gesicht so zerknautscht, als wäre er erst gerade geboren worden. Mein Herz wurde ganz schwer und meine Schritte langsamer.

»Isa?« Marc blieb stehen und musterte mich.

Er war der Einzige, der mich Isa nannte. Für alle anderen war ich Isabel. Isabel, die Fürsorgliche. Isabel, die Ängstliche. Isabel, die immer auf ihr Bauchgefühl hörte, weil es sie nie täuschte. Bei dieser Sache aber gewann der Kopf. Marc hatte mir aus dem Stegreif zig Argumente serviert, die gegen ein Kind sprachen, allen voran unsere beruflichen Ambitionen. Ich hatte einen Master in Soziologie an der Universität Bern und steckte mitten im Doktoratsstudium. Für nächstes Jahr hatte ich die Zusage für eine Stelle an der Universität in Oxford. Marc erklomm die Karriereleiter in der Immobilienbranche und stand kurz vor der Beförderung zum Geschäftsführer. Eine Stelle, auf die er seit Jahren hinarbeitete. Ein Kind passte nicht in unser Leben. Weder jetzt noch in der

Zukunft. Eine Familie zu gründen, würde Verzicht bedeuten, der Verlust des eigenen Ich und womöglich würden wir uns als Paar verlieren. Davon war Marc felsenfest überzeugt. Die Bedeutung seiner Worte sickerte langsam in mein Bewusstsein. Marc und ich wären nicht mehr zu zweit. Dieses Kind würde vielleicht einen Keil zwischen uns treiben. Dieser Gedanke war so unerträglich wie schmerzhaft. Marc redete so lange auf mich ein, bis mein Bauchgefühl nicht mehr zu mir durchdrang und ich mechanisch mit dem Kopf nickte. Ja, ja, ja. Er hatte recht.

»Alles in Ordnung?« Marc drückte meine Hand.

Auch jetzt nickte ich und drängte die Tränen zurück. Es war besser so.

Die Eingangstür der Klinik verschluckte uns. Wir folgten der Beschilderung bis zur Gynäkologie und meldeten uns beim Empfang. Eine Ärztin führte uns in einen fensterlosen, dunklen Raum. Nirgends gab es eine Fluchtmöglichkeit, nur die Tür, die sich in dem Moment hinter uns schloss. Meine Eingeweide zogen sich zusammen. Ich suchte Blickkontakt zu Marc, nach einer Regung in seinem Gesicht, die mir signalisierte, dass er sich umentschieden hatte und das Baby behalten wollte. Da war nichts. Kein Bedauern, keine Reue, kein Zweifel. Nur Marc und seine ausdruckslose Maske, die er sonst nur bei geschäftlichen Terminen aufsetzte. Nun lag ich da, unten unbekleidet. Eine Spritze ins Rückenmark, ein kurzer Schmerz. Ich wünschte, die Seele würde sich genauso betäuben lassen. Es wäre einfacher, als mir einzureden, dass diese Abtreibung für alle das Beste wäre. Am besten brachte ich das hier so schnell wie möglich hinter mich und vergaß es. Ich musste nach vorn schauen, in meine Zukunft in Oxford. Ich kniff die Augen zusammen, Tränen flossen über meine Wange. Die Schluchzer, die aus mir raus wollten, hielt ich mit aller Kraft zurück.

Die Mutter auf dem Zebrastreifen erschien vor meinem inneren Auge, neben ihr das quengelnde Mädchen und ihr Geschwisterchen im Kinderwagen. Ob wir auch ein Mädchen bekommen hätten? Wäre unser Kind blond geworden wie ich oder eher dunkelhaarig wie Marc? Wessen Gesichtszüge hätte es geerbt? Bei dem Gedanken wurde mein Herz ganz schwer. Wir würden es nie erfahren. Ich horchte in mich hinein, stellte mir vor, wie Marc und mein Leben aussehen würde, wenn wir alt und grau wären. Würde ich in fünfzig Jahren immer noch vor Studenten stehen und Vorlesungen halten wollen? Würde Marc weiterhin Artikel für seine Immobilienstudie schreiben? Würde die Leidenschaft für unsere Arbeit im Verlauf unserer Leben nicht langsam verloren gehen und die Sehnsucht nach etwas anderem an deren Platz treten? In meiner Vorstellung sah ich uns mit unseren erwachsenen Kindern in einem Sessel vor dem Kamin, umgeben von Enkeln und Urenkeln, deren Anblick unsere Herzen erwärmten. Mein Magen rebellierte stärker. Auf einmal erschien mir Oxford so sinnlos. Es war nur ein Job, winzig klein auf der Landkarte des Lebens und nicht von Bedeutung im Vergleich zu dem, was in mir heranwuchs. Ich öffnete blitzschnell die Augen. Auf einmal war alles sonnenklar.

»Hören Sie auf!«, rief ich. Meine Stimme nahm den kleinen Raum vollständig ein. »Ich will das nicht! Ich kann unser Kind nicht wegmachen lassen.«

War es zu spät? Ich lauschte in die Stille. Das Blut pulsierte in meinen Ohren.

»In Ordnung.« Metall klapperte auf dem Tisch. Es dauerte ein paar Sekunden, bis ich realisierte, dass ich rechtzeitig reagiert hatte. Ich atmete auf und schaute in den Lichtspot an der Decke, dann hinüber zu Marc. Er saß mit hängenden Schultern neben mir und sagte kein Wort. Seine Maske bröckelte und beförderte etwas zutage, das ich lieber nicht gesehen hätte: Verärgerung.

Am Abend lagen wir im Bett, den Rücken einander zugekehrt. Zwischen uns klaffte eine Lücke, so groß, dass ich Marc nicht hätte berühren können, obwohl er direkt neben mir lag. Ich hatte mich über seinen Wunsch hinweggesetzt und für uns beide entschieden, das Baby zu behalten. Damit drängte ich ihm ein Leben auf, das er nie gewollt hatte. Ein Leben, in dem wir uns verlieren würden, genau wie er befürchtet hatte. Ich kuschelte mich in die Mulde der Matratze und zog die Decke bis zum Kinn hoch. In diesem Moment schien es tatsächlich so zu sein. Ich brauchte meine gesamte Willenskraft, um mich vom Gegenteil zu überzeugen. Alles würde sich zum Guten wenden. Ich kannte Marc. Er brauchte Zeit, sich an Dinge zu gewöhnen, die er nicht beeinflussen konnte. So wie er akzeptiert hatte, dass er wegen seiner Meniskusverletzung zwar joggen, aber keinen Marathon mehr rennen konnte, würde er einsehen, dass wir zu dritt glücklich sein würden.

Was, wenn nicht?, flüsterte eine penetrante Stimme in meinem Kopf. *Was, wenn er wirklich kein Kind will? Was machst du dann, Isabel?*

Die Entscheidung für mein Kind bezahlte ich mit Morgenübelkeit, die den ganzen Tag anhielt. Auch lange nach der zwölften Woche wollte sie nicht verschwinden.

Unbarmherzig zwang sie mich in die Knie und ich erbrach den gesamten Inhalt meines Magens in die Kloschüssel. Zwischen den Ananasstücken von der Geburtstagstorte schwammen halb verdaute Maiskerne. Bei dem Anblick wurde mir wieder schlecht.

Es war eine dumme Idee gewesen, Marcs dreiunddreißigsten Geburtstag mit unseren beiden Familien nachzufeiern. Dazu noch in unserer winzigen Stadtwohnung. Ständig stolperte man in jemanden hinein und der einzige freie Platz war der neben Marcs Tante Rosalinde mit den Glupschaugen. Da blieben die meisten lieber stehen. Wir würden umziehen müssen, wenn das Baby da war, am besten noch vor der Geburt. Ein Klopfen an die Tür übertönte die dumpfen Klänge von Beethovens Klavierspiel im Wohnzimmer.

»Isa? Alles in Ordnung?«

»Ja, ich komme gleich.« Ich würgte nochmals, nichts kam mehr hoch. Nachdem ich mir den Mund gespült hatte, öffnete ich. Marc lehnte an der Wand und richtete sich auf, als ich aus dem Bad trat.

»Endlich, ich habe mir Sorgen gemacht.«

»Du müsstest dir eher Sorgen machen, wenn ich plötzlich nicht mehr brechen würde.«

Er strich mir eine Strähne aus dem schweißnassen Gesicht. »Ruh dich aus. Ich sorge dafür, dass niemand ins Schlafzimmer kommt.«

»Es geht schon, danke.« Meine Antwort war ruppiger als beabsichtigt, obwohl ich mir fest vorgenommen hatte, ihm nicht zu zeigen, wie verletzt ich immer noch war, weil er unser Kind nicht gewollt hatte. Mehr als einmal hatte er beteuert, dass er meinen Entscheid akzeptierte. Er sei überfordert gewesen und eine Abtreibung war ihm bequem erschienen. Zurück zum Normalzustand, als hätte das Thema nie im Raum gestanden. Aber einen Reset-Knopf gab es für Schwangerschaften nicht. Entweder wiegte man nach vierzig Wochen ein Neugeborenes im Arm oder man musste für den Rest seines Lebens damit klarkommen, dass man sich damals dagegen entschieden hatte.

»Ich mache es wieder gut«, hatte Marc gesagt und meine Hand festgehalten. »Das verspreche ich dir.«

Die Luft im Wohnzimmer erdrückte mich. Ich quetschte mich zwischen Tanten und Onkel hindurch, um zum Fenster zu gelangen. Marcs Mutter saß am Esstisch, blond und zierlich. Fast wie eine Fee, wären die strengen Züge in ihrem Gesicht nicht gewesen. Ihr böser Blick spießte mich auf. Da fiel es mir siedend heiß ein: Das Seidentuch, das sie mir zum Geburtstag geschenkt hatte. Es lag in der hintersten Ecke meines Kleiderschrankes. Damals hatte sie sich noch nicht entschieden gehabt, ob sie mich mögen oder hassen sollte. Dafür wusste sie es jetzt umso besser. Trotzdem versuchte ich ständig, es ihr recht zu machen, schließlich war sie Marcs Mutter. Jedes Mal, wenn wir uns trafen, wickelte ich das Stück Stoff um den Hals, nur damit sie erhobenen Hauptes die Lippen aufeinanderpressen konnte. An diesem Tag hatte ich es vergessen. Die Hitze staute sich in meinem Kopf und ich wandte mich ab.

Mal abgesehen von Tante Rosalinde war der Rest von Marcs Familie pflegeleicht, vor allem Marcs Bruder. Er stand neben dem gekippten Fenster und redete auf Marc ein. Wenn ich die beiden zusammen sah, erschrak ich regelmäßig über ihre Ähnlichkeit. Sie hatten die gleichen

Augen, die gleiche Nase und das gleiche Kinn. Sogar der Bartwuchs zeigte sich an den gleichen Stellen. Marcs matter Blick und das regelmäßige Kopfnicken verrieten mir, dass er nicht ganz bei der Sache war. Wahrscheinlich schwärmte sein Bruder gerade von seiner letzten Reise in die Karibik oder von anderen Aktivitäten, die für uns während der nächsten Monate, vielleicht sogar Jahre, nicht infrage kamen. Als sein Bruder mich entdeckte, zupfte er an Marcs Poloshirt. Seine Lippen formten: »Da ist sie.«

Marc schnappte sich eine Gabel und schlug damit gegen das Weinglas in seiner Hand. Die Gespräche verstummten.

»Vielen Dank, dass ihr alle gekommen seid, um meinen Geburtstag mit mir zu feiern.« Marc stellte das Glas auf die Fensterbank und straffte die Schultern.

Mein Mund wurde ganz trocken. Warum schaute er mich so an? Erwartete er, dass ich eine Geburtstagsrede für ihn hielt? Ich knetete meine Hände. Es war eine Sache, vor Studenten über Lohnungleichheit zu sprechen, da war ich sattelfest. Ich wusste, dass Frauen durchschnittlich zwanzig Prozent weniger verdienten als Männer und sich rund ein Drittel davon nicht durch Faktoren wie Bildung, Berufserfahrung oder Produktivität erklären ließ. Etwas zu improvisieren gehörte hingegen nicht zu meinen Stärken.

»Wir haben mindestens zwei weitere Gründe zum Feiern. Den ersten kennt ihr bereits.« Er deutete auf meinen leicht gewölbten Bauch und ich atmete auf. Doch keine Rede. »Den zweiten noch nicht.« Ohne den Blick von mir abzuwenden, zog er eine Schachtel aus der Hosentasche. Der Überzug schimmerte weich im Licht der Stehlampe. Er klappte den Deckel auf und ein Raunen ging durch die Menge. Ich starrte den Ring an. Drei Edelsteine funkelten um die Wette, fast kitschiger als die Tatsache, dass Marc soeben vor mir auf die Knie fiel. Meine Finger kribbelten. Das Gefühl setzte sich fort und flutete meinen ganzen Körper. Kurz glaubte ich, mich nicht mehr auf den Beinen halten zu können. Jemand schniefte. Aus dem Augenwinkel sah ich, dass sich Tante Rosalinde ein Taschentuch vor den Mund presste.

»Isa.« Marc räusperte sich. »Möchtest du meine Frau werden?«

Angespannte Stille. Das Blut rauschte in meinen Ohren. Ich brauchte ein paar Sekunden, um zu realisieren, was gerade geschah. Marc machte mir einen Antrag. Sah so seine Wiedergutmachung aus? War das seine Art, mir zu sagen, dass er zu mir und dem Kind stand? Die Familienmitglieder hingen an meinen Lippen, warteten darauf, dass sie das eine Wort formten, das alle hören wollten.

»Ja«, sagte ich.

Er strahlte, nahm mein Gesicht in beide Hände und küsste meine Lippen, meine Nase, meine Stirn. Unzählige Male, bis ich laut loslachte. Ich lachte, bis meine Wangen schmerzten. Alle um uns herum klatschten, alle gratulierten. Nur Marcs Mutter nicht.

Kapitel 3

Jetzt

Ich höre die Nachbarskinder schon auf der Straße, bevor ich die Haustür öffne und mit dem Kinderwagen nach draußen trete. Eine Mischung aus Lachen und Kreischen, bei der ich mir am liebsten die Ohren zugehalten hätte. Leonie lässt sich dadurch nicht stören, sie schläft weiterhin tief und fest. Diese Eigenschaft hat sie eindeutig von Marc geerbt. Ich glaubte, ein Kind brauche weniger Schlaf, je älter es wird. Nicht so bei Leonie. Wahrscheinlich ist der gestiegene Bedarf auf einen Entwicklungsschub zurückzuführen und kein Grund, mir Sorgen zu machen. Um die eigene Achse drehen, krabbeln, laufen. All diese Meilensteine brauchen Energie. Vielleicht hat Leonie deswegen so wenig zugenommen, obwohl sie so oft an der Brust trinkt.

Die Zwillinge springen über die Straße, nur eine Haaresbreite am Kinderwagen vorbei, ohne mir Beachtung zu schenken. Ihr jüngerer Bruder malt mit Kreide wirre Muster auf den schwarzen Asphalt. Ich spähe in den Nachbargarten auf der anderen Straßenseite und schaue mich nach ihrer Mutter um. Das Sandkastenspielzeug liegt immer noch kreuz und quer herum, aber von Natalia keine Spur. Wahrscheinlich sitzt sie im Haus und stillt ihren Säugling, während die anderen Kinder mitten auf der Straße spielen. Das jüngste davon ist erst zwei! Aber das passt zu ihr, diese Fahrlässigkeit. Auch wenn wir am Ende der Quartierstraße wohnen, würde ich Leonie, wenn sie älter ist, nie unbeaufsichtigt hier spielen lassen. Zu ihrem Schutz haben wir direkt nach dem Kauf des Hauses einen Zaun rund um unser Grundstück montiert. Ich betrachte das noch jungfräulich aussehende Holz. Da fällt mir auf, dass Leonies Geburtstafel schräg hängt. Bestimmt haben Natalias Kinder sie mit einem Ball getroffen. Ich richte den Storch gerade aus, sodass Leonies Name wieder horizontal steht.

»Hallo, Frau Isabel.« Frau Kocher im Garten nebenan winkt mich zu sich. Sie spricht mich mit Vornamen an, was sie aber nicht davon abhält, mich zu siezen.

»Guten Tag, Frau Kocher.«

Ein Dutzend Lockenwickler stecken in ihrem grau melierten Haar. Ich bleibe vor dem Zaun stehen und warte geduldig ab, welchen Dorftratsch sie dieses Mal loswerden möchte.

»Wann haben Sie Frau Natalia das letzte Mal gesehen?«

Ich überlege kurz. Mein Blick schweift zur Hausfassade gegenüber. Es ist, als würde sie mir seit unserem ersten und einzigen Treffen aus dem Weg gehen.

»Das ist schon länger her«, sage ich schließlich. »Warum fragen Sie?«

»Ihre Bengel werfen ständig ihren Ball in meinen Garten und zerstören so meine Blumen. Wenn ihre Mutter nicht draußen ist, machen sie, was sie wollen.« Sie hält mir eine geknickte Margerite vor die Nase.

Das tun sie ohnehin, erwidere ich in Gedanken.

»Schauen Sie bloß, dass Sie Ihre Tochter anständig erziehen.« Sie lugt in den Kinderwagen und streckt eine Hand aus, um Leonies Wange zu tätscheln.

»Vorsicht, sie beißt!«

Als hätte Leonie sie tatsächlich gebissen, zuckt die Nachbarin zusammen und zieht die Hand zurück. Ich grinse in mich hinein. »Bis bald, Frau Kocher.«

Keine Antwort. Ich spüre ihren Blick auf meinem Rücken. Verwunderung und Ärger zugleich.

Ich atme die frische Luft ein und genieße die Brise, die übers Feld weht. Die Büsche am Straßenrand sind farblos und kahl, doch die Bäume leuchten in allen möglichen Rot- und Gelbtönen. In diesem Dorf, unweit von Bern, bin ich selbst und auch schon meine Eltern aufgewachsen. Hier reiht sich ein Einfamilienhaus ans nächste. Sogar die neuen Doppeleinfamilienhäuser fügen sich übergangslos ins Gesamtbild ein. Es gibt weder Plattenbauten noch Flachdächer, nur zweistöckige Häuser mit eingezäunten Gärten wie unseres, mit Rutschbahn, Trampolin oder Schaukel.

So idyllisch, wie sich das Ortsbild gibt, verhalten sich auch die Bewohner. Wenn man sich auf der Straße begegnet, grüßt man. Wenn man sich kennt, bleibt man kurz stehen und tauscht Neuigkeiten aus. Unser Dorf war vor zwei Jahren sogar als Ort mit der schweizweit niedrigsten Kriminalitätsrate ausgezeichnet worden. Hier fühle ich mich sicher. Schon immer. Und ich will, dass Leonie genauso behütet aufwächst wie ich damals.

Marc hingegen kann mit dem Dorfleben nicht viel anfangen. Er liebt es, am Puls der Stadt zu sein und sich mit dem Laptop ins nächste Café zu setzen und dort weiter an seinen Projekten zu arbeiten, wenn ihm zu Hause die Decke auf den Kopf fällt. Er wollte nie hierher ziehen. Genau genommen wollte Marc vieles nicht. Mir zuliebe hat er es trotzdem getan.

Ich nähere mich dem ersten Haus einer Siedlung. Eine Frau bückt sich vor der Haustür und kramt in ihrer Tasche. Ich erkenne sie sofort. Meine Schritte werden langsamer. Noch hat sie mich nicht gesehen. Vielleicht schaffe ich es, lautlos an ihr vorbeizuschleichen. Sie zieht den Schlüsselbund aus ihrer Handtasche und schaut auf. Zu spät, sie hat mich entdeckt. Sie blinzelt, als würde das Licht sie blenden, und schlingt die Arme um ihren schlanken Körper. »Isabel?«

»Hallo Anna.« Ich trete näher und bleibe vor dem Gartenzaun stehen. Es ist bestimmt fünf Monate her, seit ich das letzte Mal mit ihr gesprochen habe. Damals waren Marc und ich gerade erst in unser Haus eingezogen und Leonie noch keinen Monat alt. Zuerst mustert sie mich, danach den Kinderwagen.

»Wie geht es dir?«, frage ich, obwohl die Antwort offensichtlich ist. Ihre Haare kleben schlaff am Kopf, Augenringe haben sich tief in ihr Gesicht gegraben.

»Gut.« Sie versucht es mit einem Lächeln, das ihr aber misslingt. »Na ja, geht so.«

»Deine Mutter? Oder die Arbeit?«, frage ich.

»Ausnahmsweise nichts von beidem.«

Jetzt, wo sie vor mir steht, so verloren, erfasst mich die Welle des schlechten Gewissens. Nach der Geburt hat sie sich ein paar Mal bei mir gemeldet und sich erkundigt, wie es mir geht. Aber ich war so von Leonie absorbiert gewesen, dass ich nur halbherzig oder manchmal auch gar nicht geantwortet habe. Ich habe mir zwar vorgenommen, sie anzurufen oder bei ihr zu klingeln, schließlich wohnt sie nur rund einen halben Kilometer entfernt. Getan habe ich es nie. Irgendwann habe ich es vergessen. Vergesslichkeit ist genauso wie die fehlende Konzentration eine Charaktereigenschaft, die sich nach der Geburt bei mir eingeschlichen hat. Ich vergesse, den Käse für die Lasagne einzukaufen, ich vergesse zu kontrollieren, ob ich die Tür abgeschlossen habe, und ich vergesse, mich bei den Menschen zu melden, die mir am meisten bedeuten. Spätestens nachdem ich erfahren habe, dass sie Marc um einen Job angebettelt hat, hätte ich reagieren sollen. Ich hätte fragen sollen, warum sie sich nicht vertrauensvoll an mich gewandt hat, wo ich doch ihre beste Freundin bin und sie Marc nicht ausstehen kann. Ich habe es nicht getan.

»Möchtest du darüber reden?«, frage ich, als könnte ich mit meinem Angebot das Versäumnis der letzten Monate wieder gutmachen. Anna mustert mich abschätzend und einen Moment lang glaube ich, sie würde ablehnen. Ein Hund bellt beim Vorbeigehen. Ich drehe den Kopf in seine Richtung. Sein Herrchen zieht ihn an der Leine zurück und zischt ihm zu, er solle ruhig sein. Dann wende ich mich wieder Anna zu. Ihr Gesichtsausdruck hat sich aufgehellt. Zu meiner Überraschung sagt sie: »Nächste Woche zum Mittagessen?«

»Wie wäre es mit einem Spaziergang und anschließend Kaffee bei mir? Ich esse nicht gern auswärts mit Leonie.«

»In Ordnung.«

»Treffen wir uns hier? Nächsten Samstag um zwei?«

»Ich freue mich.« Sie lächelt, aber in ihrem Blick liegt eine Traurigkeit, die ich noch nie zuvor an ihr gesehen habe.

Ich erwidere ihr Lächeln, steuere den Kinderwagen auf den Weg zurück und biege in den Feldweg ein. Als ich über meine Schulter blicke, steht Anna immer noch vor dem Haus und schaut mir nach.

Kapitel 4

Acht Monate zuvor

Am Tag unserer Hochzeit hingen die Leitungen der Trams wie Spinnennetze über der Straße und der Gehweg war am Rand bis auf Kniehöhe mit sulzigem braunem Schnee bedeckt. Menschen eilten vorbei, das Gesicht tief in den Krägen der Jacken vergraben. Nur von Marc war weit und breit nichts zu sehen. Meine gefühlt tausend Anrufe blieben unbeantwortet.

»Es dauert nicht lange«, hatte er mir versichert, als ich schlaftrunken im Bett gelegen hatte, mein Körper ganz warm von der Nacht. »Dieser Termin stellt die Weichen für meine Zukunft. Er kann nicht ohne mich stattfinden.«

Ich hatte verständnisvoll genickt. Er hatte mir einen Kuss auf den Mund gedrückt und versprochen, rechtzeitig wieder zurück zu sein.

Nun stand ich doch allein im weißen Kleid im Standesamt. Ich umfasste meine nackten Arme und bohrte die Fingernägel hinein. Immer wieder setzte ich mich hin, um wenige Minuten später wieder aufzuspringen, aus dem Fenster zu schauen und in der Menschenmasse nach einem vertrauten Gesicht zu suchen. Meine Zehen pochten in den viel zu engen

Schuhen. Marc konnte heute unmöglich zu spät kommen. Nicht am Tag unserer Hochzeit!

Nicht aufregen, dachte ich und streichelte über meinen mittlerweile stark gewölbten Bauch. *Das ist nicht gut für das Baby.* Meine Ärztin hatte mir geraten, mich so oft wie möglich auszuruhen. Wegen der Übungswehen, hatte sie gesagt. Ich drehte mich vom Fenster weg und sah mich im Raum um. Die weißen Wände und die Stühle mit den Metalllehnen könnten aus einem Krankenhaus stammen. Unwürdig für einen Ort, an dem zwei Menschen ihre Liebe bekunden wollten. Marcs Familie hatte einen Kreis gebildet, engmaschig, sodass niemand versehentlich zu ihnen stoßen konnte. Nur sein Bruder warf ab und zu einen Blick in meine Richtung. Wieder täuschte mich die brüderliche Ähnlichkeit und ich glaubte für den Bruchteil einer Sekunde, es sei Marc. Die Enttäuschung, dass er es nicht war, übermannte mich.

Abseits der Verwandtschaft saß Anna auf einem der Stühle und wirkte verloren vor der hohen Wand, die genau so weiß war wie sie selbst. Ich setzte mich zu ihr, wohl wissend, dass ich in einer Minute wieder aufstehen und zum Fenster eilen würde.

»Wo bleibt er bloß?«, flüsterte ich.

»Er kommt bestimmt bald«, sagte Anna, wirkte aber wenig überzeugt. In ihrem Blick sah ich diesen Ausdruck. Sie hätte mich ja gewarnt. Marc war ein Mistkerl und wenn wir verheiratet wären, wäre er eben ein verheirateter Mistkerl. Ein Ring am Finger änderte seinen Charakter nicht. Sie war überzeugt, er würde mich früher oder später enttäuschen. Ich wusste noch genau, wie sie reagiert hatte, als ich ihr das erste Mal ein Bild von Marc gezeigt hatte. Ein geschäftliches Foto unterhalb eines Artikels in einer Immobilienzeitschrift. Marc trug einen schwarzen Anzug und eine genauso schwarze Krawatte. Selbstbewusst lächelte er in die Kamera. Zuerst wirkte sie überrascht, dann verengten sich ihre Augenbrauen und sie meinte: »Der ist nichts für dich.«

»Und warum?«, wollte ich wissen.

Sie zögerte einen Moment und betrachtete das Bild eingehend. Als ich glaubte, sie würde nicht mehr antworten, sagte sie: »Der hat nur seine Karriere im Kopf.«

In diesem Punkt hatte Anna recht gehabt. Ich spürte wieder diesen Druck auf der Blase, wie so oft in den letzten Tagen. »Ich muss kurz aufs Klo.«

»Brauchst du Hilfe?« Anna zeigte auf meine Schleppe.

»Nein, das schaffe ich allein.«

Ich verließ den Raum und beeilte mich, die Toilette zu finden. Während ich pinkelte, betrat jemand die Kabine neben mir und riss ein paar Blätter Toilettenpapier ab. Vermutlich, um den Klodeckel damit zu bedecken. Ich spülte, rückte meinen Rock zurecht und wusch mir im Waschbecken die Hände. Im Spiegel sah ich, wie Marcs Mutter die Tür der anderen Kabine mit dem Ellbogen zuschob. Ihre Handtasche hatte sie unter den Arm geklemmt. Ich wandte meinen Blick ab, als sie sich neben mich stellte und sich im zweiten Becken ebenfalls die Hände wusch. Stur konzentrierte ich mich auf meine Finger und schrubbte sie wund. Marcs Mutter schaute auf und fixierte mich, sodass ich sie nicht länger ignorieren konnte. Wir starrten uns gegenseitig im Spiegel an. Im künstlichen Licht wirkten ihre Haare blond wie Stroh.

»Jetzt hättest du es fast geschafft, meinen Sohn an dich zu ketten«, zischte sie. »Hoffentlich hat er es sich anders überlegt und lässt dich vor dem Traualtar sitzen.«

Ganz undamenhaft schüttelte sie die Hände im Waschbecken aus und ließ mich mit meinem Spiegelbild allein zurück. Ich sah ein kreideweißes Gesicht, umrahmt von einer losen Haarsträhne, die sich aus der Hochsteckfrisur befreit hatte. Da war er wieder, dieser Gedanke, der wie eine Motte durch mein Hirn flatterte und sich nicht ausrotten ließ: Was, wenn Marc mir den Antrag nur aus Pflichtgefühl gemacht hatte und nicht, weil er das wollte, mit mir und dem kleinen Wesen in meinem Bauch? Was, wenn er sich umentschieden hatte und mich hochschwanger sitzen ließ? Die Tränen stiegen in mir auf. *Nicht weinen*, dachte ich, *sonst läuft dir die Wimperntusche übers Gesicht.*

Doch was brachte mir ein perfektes Make-up, wenn es keine Hochzeit gab? Ich stützte mich am Rand des Waschbeckens ab, den Kopf gesenkt, damit ich mich nicht länger ansehen musste. Es klopfte an der Tür und meine Mutter lugte durch den Spalt hindurch.

»Was ist denn los, Mädchen?«, fragte sie und trat ein.

»Marc kommt nicht.« Meine Unterlippe zitterte. Nun kamen doch die Tränen.

»So was darfst du nicht einmal denken!« Sie zog mich in die Arme. »Bestimmt gibt es eine Erklärung, warum er noch nicht hier ist. Vielleicht dauerte sein Termin länger oder der Zug fiel aus.«

»Aber seine Mutter …«

»… ist eine dumme Gans!« Sie riss ein Stück Papier vom Spender und tupfte mir die Tränen von den Wangen.

»Marc ist ein intelligenter junger Mann, der weiß, was er will, und das bist du!«

Obwohl mir nicht danach zumute war, lächelte ich und mein Herz wurde ein Stück leichter. Meine Mutter hatte schon immer gewusst, wie sie mich trösten kann. Wir gesellten uns wieder zu den anderen in den Warteraum. Wenn Marc mich heiraten wollte, dann würde er es tun. Ein Splitter des Zweifels, den Marcs Mutter in meinen Kopf gepflanzt hatte, blieb.

»Entschuldigen Sie.« Die Standesbeamtin beugte sich zu mir herüber. »Wissen Sie, wann Ihr Verlobter eintreffen wird?«

»Leider nicht.« Ich konnte nicht anders, als auf ihren grauen Haaransatz zu starren, der so gar nicht zu ihrem faltenlosen Gesicht passte.

»Wir müssen spätestens in fünf Minuten anfangen.«

»Ich versuche nochmals, ihn zu erreichen.«

Ich wählte seine Nummer, doch wieder erwartete mich am anderen Ende das Besetztzeichen. Aus der Ecke von Marcs Familie kam Gelächter, so laut, als ob sie sich köstlich amüsieren würden. Da öffnete sich die Tür. Alle im Raum schauten zum Eingang. Ich schoss von meinem Stuhl hoch und strich mein Kleid glatt.

Marc, endlich!

Doch als ich wieder aufschaute, stand nicht Marc vor mir, sondern eine fremde Frau in einem weißen Kleid. Die nächste Braut. Hinter ihr tummelte sich eine Horde von Freunden und Verwandten und wartete darauf, nach uns den Raum zu betreten. Endlose Sekunden starrten wir uns an. Dann murmelte sie eine Entschuldigung und scheuchte ihren Anhang wieder ins Treppenhaus.

Kraftlos sank ich im Stuhl zusammen. Meine Mutter hielt mich im Arm. Ich bemühte mich nicht mehr um Haltung, sank mit dem Kopf gegen ihre Schulter und ließ den Tränen freien Lauf. Mittlerweile war es egal, was Marcs Mutter von mir dachte. Die Hoffnung, dass Marc kommen würde, schwand. Vielleicht war es besser so. Lieber keinen Mann als einer, dem die Arbeit wichtiger war als die Familie. Lieber unverheiratet bleiben, als in einer Ehe mit einem Mann zu leben, für den die Familie einem Gefängnis gleichkam. Lieber alleinerziehende Mutter, als jeden Abend ins Gesicht eines Mannes zu blicken, der das eigene Kind abtreiben lassen wollte. Egal, wie sehr ich versuchte, mich davon zu überzeugen, dass uns viel Leid erspart werden würde, wenn wir nicht heirateten, der Schmerz in meiner Brust blieb.

»Isa«, hörte ich Marc in meinen Gedanken und spürte den sanften Luftzug seines Atems am Hals. »Ich liebe dich.«

Wir hatten eng umschlungen auf der Mauer im Rosengarten gesessen, von wo aus man die gesamte Altstadt überblicken konnte. Ich hatte die Nase gekräuselt und gemurmelt, dass ich ihn auch liebte. Die Erinnerung an die wohlige Wärme dieses Augenblicks ließ meine Tränen noch stärker fließen. Meine Mutter tupfte sie weiter unaufhörlich ab.

Erneut ging die Tür auf. Ich schaute in ein vertrautes Gesicht, das sich suchend im Raum umsah. Das Gesicht, neben dem ich jeden Morgen aufwachte. Marc. Er war gekommen. Ich presste die Lippen zusammen und ballte die Fäuste. Mein erster Impuls war, mit aller Kraft auf seine Brust zu hämmern und ihn anzuschreien, warum er mich so lange hatte warten lassen. Dann trafen sich unsere Blicke und sein Gesichtsausdruck veränderte sich. Er sah mich an wie damals im Rosengarten, als er mir das erste Mal seine Liebe gestanden hatte, und mein Herz klopfte genauso schnell. Er kam auf mich zu und schloss mich in die Arme. Ich vergaß, wie lange ich gewartet hatte in der Angst, er würde nicht kommen. Die Erleichterung, dass sich der Wunsch von Marcs Mutter nicht erfüllt hatte, ließ meine Wut schmelzen. Mein Bauch drückte ungewohnt an seinen und Glücksgefühle schlugen Purzelbäume bis in die Fingerspitzen. Marc war da.

»Du siehst wunderschön aus«, flüsterte er mir ins Ohr.

»Heiraten wir jetzt endlich?«

Er lächelte. »Heiraten wir.«

Ich eilte über die Brücke, die das Lorrainequartier mit der Altstadt verband, so schnell es im neunten Schwangerschaftsmonat noch ging.

»Sei vorsichtig!«, hatte mich meine Mutter zuvor am Telefon ermahnt. »Du bist hochschwanger und trägst nun die Verantwortung für zwei Leben.«

Ich hatte mit den Augen gerollt und sie mit einem »Ja, Mama« abgespeist. Sie machte sich ständig Sorgen um mich, so als wäre ich noch ein Kleinkind und nicht eine erwachsene Frau, die bald selbst Mutter werden würde. Mit ihren Worten im Hinterkopf drosselte ich mein Tempo. Die paar eingesparten Minuten waren es nicht wert, das Risiko eines Sturzes einzugehen. Außerdem hatte ich Anna eine Nachricht geschickt, dass ich mich verspäten würde. Nur war diese bisher nicht zugestellt worden. Wahrscheinlich hatte ihr Handy keinen Akku mehr. Es wäre nicht das erste Mal. Ständig vergaß sie, ihr Ladekabel mitzunehmen, obwohl sie genau wusste, dass der Akku ihres alten Telefons keinen ganzen Tag durchhielt.

»Manchmal genieße ich es, nicht erreichbar zu sein«, hatte sie bei unserem letzten Treffen gesagt und an ihrem Drink genippt.

Der rote Himmel zu meiner Rechten weckte meine Aufmerksamkeit. Meine Schritte wurden langsamer, bis ich ganz stehen blieb. Mit offenem Mund bewunderte ich die Aussicht. Von hier aus glänzten die Dächer der Berner Altstadt bronzefarben im Licht der untergehenden Sonne. Ein frischer Wind wehte mir entgegen. Da überkam mich ein seltsames Gefühl. So als ob ein Abschnitt meines Lebens unwiderruflich zu Ende gehen würde.

Ich lief weiter und versuchte, die Jacke enger um mich zu schlingen, doch es gelang mir nicht. Sie war zu klein geworden, so wie unsere Wohnung. Wir hatten bei einer Zwangsversteigerung den Zuschlag für ein Einfamilienhaus im Dorf meiner Eltern erhalten. Der Besichtigungstermin wurde mehrmals verschoben, weil sich die ehemalige Eigentümerin geweigert hatte, das Haus zu räumen. Ich hatte nicht mehr daran geglaubt, es jemals besichtigen, geschweige denn kaufen zu können. Als der Tag doch gekommen war, konnte ich mir nicht mehr vorstellen, anderswo zu leben. Ein geräumiges Haus, mitten in der Natur. Felder so weit das Auge reichte, dahinter der Wald und die Berge am Horizont. Mein Kind würde in dieser friedlichen Idylle aufwachsen, genau wie ich damals. Die Wohnung war gekündigt und in wenigen Tagen würden wir die Stadt verlassen und aufs Land ziehen. Bei dem Gedanken überkam mich doch noch die Wehmut. Drei Jahre lang hatte ich praktisch an der Universität gelebt, nun würde ich sie monatelang nicht mehr betreten. Keine wissenschaftlichen Artikel schreiben, keine Übungstutorials halten, keine Studentenfragen beantworten. Ich wusste nicht, was mich nach der Geburt erwartete. In einem Punkt war ich mir aber sicher: Die Entscheidung, das Angebot aus Oxford auszuschlagen und in der Schweiz zu bleiben, war die richtige gewesen. Auf die Stelle würde ich mich in zwei oder drei Jahren wieder bewerben können, das Baby jedoch ließ sich nicht verschieben.

Ich näherte mich dem Café. Durch die offenen Fenster drang Gelächter nach draußen. Schwer atmend erreichte ich die Stufen zum Eingang und trat ein. Mein Bauch zog automatisch alle Blicke auf sich. Alles drehte sich nur noch um die Kugel in meiner Körpermitte, mein Gesicht existierte gar nicht mehr. Ich schlug den Blick nieder und steuerte blind auf den Tisch zu, wo Anna und ich meistens saßen. Wie erwartet war sie schon da. Sie wischte sich mit dem Handrücken über die Wange und starrte nach draußen. Als ich näher kam, bemerkte ich ihre geröteten Augen.

»Was ist los?«, fragte ich und setzte mich neben sie.

Sie zuckte zusammen und drehte sich abrupt in meine Richtung. »Ich habe dich gar nicht kommen hören.«

Ich betrachtete sie genauer. »Hast du geweint?«

»Nein, nein«, wiegelte sie ab. »Nur ein Staubkorn.«

Sie drückte mir einen Kuss auf die Wange und erzwang ein Lächeln, das gleich darauf wieder erlosch wie die

Flamme eines kurzlebigen Streichholzes. Der Duft von Vanilleparfüm und Frittierfett blieb zurück.

»Ein Staubkorn in beiden Augen?« Ich zog eine Augenbraue in die Höhe.

»Lass uns nicht darüber sprechen. Sag mir lieber, was du trinken möchtest. Ich lade dich ein.«

»Einen Kräutertee.«

Sie eilte zur Bar, offenbar dankbar, dass sie sich ein wenig sammeln konnte, bevor ich sie löchern würde. Ich stopfte ein Kissen in den Rücken und lehnte mich zurück, eine Hand auf den Bauch gelegt. Mir schwante bereits, wer für ihren Gemütszustand verantwortlich war. Sie kam mit den Getränken zurück und nahm mir gegenüber Platz. Den Duft der gerösteten Bohnen roch ich zehn Meter gegen den Wind. Eine leichte Übelkeit kroch in mir hoch. »Na los, erzähl.«

»Du gibst nie auf, was?« Sie lächelte gequält.

»Vielleicht, wenn ich in den Wehen liege.«

»Na gut.« Sie trank einen Schluck. »Es ist wegen Dora.«

Ich wusste es. Niemand brachte Anna so sehr aus dem Konzept wie ihre Erzeugerin. Anders konnte man die Frau nicht nennen, die sie geboren hatte.

»Sie hat mir mal wieder vorgeworfen, ich sei schuld am Tod meiner Schwester.«

»Im Ernst?«

»Vielleicht hat sie recht.« Anna senkte den Blick und knetete ihre Finger.

»Anna!« Ich packte sie am Arm und rüttelte ihn so lange, bis sie mich anschaute. »Es war ein Unfall.«

»Was, wenn nicht?« Sie presste Zeigefinger und Daumen auf ihr Nasenbein. »Meine Erinnerungen verschwimmen mit Doras Erzählungen. Ich weiß nicht mehr, was wahr ist und was ich mir nur einbilde.«

»Du warst selbst noch ein Kind! Dora hätte dir nicht die Verantwortung für Emily auferlegen dürfen.«

»Ich war die Ältere von uns beiden. Ich hätte nicht mit ihr in die Nähe des Teichs gehen dürfen. Vor allem hätte ich nicht weglaufen sollen.«

Anna hatte mir schon so oft von dem Unfall erzählt und immer noch jagten mir die aufkommenden Bilder in meinem Kopf eine Gänsehaut über den gesamten Körper. Jetzt, wo ich selber schwanger war, brachte der bloße Gedanke an die zweijährige Emily unter dem eingebrochenen Eis mein Herz zum Rasen. Was, wenn das meinem Kind passieren würde? Unvorstellbar.

»Du wolltest Hilfe holen, das einzig Richtige. Beim Versuch, sie aus dem Wasser zu ziehen, wärst du auch eingebrochen, da bin ich mir sicher.«

Wir schwiegen einen Moment. In der Küche nebenan schepperte es, dann zerbrach etwas. Jemand schimpfte. Kurz darauf kam der Barkeeper mit eingezogenem Kopf hinaus und verschwand hinter der Bar.

»Wieso ziehst du nicht endlich aus?«, fragte ich. »Dann musst du dir Doras Anschuldigungen nicht mehr anhören.«

»Im Restaurant verdiene ich zu wenig, ich könnte mir keine andere Wohnung leisten. Immerhin kann ich so ein wenig Geld zur Seite legen. Sodass wir doch noch mit dem VW Bus auf Europatour gehen können.«

Nun hellte sich ihr Gesichtsausdruck merklich auf. Ich sah ihr an, wie sie sich die Route unserer Reise ausmalte. Deutschland, Dänemark, Schweden. Jeden

Morgen den Sonnenaufgang von einem neuen Ort aus beobachten, das Meer ständig in Sicht. Immer weiter fahren, bis uns das fehlende Geld zwingt, innezuhalten und Arbeit zu suchen. Am liebsten ganz oben im Norden, in Schweden, wo im Sommer die Sonne niemals untergeht. Schon seit Jahren träumten wir davon, für ein paar Monate alles hinter uns zu lassen und neue Gegenden zu erkunden.

»Bis dahin dauert es noch.« Ich streichelte meinen Bauch.

»Ach, was.« Sie winkte ab. »Der VW Bus ist zwar klein, aber für ein Baby ist immer irgendwo Platz.«

Ich lächelte.

»Was ist?«

»Ich habe mir gerade Marcs Gesicht vorgestellt, wenn ich ihm eröffne, dass ich mit dir und dem Baby für ein paar Monate verreise.«

Mit dieser Kuh?, hörte ich ihn sagen. *Bist du wahnsinnig geworden?*

»Es käme ihm sicher gelegen. Dann könnte er endlich rund um die Uhr arbeiten und müsste nicht mehr nach Hause kommen.« Beim Wort *arbeiten* malte sie mit den Fingern zwei Anführungszeichen in die Luft.

Schweigen. Ich betrachtete meinen Ehering und schob ihn auf dem Finger vor und zurück. Wie ein Schwert bohrten sich Annas Worte tief in mein Fleisch. Mit der Hochzeit vor zwei Monaten hatte Marc sich offiziell zu mir und dem Baby bekannt. Dieser dumme Gedanke, dass er es aus reinem Pflichtgefühl getan hatte, ließ mich dennoch nicht los. Wie ein Parasit hatte er sich in meinem Herzen festgebissen. Anna und ich nippten an unseren Getränken und beobachteten das Treiben im Café.

An der Bar saß ein Typ mit raspelkurzen Haaren, der Annas Geschmack treffen könnte.

»Schau mal, dort drüben«, flüsterte ich ihr ins Ohr, um von mir abzulenken, und zeigte in seine Richtung. »Der scheint nett zu sein.«

»Zu blond«, winkte sie ab und schaute demonstrativ weg.

»Anna, komm schon. Seit dem Typen aus dem Laufklub hast du nie mehr von einem Mann gesprochen. Es ist an der Zeit, das zu ändern.«

Sie verschränkte die Arme und zog eine Grimasse. Nur kurz, danach trat wieder dieser niedergeschlagene Ausdruck in ihr Gesicht. Bestimmt dachte sie an die Zeit zurück, als ihr Laufklub ein neues Mitglied bekommen hatte und sie wochenlang nur von diesem einen Mann sprach. Noch nie hatte ich sie so erlebt. Zu der Zeit rannte sie sechs Mal die Woche, nur um ihn möglichst oft zu sehen. Für mich blieb nur noch ein Abend pro Woche übrig. Das war nichts, wenn man bedachte, dass wir bis dahin fast jede freie Minute miteinander verbracht hatten. Ihre Wangen glühten, wenn sie mir von ihm erzählte. Dann schilderte sie detailliert ihre Versuche, sein Tempo zu halten, um mit ihm ins Gespräch zu kommen. Und dann, von einem Tag auf den anderen, erwähnte sie ihn nie wieder. Als ich sie nach dem Grund fragte, meinte sie nur, eine andere wäre schneller gewesen. Dafür hatte sie von da an regelmäßig Männerbesuch. Ich war zwar Soziologin und keine Psychologin, doch ich war mir sicher, dass ihre Beziehungsunfähigkeit von den Affären herrührte, die Dora gehabt hatte, als Anna ein Kind gewesen war. Nun gingen die Männer nicht mehr in der Wohnung ihrer

Mutter ein und aus, sondern in der Einliegerwohnung darüber, der Wohnung von Anna.

»Ich finde, du ...« Weiter kam ich nicht. Ein Schmerz fuhr durch meinen Unterleib und raubte mir den Atem. Ich krümmte mich zusammen.

»Was ist?« Anna war aufgestanden und legte schützend eine Hand auf meinen Rücken.

Ich schüttelte sie ab. Im Moment ertrug ich keine Berührung. »Nur eine Übungswehe, kein Grund zur Sorge.«

Ich konzentrierte mich auf meine Atmung, bis sich mein Bauch wieder entspannte. Diesmal dauerte es länger als gewöhnlich. Ich warf einen Blick auf mein Handy, um die Uhrzeit abzulesen, da sah ich die Nachricht von Marc.

»Stimmt etwas nicht?«

»Marc übernachtet heute in Zürich. Er muss dringend einen Artikel fertig schreiben und sich gleich morgen früh mit der Redaktion treffen.«

Sie schaute mich mit diesem Blick an, eine Augenbraue leicht angehoben.

»Das habe ich gesehen!«, zischte ich und boxte sie spielerisch in die Schulter.

»Was hast du gesehen?«, fragte Anna unschuldig und blinzelte.

»Deinen Blick.«

»Und?«

Ich schwieg. Es war kein Geheimnis, dass Anna dachte, Marc würde die Arbeit nur als Vorwand benutzen, um sich anderweitig zu amüsieren. Egal, wie sehr ich mich anstrengte, ich schaffte es nicht, mir Marc mit einer anderen Frau vorzustellen, erst recht nicht im Bett. Vielleicht fühlte er sich mir und dem Baby verpflichtet, doch dass er mich betrog, das glaubte ich nicht. Dafür kannte ich ihn zu gut.

Kapitel 5

Jetzt

Sie schwankt durch die Stadt, sieht alles doppelt und dreifach, als wäre sie betrunken. Obwohl sie besser stehen bleiben und sich auf eine Bank setzen sollte, schlurft sie weiter über die Pflastersteine, betäubt vom Schmerz in ihrer Mitte. Ein regelmäßiges Pochen dehnt sich aus, vom unteren Rücken bis in die Oberschenkel. Sie presst die Hand auf den Bauch und unterdrückt ein Stöhnen. Niemand soll mitbekommen, dass mit ihr etwas nicht stimmt.

Sie weicht einem Werbeschild am Rand der Gasse aus. Dabei knallt eine Schulter hart in ihre. Sie keucht erschrocken auf. Für einen kurzen Moment konzentriert sich der Schmerz in ihrem Oberarm, bevor er wieder unter ihren Bauch wandert. Die Hand auf die Schulter gedrückt, schaut sie dem Typen nach. Bloß ein unachtsamer Geschäftsmann in Eile. Sie ist keine Frau, die schnell weint. Tränen dienen keinem Zweck, trocknen nur den Körper aus und schwächen ihn. Trotzdem schluchzt sie so laut auf, dass sich der Mann doch noch nach ihr umdreht. Kraftlos sackt sie zusammen und sucht Halt an der Sandsteinmauer.

»Alles in Ordnung?« Er kniet vor ihr, die Hand auf ihrem Knie. »Habe ich Ihnen wehgetan?«

Sie schaut auf in braune Augen voller Wärme. Diese Augen erinnern sie an jemanden.

»Nein.« Sie presst die Lippen zusammen und versucht sich an einem Lächeln. »Alles gut.«

Er kauft es ihr ab, murmelt nochmals eine Entschuldigung und eilt weiter. Sie vergräbt das Gesicht zwischen den Knien. Nichts ist gut. In ihrer Unterhose sammelt sich das Blut. So viel Blut. Es lässt sich nicht aufhalten.

In meinem Magen flattert es. Es fühlt sich eher an, als wäre ich auf dem Weg zu einem Vorstellungsgespräch und nicht zu einem Treffen mit meiner besten Freundin. Dabei steht Anna mir näher, als es eine Schwester jemals gekonnt hätte. Als Kinder klebten wir aneinander wie Zwillinge, machten nichts ohne die andere. Wir wuchsen im selben Dorf auf und meine Mutter fungierte praktisch als Ersatz für Annas, die ihren Kummer regelmäßig im Alkohol ertränkte. Später hing ihr Schlüssel an meinem Schlüsselbrett und meiner an ihrem. Wir wussten alles über die Liebschaften der anderen, wobei es bei Anna immer mehr zu wissen gab als bei mir. Dafür hatte ich mehr zu erzählen, wenn es um das Leben in der Stadt ging, denn Anna wohnt auch heute noch in der Einliegerwohnung im Haus ihrer Mutter.

Das Feld neben mir ist frisch gepflügt. Die dunkle Erde krümelt sich in Hügeln von unterschiedlicher Größe über die ganze Fläche, als hätten sich ein Dutzend Maulwürfe darin vergraben. Es passiert selten, dass mir auf dieser Strecke jemand begegnet. Heute ist es anders. Eine Frau kommt mir entgegen. Ein Tuch umschmeichelt ihren Hals und bedeckt einen Teil ihres Gesichtes. Ich lächle und nicke ihr zu. Sie läuft grußlos an mir vorbei. Verdattert bleibe ich stehen und schaue ihr nach. Irgendwie kommt sie mir bekannt vor. Ich versuche, das Gesicht zuzuordnen, aber es gelingt mir nicht. In meinem Bauch rumort es. Ich gehe weiter, mit den Gedanken immer noch bei der Frau. Wahrscheinlich kommt sie nicht aus der Gegend, sonst hätte sie zur Begrüßung wenigstens genickt.

In der Ferne entdecke ich Anna vor ihrem Elternhaus. In ihrem roten Mantel sieht sie aus wie immer, die Zeit hat keine Spuren hinterlassen. Mechanisch lege ich die Hand auf den Bauch. Mit Kleidung sieht man mir die Schwangerschaft nicht mehr an. Das ändert nichts daran, dass das Gewebe darunter komplett ausgeleiert ist. Ich würde nie wieder einen Bikini tragen können, im Gegensatz zu Anna. Bestimmt rennt sie immer noch drei Mal die Woche mit ihrem Laufklub, während ich nicht einmal mehr einen kurzen Sprint durchhalte, ohne Seitenstechen zu bekommen.

»Hey«, begrüße ich sie und mustere ihr Gesicht. Es ist vom Puder ganz matt. Als ob sie das nötig hätte.

»Hey.« Nach kurzem Zögern schließt Anna mich in ihre Arme und drückt mich an sich. Der Duft ihres Vanilleparfüms steigt mir in die Nase und weckt Erinnerungen an die Zeit, als wir in hochhackigen Schuhen die Gassen der Berner Altstadt hinunter stolzierten. Damals drehten sich die Männer nach uns beiden um. Jetzt schauen sie nur noch Anna hinterher.

»Es ist lange her, seit wir uns das letzte Mal gesehen haben.«

»Letzte Woche.« Anna legt den Kopf schief und lächelt schwach.

Wenn die Wahrheit nicht so traurig wäre, hätte ich laut aufgelacht. »Das zählt nicht. Kurz nach Leonies Geburt muss es gewesen sein. Bei der Hauseinweihung, oder?«, frage ich, obwohl ich die Antwort genau weiß.

Anna nickt. Ich nehme Leonies Decke vom Fuß des Kinderwagens und will sie wieder über sie legen, da bemerke ich, dass sie mit der Decke auch gleich ihre Socken abgestrampelt hat. Ich ziehe sie vorsichtig wieder über ihre Füße, damit sie nicht aufwacht. Dabei macht die eingenähte Rassel ein schepperndes Geräusch.

»Die Socken hast du ihr genau an diesem Tag geschenkt. Erinnerst du dich?«

Anna beugt sich vor und späht in den Kinderwagen. »Mhm.«

»Das war ein tolles Geschenk.« Ich spüre einen Blick auf meinem Rücken und schaue auf. Hinter einem Fenster im Erdgeschoss verschwindet ein Schatten. Obwohl ich mir sicher bin, dass es nur Annas Mutter war, die uns beobachtet hat, erschauere ich.

»Gehen wir?« Anna richtet sich auf und ich reiße mich vom Fenster los. Sie hat immer noch dieses Lächeln auf dem Gesicht, als wäre es eingefroren.

Ich nicke und gemeinsam biegen wir in einen Feldweg ein. Garantiert schaut Dora uns nach, bis wir am Horizont verschwinden.

Die Wiesen haben ihre saftige grüne Farbe längst abgegeben, dafür erstrahlen die Bäume rot, gelb und orange im Licht der Sonne. Anna zieht ihren Mantel aus und legt ihn über den Unterarm.

»Was ist passiert?«, frage ich. »Du warst so aufgewühlt letzte Woche.«

»Das spielt keine Rolle mehr.« Anna winkt ab. »Erzähl mir lieber, wie es deinen Eltern geht.«

Erstaunt schaue ich sie an. Wir haben uns so lange nicht mehr gesehen und Anna fragt mich zuerst nach meinen Eltern? Sie sagt nichts weiter, also scheint ihre Frage ernst gemeint zu sein. »Mein Vater genießt sein Rentnerdasein.«

»Ich konnte mir ihn nie ohne sein Ersatzteilgeschäft vorstellen. Es war, als hätte er nicht deine Mutter, sondern sein Geschäft geheiratet.«

»Er hat sich nicht freiwillig pensionieren lassen. Heutzutage kaufen die Leute lieber alles neu, anstatt ihre defekten Geräte zu reparieren. Ersatzteile sind nicht mehr gefragt.«

»Ein aussterbender Geschäftszweig.«

»Genau.« Ich rücke mit einer Hand Leonies Decke zurecht. »Und meine Mutter ist ständig auf Trab.«

»Ist sie immer noch Mitglied des Frauenvereins?«

»Nicht nur dort. Sie engagiert sich neuerdings auch im Trödelladen. Schaufenster dekorieren, eingegangene Waren sichten, einkassieren. Solche Sachen.«

Unser Gespräch verebbt, als hätte der Wald neben uns es verschluckt. Im Schatten wird es augenblicklich kälter. Ich lege eine zweite Decke über Leonie und auch Anna schlüpft mit einer fließenden Bewegung wieder in ihren Mantel. Sie läuft zu schnell. Ich mache längere Schritte, um sie nicht zu verlieren. Wir passieren einen Teich. Hunderte von Blättern bedecken die Wasseroberfläche. Leonie ist mittlerweile aufgewacht und plappert vor sich hin. Dadada. Immer dieselbe Silbe und in einer Lautstärke, die man ihr nicht zutrauen würde. Anna läuft noch schneller. Wieder falle ich leicht zurück und mache noch größere Schritte. Der Schweiß sammelt sich auf meiner Stirn und rinnt langsam die Schläfe runter. Anna hingegen kostet das Tempo keine Anstrengung, im Gegenteil. Sie schafft es, ruhig durch die Nase zu atmen, während ich die Luft durch den Mund einsauge, und doch ist es nicht genug.

»Können wir langsamer gehen?« Meine Stimme tönt fremd zwischen dem Rascheln der Blätter und dem Knacken der Äste.

Anna dreht sich erstaunt nach mir um, als hätte sie nicht einmal bemerkt, dass ich nicht mit ihr Schritt halten kann. »Natürlich.«

Ich mustere ihren abwesenden Gesichtsausdruck. Etwas in mir gefriert, als hätte dieser Teil soeben realisiert, dass etwas nicht stimmt. Das ist nicht die Anna, die ich kenne. Meine Anna würde mir jedes Detail aus ihrem Leben erzählen. Von ihrer Mutter, die mit voller Absicht Zwiebeln und Knoblauch in die Lasagne schmeißt, obwohl Anna den Geschmack nicht ausstehen kann. Von der Verteilerzentrale, in der sie seit dem Rauswurf aus dem Restaurant arbeitet. Oder wie ihr Chef ihr ständig die schwersten Bestellungen zuweist. Jedes Mal, wenn ich sie etwas frage, lenkt sie das Gesprächsthema auf mich. Ich schweige, in der Hoffnung, sie brauche nur ein wenig Zeit, um sich mir anzuvertrauen. Immerhin haben wir uns monatelang nicht gesehen. Mein Plan geht nicht auf, Anna sagt kein Wort mehr.

An der Kreuzung, wo ich rechts auf eine Nebenstraße abbiegen müsste und Anna weiter geradeaus, stehen wir einander gegenüber, beide mit den Händen in den Manteltaschen. Es kostet mich einiges an Kraft, den Blick nicht abzuwenden. Anna schaut neben mir vorbei zum Horizont, wo sich die Berge aneinanderreihen. Die Sonne scheint ihr ins Gesicht und sie kneift die Augen zusammen.

»Darf ich ein Glas Wasser haben?«, fragt sie und legt eine Hand auf ihre Brust. »Mein Hals ist so trocken.«

»Du darfst auch einen Kaffee haben.«

»Da kann ich nicht widerstehen.« Sie lacht, das erste Mal herzhaft und ehrlich.

Die Spannung weicht aus meinem Körper. Vielleicht würde sie sich mir im geschützten Innern eher anvertrauen. Wir biegen in die 30er-Zone ein und laufen die letzten Meter zu unserem Haus. Natalias SUV parkt in ihrer Einfahrt. Ich öffne die Tür und nehme Anna den Mantel ab. Danach ziehe ich meinen ebenfalls aus und hänge die beiden nebeneinander auf. Feuerrot ragt ihrer zwischen den sonst ausschließlich dunklen Kleidungsstücken in der Garderobe hervor. Ein paar Haarsträhnen kleben mir im Gesicht. Zwischen meinen Brüsten und am Rücken hat sich der Schweiß gesammelt. Am liebsten würde ich gleich unter die Dusche springen und das klebrige Gefühl von meiner Haut waschen. Ich ziehe vorsichtig die Decke unter Leonie hervor und starre auf ihre nackten Füße.

»Schon wieder sind die Socken weg«, murmle ich. Eine finde ich unter der Decke. Auf der Suche nach der anderen wühle ich in der Wanne und sogar im Ablagefach, obwohl es unwahrscheinlich ist, dass sie dort gelandet ist. Vielleicht liegt sie vor dem Haus. Ich gehe nach draußen und suche den Weg von unserem Garten bis zu Frau Kochers Haus ab. Nichts.

»Es ist doch nur eine Socke«, meint Anna, als ich zurückkomme.

»Da hängen so viele Erinnerungen dran.« Ich verschränke die Arme und schmolle. »Wie Leonie das erste Mal ihre Zehen in den Mund genommen hat. Wie sie strampelt und merkt, dass sie Geräusche macht und sich deswegen umso stärker bewegt. Es ist nicht *nur* eine Socke.«

Anna runzelt die Stirn. Sie scheint nicht zu verstehen, warum mir ihr Geschenk so wichtig ist. »Vielleicht findest du sie beim nächsten Spaziergang wieder.«

»Das hoffe ich.«

In der Wohnküche fülle ich den Kolben mit Kaffeepulver. Anna starrt aus dem Fenster, die Hände im Schoß gefaltet. Als ich mich zu ihr setze, schaut sie mich an. Eine kleine Falte hat sich zwischen ihren Augenbrauen gebildet. »Isabel, ich muss dir etwas sagen.«

Augenblicklich versteife ich mich. Ich habe zwar gehofft, dass sie auftaut. Aber wie sie meinen Namen ausgesprochen hat, so unheilvoll, rechne ich mit dem Schlimmsten.

»Ich habe meinen Job gekündigt«, fährt sie seelenruhig fort, als würde sie mir erzählen, sie hätte gestern Abend Spaghetti gegessen. Das ist nicht, was ich erwartet habe.

»Den bei der Verteilerzentrale?«

»Nein, da arbeite ich schon länger nicht mehr. Ich meine den an der Tankstelle.«

Ich schüttle langsam den Kopf. Zuerst das Restaurant, dann die Verteilerzentrale und jetzt die Tankstelle? Ich kenne niemanden, der so häufig den Job wechselt wie Anna. »Aber warum?«

»Ich fahre eine Weile weg.« Anna trinkt einen Schluck von ihrem Kaffee und leckt sich den Schaum von den Lippen, den Blick in die Tasse gerichtet. »Mit dem VW Bus.«

»Mit dem VW Bus«, wiederhole ich stumpf. Die Enttäuschung übermannt mich. Die Europatour war unser Traum, seit wir Kinder waren. Deutschland, Dänemark, Schweden, immer dem Meer entlang. Jetzt ist es nur noch Annas Traum. Das erklärt, warum sie während des ganzen Spazierganges so schweigsam war. Bestimmt hat sie überlegt, wie sie mir ihren Entschluss möglichst schonend beibringen kann.

»Es tut mir wirklich leid, Isabel.« Als ich nichts erwidere, fährt sie fort: »Ich brauche Abstand von all dem, was in letzter Zeit passiert ist. Abstand von der Anna, die im Alltagstrott versinkt. Ich will herausfinden, wie die Anna ist, die einfach in den Tag hinein lebt. Ich muss das tun. Jetzt. Verstehst du?«

Ich nicke und klammere mich an meine Tasse.

»Bist du wütend auf mich?«

Ich lege den Kopf schief. Habe ich überhaupt das Recht, wütend zu sein? Schon so oft haben wir diese Reise aufgeschoben, jedes Mal meinetwegen. Ich habe mich entschieden, zu studieren. Dann ein Kind zu bekommen. Ein Haus zu kaufen und sesshaft zu werden. Ich darf nicht erwarten, dass sich Anna so lange gedulcdet, bis Leonie alt genug ist, um ohne ihre Mutter zurechtzukommen. Oder bis ich bereit bin, sie loszulassen. Wahrscheinlich wird das nie geschehen.

»Nein«, sage ich daher bestimmt und stelle die Tasse auf den Sofatisch. »Mach diese Reise und genieße sie.«

Die Anspannung verschwindet aus Annas Gesichtszügen. »Danke.«

»Bist du *mir* böse?«, frage ich und knete meinen linken Handrücken.

»Wie könnte ich? Du hast jetzt ein Kind. Das bedeutet Verantwortung. Ich verstehe, dass du nicht von heute auf morgen alles hinschmeißen kannst.«

»Das meine ich nicht.« Ich stocke und halte inne. Auf der einen Seite möchte ich diese Sache zwischen uns aus der Welt räumen. Auf der anderen fürchte ich, das zarte Band, das wir soeben neu geknüpft haben, könnte sofort reißen, wenn ich es anspreche. Anna schaut mich erwartungsvoll an.

»Bist du mir böse«, ich räuspere mich, »weil ich mich nicht bei dir gemeldet habe? In den letzten Monaten?«

Sie schweigt und blickt zum Fenster. Ich halte den Atem an und warte. Die Küchenuhr tickt. Tick tack, tick tack.

»Ein bisschen«, gesteht sie schließlich. »Ich hätte dich gebraucht.«

»Tut mir leid. Leonies Geburt hat mich komplett aus der Bahn geworfen. Ich musste mich zuerst daran gewöhnen, dass plötzlich ein kleiner, wehrloser Mensch da ist und mich rund um die Uhr beansprucht.« Dass auch ich in dieser Zeit Sorgen ausstehen musste und vor lauter Angst um Leonie zeitweise wie gelähmt war, verschweige ich.

»Alles gut, Isabel. Du musst dich nicht rechtfertigen.«

Wie auf Kommando ächzt Leonie im Kinderwagen. Ihre Füße ragen aus der Wanne.

»Stört es dich, wenn ich Leonie hier stille?«

Anna zögert kurz, dann verneint sie. Ich setze Leonie an die Brust und Anna schaut diskret zum Fenster. Eine

Weile sagen wir nichts, nur ein leises Schmatzen vertreibt die Stille im Raum. Ich bemerke, wie Anna mich gelegentlich mustert. Es ist ihr unangenehm, dass ich mit halb entblößtem Oberkörper vor ihr sitze, das spüre ich.

»Und wie finanzierst du die Reise?«, frage ich, um von mir abzulenken.

»Ich fahre, so weit mich mein Geld trägt, und suche dann einen Job.« Sie lächelt mechanisch, als hätte sie es einstudiert. »Viel schlechter als Ware für Einkaufszentren in einen Rollcontainer zu schichten, kann es nicht sein.«

»Und deine Wohnung?«

»Ich wollte sie untervermieten, aber Dora ist strikt dagegen, dass jemand Fremdes mit ihr im Haus wohnt. Ihr gehören nun mal beide Wohnungen, sie hat das letzte Wort.«

Ich verdrehe die Augen. »Sie ändert sich wohl nie.«

»Ja. Es hat ihr schon immer Spaß gemacht, mir möglichst viele Steine in den Weg zu legen.«

Leonies Atemzüge verlangsamen sich und werden tiefer. Sie ist an meiner Brust eingeschlafen. Anna schaut auf ihre Knie und krallt die Finger in den Stoff ihrer Jeans. Ich stehe auf und lege Leonie in den Stubenwagen. Vorsichtig gebe ich ihr einen Kuss auf die Stirn und schnuppere den unvergleichlichen Duft nach Karamell ein. Das könnte ich den ganzen Tag machen.

»Ich muss los«, sagt Anna.

Ich schaue auf die Küchenuhr und hebe die Augenbrauen. Es ist erst Viertel vor vier. Anna nimmt ihren Mantel aus der Garderobe. Der Bügel fällt scheppernd auf den Boden. Schwerfällig wie eine alte Frau hebt sie ihn wieder auf und hängt ihn an seinen Platz zurück.

»Es hat mich gefreut, vor meiner Abreise nochmals mit dir zu plaudern.«

»Mich auch.«

Wir umarmen uns und sie drückt mich so fest, als wolle sie mich nie mehr loslassen. Mir steigen die Tränen in die Augen.

»Schreibst du mir?«, frage ich und gebe mir die größte Mühe, meine Stimme zu kontrollieren.

»Jede Woche.« Sie streichelt mir mit ihrer warmen Hand über die Wange. »Machs gut, Isabel.«

Als sie beim Gartentor angekommen ist, packt mich ein komisches Gefühl.

»Anna?«, rufe ich ihr nach.

Sie dreht sich um.

»Bitte pass auf dich auf.«

Sie lächelt schwach und geht zum Tor hinaus. Ich schaue ihr nach, bis sie aus meinem Sichtfeld verschwunden ist.

Ich lehne mich an die Tür und schlinge die Arme um meinen Oberkörper. Wie Anna mich angeschaut hat. Wie sie mich umarmt hat. Viel zu lange und viel zu fest. Es hat sich nicht angefühlt wie ein Abschied für ein paar Monate, sondern wie einer für immer. Ich fröstle und meine Unterlippe zittert. Meine Haut fühlt sich noch klebriger an als unmittelbar nach dem Spaziergang. Ich schließe die Tür und schaue in den Stubenwagen. Leonie schläft auf dem Rücken, mit leicht geöffnetem Mund. Wenn ich duschen will, dann jetzt. Ich schlüpfe aus meiner Kleidung und werfe sie in den Wäschekorb, bevor ich in die Dusche steige. Das Wasser läuft über mein Gesicht und blubbert in meinen Ohren. Mit einem Schwamm schrubbe ich meine Haut, schrubbe und schrubbe, aber das ungute Gefühl verschwindet nicht.

Die Erinnerung an den Schulausflug ins Berner Oberland im ersten Gymnasiumsjahr erscheint so klar vor meinen Augen, als wäre es gestern gewesen. Wir wanderten mit zwanzig anderen Teenagern durch den Wald, mit dem Ziel, auf einer Lichtung unsere Zelte aufzuschlagen und eine Nacht am Lagerfeuer zu verbringen. Anna murrte den ganzen Weg vor sich hin und trat gegen jede Wurzel, die ihr im Weg lag. Als ob diese schuld wären, dass sie bei der Mathematikprüfung am Tag zuvor kaum eine Aufgabe hatte lösen können. Dies trotz der unzähligen Stunden, die wir miteinander gebüffelt hatten. Auf einmal bog Anna vom Weg ab, stampfte durch kniehohes Gebüsch und schaute nicht zurück. Ich folgte ihr, warf immer wieder prüfend einen Blick über die Schulter, um herauszufinden, ob die beiden Lehrerinnen unser Fehlen bemerkt hatten. Hatten sie nicht. Wir entfernten uns weiter von der Gruppe, liefen so weit in den Wald hinein, dass mein rasendes Herz mich davor warnte, weiterzugehen. Überall hörte ich Schabgeräusche und es biss mich am ganzen Körper, als würden unsichtbare Insekten über meine Haut krabbeln. Irgendwann ging es nicht mehr weiter. Eine Schlucht spaltete den Wald in zwei Teile. Kleine Steine bröckelten über den Abgrund und fielen steil in die Tiefe. Unten rauschte ein Fluss.

»Komm da weg«, ermahnte ich Anna.

Sie hörte nicht auf mich, sondern trat noch näher an den Rand der Klippe.

»Anna, komm da weg!« Ich blieb mit einem Meter Abstand hinter ihr stehen. Mir wurde sofort schwindlig, als ich von dort aus den steilen Hang hinunter schaute. Anna hingegen schien die Tiefe nichts auszumachen.

»Nur ein winziger Schritt«, sagte sie, »und alles wäre vorbei.«

Was hatte sie gerade gesagt? Sie wollte doch nicht etwa springen?

»Anna?« Meine Stimme tönte ungewohnt schrill und meine Beine drohten einzuknicken.

Sie antwortete nicht. Stattdessen setzte sie sich hin und ließ ihre Füße baumeln, als wäre sie auf einer Mauer im Park. Ein Band legte sich um meinen Hals und nahm mir die Luft zum Atmen.

Dasselbe Gefühl wie damals im Wald überkommt mich jetzt wieder und selbst das warme Wasser kann den Gedanken nicht wegwaschen. Würde sie das tatsächlich tun? Meine Haut ist rot von der Hitze. Ich schalte das Wasser aus, das sich gar nicht mehr so warm anfühlt, und öffne das Badezimmerfenster, um den Dampf rauszulassen. Kalte Luft dringt ins Innere, die Härchen auf meinen Armen stellen sich auf. Ich schließe das Fenster wieder und wickle ein Badetuch um meinen Körper. Auf Zehenspitzen schleiche ich die Treppe runter und hinterlasse dabei feuchte Spuren auf den Fliesen. Der Boden im Erdgeschoss ist eiskalt, der Vorhang des Stubenwagens flattert. Habe ich die Haustür nicht geschlossen? Ich luge um die Ecke und tatsächlich, die Tür steht einen Spalt breit offen. Schnell schließe ich sie, bevor sich Leonie eine Erkältung holt. Es ist bereits unangenehm frisch im Raum. Ich tapse zum Stubenwagen, um Leonie zuzudecken, und halte inne. Ihre Decke liegt zerknüllt im Fußbereich, als wäre sie weggestrampelt worden. Aber

Leonie fehlt. Ich hebe die Decke hoch, um ganz sicherzugehen. Leonie ist nicht da.

»Marc?«, krächze ich in die Stille. »Bist du es?«

Keine Antwort. Ich drehe den Kopf so schnell in Richtung Garderobe, dass mir schwindlig wird. Marcs Schuhe stehen nicht auf der Ablage. Wo ist Leonie? Ich stolpere die Treppe hoch, reiße die Tür zum Schlafzimmer auf. Nichts. Natürlich nicht. Wie sollte sie hier hochgekommen sein? Trotzdem durchwühle ich den Schrank, reiße wie eine Verrücktgewordene die Kleider von den Bügeln. Keine Leonie. Ich torkle rückwärts, zittere am ganzen Körper.

»Leonie!«, schreie ich in Marcs Büro, das so spärlich möbliert ist, dass es hallt. Hier ist sie nicht und auch nicht im Badezimmer. Kein Gebrabbel, kein Geschrei, nur mein eigenes Keuchen. Ich renne die Treppe runter, zwei Stufen auf einmal nehmend. Rutsche auf der untersten aus. Falle. Rapple mich wieder auf. Klammere mich an den Rand des Stubenwagens. Er ist leer. Leer. Leer.

Sei nicht irrational, sage ich zu mir. *Dafür gibt es bestimmt eine gute Erklärung.*

Es nützt nichts. Die Angst um Leonie drückt meinen Brustkorb zusammen, presst sämtliche Luft hinaus. Ich eile nach draußen, stoße mir den nackten Zeh am Türrahmen, stolpere weiter.

»Hallo?«, rufe ich.

Keine Antwort. Ich renne hinters Haus, öffne den Deckel der Mülltonne, schaue in die Truhe mit den Gartengeräten. Auch hier ist Leonie nicht. Warum sollte sie? Warum zur Hölle sollte sie in der Mülltonne sein? Warum in der Truhe? Ich schwitze wieder und friere, alles gleichzeitig.

»Suchen Sie etwas, Frau Isabel?«

Ich fahre herum, spähe nach dem Gesicht zu der Stimme, die nach mir gerufen hat. Auf dem Balkon des Nachbarhauses steht Frau Kocher und reckt sich weit übers Geländer.

»Meine Tochter, sie ist …«, rufe ich hoch. »Haben Sie Leonie gesehen?«

»Leonie?« Sogar von hier aus bemerke ich, wie sich ihre Stirn in Falten legt. »Nein, das habe ich nicht. Was ist denn los?«

Ich antworte nicht. Meine Zähne klappern. Mit nassen Haaren stehe ich neben der Babyschaukel im Garten und versuche, zu begreifen, was gerade geschieht. Meine Gedanken laufen Amok, es fällt mir schwer, sie zu fassen und in eine Reihenfolge zu bringen, die einen Sinn ergibt.

Konzentrier dich, Isabel. Konzentrier dich!

Ich presse die Fingerspitzen an die Schläfe und drücke die Augen fest zu. Was ist passiert? Ich habe die Tür abgeschlossen und gleich danach nochmals nach Leonie gesehen. Sie schlief tief und fest. Ich duschte, nicht übermäßig lange. Dann war der Stubenwagen leer. Wo ist Leonie? Immer wieder geht mir diese Frage durch den Kopf, als hätte er einen Sprung. Wer war in unserem Haus und wie kam er hinein? Ich hatte doch abgeschlossen. Ich presse eine Hand auf meine Stirn. Sie glüht förmlich. Mein Atem geht schneller, ruckartiger. Dann schreie ich, so laut ich kann. Schreie und heule, beides gleichzeitig. Ich bekomme keine Luft. Leonie ist weg.

Kapitel 6

Sechs Monate zuvor

In der Nacht lag ich mit halb geschlossenen Augen auf der Seite, den Rücken gegen das Fenster gekehrt. Der Mond warf gespenstische Schatten auf den Kleiderschrank. In meinem Unterleib spürte ich in regelmäßigen Abständen ein merkwürdiges Ziehen. Ich ignorierte es und drehte mich umständlich auf die andere Seite. Übungswehen hatten mir in den vergangenen Wochen einen Großteil meines Schlafs geraubt, das war ich gewohnt. Doch dieses Mal verschwanden sie nicht. Mein Unterleib krampfte sich zusammen, als würde er sich selbst auffressen wollen. Waren das richtige Wehen? Augenblicklich war ich hellwach.

»Marc?«, flüsterte ich. »Das Baby, es …«

Ich suchte Marc neben mir in der zerknüllten Bettdecke, fand ihn aber nicht. Natürlich nicht, er übernachtete ja in Zürich. Regungslos blieb ich liegen. Ich wollte mir nicht ausmalen, was das bedeutete, und zwang mich stattdessen, ruhig zu atmen. Wir waren vorbereitet. Der Kinderwagen und die Babyschale versperrten seit Wochen den Eingangsbereich. In meinem Kleiderschrank hatte ich ein Regal frei geschaufelt und Babykleidung eingeräumt. Das Beistellbett wartete auf seinen Einsatz. Nur unser Haus wäre erst in ein paar Tagen bezugsbereit.

Eine weitere Wehe rollte über mich und ich keuchte laut auf. Ich atmete tief in den Bauch, wie ich es im Kurs gelernt hatte. Als die Wehe abflachte, rief ich Marc an. Es klingelte und klingelte. Was war los? Er hatte mir versprochen, immer erreichbar zu sein. Wahrscheinlich lag das Handy direkt neben seinem Kopf auf dem Nachttisch und klingelte so laut, dass alle anderen Hotelgäste davon aufwachten, nur Marc schlummerte selig weiter. Sobald er sich im Tiefschlaf befand, könnten Einbrecher die Tür eintreten, er würde nichts davon merken. Ich landete beim Anrufbeantworter und Marc forderte mich in geschäftlichem Ton auf, eine Nachricht zu hinterlassen.

»Marc, ich glaube, es ist so weit«, sagte ich so ruhig wie möglich. »Bitte komm nach Hause.«

Ich rief ein Taxi, holte meine bereits gepackte Krankenhaustasche aus dem Schrank und warf einen Blick zurück in unsere Wohnung. Da schoss der Gedanke durch meinen Kopf, dass es das letzte Mal wäre, dass ich aus dieser Tür ging. Wenn ich aus dem Krankenhaus entlassen würde, trat ich mit einem Baby auf dem Arm über die Schwelle in unserem Eigenheim, in ein ganz anderes Leben.

Im Taxi wählte ich nochmals die Nummer von Marc. Wieder der Anrufbeantworter. »Marc, das Baby wartet nicht.« Ich erkannte meine eigene Stimme nicht mehr. Sie bebte unterschwellig und brachte die Unruhe in mir an die Oberfläche. »Bitte komm direkt in die Geburtsabteilung.«

Als ich endlich beim Krankenhaus angekommen war, krümmte ich mich vor der Schiebetür zusammen. Ich musste atmen, tief in den Bauch. Die Schmerzen in meinem Inneren zerrissen all meine Versuche, mich zu entspannen. Ich schluchzte laut auf. Ein Typ von der Security tätschelte unbeholfen meine Schulter und meinte, die Hebamme würde gleich kommen. Hätte der dumme Kerl mich doch ins Gebäude gelassen. Stattdessen ließ er mich auf dem Betonboden sitzen. Als die Hebamme kam, fühlte ich mich unendlich kraftlos wie der leere Akku eines Handys.

»Frau Thalmann?«

Ich nickte, wischte mir mit einer Hand die Tränen weg und presste die andere auf den Bauch.

»Entschuldigen Sie, wir sind nur zu zweit auf der Station und in dieser Nacht wollen gleich vier Babys zur Welt kommen.«

Ich stöhnte auf. Auch das noch. Immerhin hatte sie daran gedacht, einen Rollstuhl mitzubringen. Die Hebamme half mir hoch und schob mich in die Geburtenabteilung, wo sie mir zwei Gürtel um den Bauch schnallte. Einer zeichnete die Herztöne des Babys auf, der andere die Wehentätigkeit. Die Hebamme zog ein Paar durchsichtige Handschuhe an und tastete meinen Muttermund ab.

»Acht Zentimeter«, stellte sie fest und warf die Handschuhe in den Abfalleimer. »Nun dauert es nicht mehr lange.«

Noch zwei Zentimeter, bis der Muttermund vollständig geöffnet war. Kein Wunder, dass ich solche Schmerzen hatte! Ich schob mich wieder aus dem Bett. Nur mit dem Pyjamaoberteil bekleidet, lief ich auf und ab, in der Hoffnung, der Schmerz wäre in Bewegung erträglicher. Die nächste Welle überkam mich und ich schrie, stützte mich an der Wand ab und glitt langsam zu Boden. Durch den Nebel des Schmerzes hörte ich das Klingeln eines Telefons. Marc, schoss es mir automatisch durch den Kopf. Ich kroch in Richtung des Geräuschs. Da hob die Hebamme einen Hörer ans Ohr und lauschte kurz. Ich rollte mich auf dem Boden zusammen, vergrub das Gesicht in meinen Händen. Die Hebamme legte mir ihre Hand auf den unteren Rücken. Sie war so viel kleiner als Marcs. Noch nie hatte ich ein solches Verlangen nach seiner Nähe gehabt. Ich brauchte ihn. Wie sollte ich es ohne ihn schaffen?

»Es tut mir leid, ich muss nach einer anderen Patientin sehen. Wenn etwas ist, drücken Sie den roten Knopf neben dem Bett.« Sie sagte es so ruhig, als würde sie sich nur kurz einen Kaffee holen. Die Tür fiel hinter ihr ins Schloss und ich war allein. In einer Ecke brannte eine Tischlampe, die einzige Lichtquelle im Raum. Ich lauschte den regelmäßigen Herztönen meines Babys und wippte während der viel zu kurzen Wehenpausen im Takt. Mittlerweile war es drei Uhr nachts. Ich versuchte nochmals, Marc zu erreichen. Wieder der Anrufbeantworter. Diesmal hinterließ ich keine Nachricht. Allmählich wurde mir klar, dass ich es ohne ihn schaffen musste. Erst verfluchte ich ihn im Stillen, aber mit jeder Schmerzwelle wurde ich lauter. »Verdammt, Marc! Warum hörst du dein Handy nicht!«

Plötzlich wurden die Wehen stärker und ich verspürte den Drang zu pressen. Ich drückte den roten Knopf, wieder und wieder. Nach einer gefühlten Ewigkeit kam die Hebamme zurück. Sie kontrollierte nochmals den Muttermund.

»Zehn Zentimeter. Es ist so weit.«

Eine erneute Wehe nahm mir die Luft zum Atmen. »Ich kann das nicht«, keuchte ich, als sie vorüber war. »Ich will eine Periduralanästhesie!«

Sie zuckte mit den Schultern. »Dafür ist es leider zu spät. Keine schmerzlindernden Mittel während der Austreibungsphase.«

»Was?«

»Hören Sie, Sie schaffen das.« Sie drückte meine schweißnasse Hand. »Frauen sind dazu gemacht, Kinder zu gebären. Bei der nächsten Wehe pressen Sie einfach mit. Sie bringen dieses Kind zur Welt.«

Sie wiederholte es so oft, dass ich es selbst glaubte. Ich rief Marc noch einmal an. Das letzte Mal, wie ich mir schwor, und ich schrie ins Telefon: »Verdammt, Marc, das Baby kommt! Jetzt!«

Als mich erneut eine Presswehe überrollte, verfluchte ich die Ärzte, die mir gesagt hatten, eine Erstgeburt würde im Durchschnitt dreizehn Stunden dauern. Ich verfluchte mich selbst, dass ich dieses Baby hatte behalten wollen. Und ich verfluchte Marc, weil er nicht da war. Dieses Mal war er wirklich zu spät.

Er war verdammt noch mal zu spät.

Die Hebamme musste nochmals in ein anderes Zimmer. Ich lag allein da, wimmernd und zitternd vor Schmerz, nahm nicht mehr wahr, was um mich geschah. Da war dieser Druck im Becken, der mit jeder Wehe stärker wurde. Es fühlte sich aber nicht an, als ob das Baby weiterkäme. Ich krallte meine Finger in die Decke.

»Etwas stimmt nicht!«, rief ich sofort, als die Hebamme wieder zur Tür reinkam.

Sie kniete sich zwischen meine Beine und kurz darauf lagen ihre Hände auf meinem Bauch.

»Was ist los?«

Keine Antwort. In dem Moment piepste das Gerät immer schneller. Waren das die Herztöne? Ich schrie auf, griff nach der Hand der Hebamme. Sie war genauso schweißnass wie meine.

»Beruhigen Sie sich, es ist alles in Ordnung.« Ihre Miene war ausdruckslos, aber in ihren Augen spiegelte sich die Furcht. Nichts war in Ordnung.

»Was ist mit meinem Baby?« Ich klammerte mich an den Ärmel der Hebamme. Ihr Fuß klopfte einen schnellen Rhythmus auf den Boden. Zum ersten Mal seit meiner Ankunft war sie nicht mehr die Ruhe selbst. Sie drückte eigenhändig den Notfallknopf, dreimal hintereinander. Wir warteten. Das Piepsen wurde immer lauter in meinen Ohren. Niemand kam. Die Hebamme rannte aus dem Zimmer und mit ihr verschwanden auch die Herztöne.

Eine unheimliche Stille breitete sich aus.

Es war, als schwebte ich im luftleeren Raum.

Eine unsichtbare Kraft sog mich auf.

Da war kein Herzschlag mehr.

Langsam sickerte in mein Bewusstsein, was das bedeutete. Ich holte tief Luft und schrie, um die Stille zu vertreiben. Schrie, so laut ich konnte. Ein Gedanke überschattete alles andere: Mein Baby würde sterben. Eine Minute später war das Zimmer gefüllt mit Ärzten.

»Wir holen es jetzt raus«, sagte einer von ihnen.

Dann wurde alles schwarz.

Meine Glieder waren taub und die Augenlider schwer. Ich sah nur weiße Muster auf rotem Hintergrund, die ineinandergriffen und sich im Kreis drehten. Mal in die eine, dann in die entgegengesetzte Richtung. Benommen blinzelte ich. Licht drang an meine Netzhaut und alles wurde hell. Nach ein paar Sekunden hatten sich meine Augen daran gewöhnt und meine Sehkraft kam zurück. Marc saß neben mir auf der Bettkante.

»Du bist wach«, stellte er fest und lächelte.

Wo war ich? Ich schaute mich im Zimmer um. Nur drei leere Betten, die man mit Vorhängen abtrennen konnte, ein Schrank und ein Wickeltisch standen im Raum. Ein Wickeltisch? Ich berührte meinen Bauch und griff in weiche Haut. Mit einem Schlag war die Erinnerung wieder da. Der Schmerz während der Geburt. Die Hebamme, die überall war, nur nicht bei mir. Die alles einnehmende Stille, als der Herzschlag verschwand. Ich schoss hoch und krümmte mich im selben Moment wieder zusammen. Unter meiner Bauchdecke brannte es, als wäre ich aufgeschnitten worden. Tränen schossen mir in die Augen und ich wusste nicht, ob sie vom Schmerz kamen oder von der Frage, die mir auf der Zunge brannte.

Wo ist mein Baby? Ich tastete nach Marcs Hand. Was, wenn mir gleich ein kleiner, lebloser Körper in die Arme gelegt wurde? Ich drückte die Augen so fest zusammen, dass die Sterne hinter den Lidern tanzten. Der Gedanke, mein Kind gehen lassen zu müssen, bevor es überhaupt in dieser Welt angekommen war, schien mich zu ersticken.

»Es ist alles in Ordnung.« Marc drückte meine schwitzige Hand. »Du hattest einen Notfallkaiserschnitt. Sie wird gerade gemessen und gewogen.«

Ich lauschte seinen Worten nach. Es dauerte einen Moment, bis ich realisierte, was sie bedeuteten. »Sie?«

»Es ist ein Mädchen.«

»Ein Mädchen«, wiederholte ich ungläubig seine Worte. »Ist sie gesund?«

»Ja, und putzmunter. Bevor du aufgewacht bist, hat sie meinen Finger umklammert und nicht mehr losgelassen.«

Lange war es her, seit ich Marc mit einem so zufriedenen und entspannten Gesichtsausdruck gesehen hatte. Fast wie damals, als wir uns kennengelernt hatten.

»Kann ich sie sehen?«

In dem Moment öffnete sich die Tür und eine Hebamme kam mit einem Bündel auf dem Arm hinein. »Frau Thalmann. Schön, dass Sie wach sind.«

Ich starrte auf das winzige Wesen in ihren Armen.

»Herzlichen Glückwunsch«, sagte sie und zog die rosarote Häkeldecke ein Stück nach unten, damit ich das Gesichtchen besser sehen konnte. »Sie haben ein gesundes Mädchen zur Welt gebracht.«

Ich richtete mich unter Schmerzen ein Stück weiter auf und streckte meine Arme nach ihr aus. Die Hebamme übergab sie mir und von dem Moment an konnte ich meinen Blick nicht mehr von ihr abwenden. Sie war winzig. Die kleinen Hände, die leicht verdrückte Nase und die dunklen Haare unter der Mütze. Ich legte meine Hand auf ihre Brust und spürte den kräftigen Herzschlag.

»Wissen Sie schon, wie die Kleine heißen soll?«

Ich suchte Blickkontakt zu Marc. Wir hatten verschiedene Namen als Favoriten gekrönt, uns aber noch nicht für einen entschieden. Luisa, Sophie oder doch Mia? Keiner wollte zu dem Gesicht passen, das sich unter meiner Brust versteckte. Da öffnete sie die Augen und sah zu mir auf. Die Pupillen versanken im dunklen Blau ihrer Iris. Nun begriff ich, warum auf jeder zweiten Geburtskarte stand, ein Baby sei ein Wunder. Das war es tatsächlich, anders konnte man nicht beschreiben, was mir in dem Moment durch den Kopf ging. Ihr Herz hatte aufgehört zu schlagen. Dann hatte sie sich wie ein Wunder zurück ins Leben gekämpft. Auf einmal war mir klar, wie sie heißen würde.

»Leonie«, flüsterte ich. »Unser kleines Mädchen heißt Leonie.«

»Leonie also?« Marc nickte bedächtig und legte die Hand auf meinen Oberschenkel. »Den Namen hat sie verdient, sie hat gekämpft wie eine Löwin.«

Ich richtete meinen Blick wieder auf Leonie und spürte eine Wärme in meinem Herzen, die mit nichts vergleichbar war, was ich bisher gekannt hatte.

»Ich lasse Sie einen Moment allein.« Die Hebamme schloss geräuschlos die Tür hinter sich.

Tränen stiegen mir in die Augen. Marc, Leonie und ich waren jetzt eine Familie. Eine richtige Familie.

»Es tut mir unendlich leid, dass du das allein hast durchstehen müssen«, entschuldigte sich Marc. »Es war eine dumme Idee, so kurz vor der Geburt in Zürich zu übernachten.«

»Die Wehen hätten auch tagsüber kommen können.«

»Dann hätte ich das Telefon bestimmt gehört.«

»Es ist o. k., Marc«, sagte ich und meinte es auch. Es war egal, dass er bei der Geburt nicht dabei gewesen war. Alles, was zählte, war, dass Leonie lebte. Ich hielt sie fest und schwor mir, sie zu beschützen, komme, was wolle.

Kapitel 7

Jetzt

Ständig spähe ich aus dem Fenster, überprüfe, ob die Polizei in Sichtweite ist. Nichts. Dabei fühlt es sich an wie eine Ewigkeit, seit ich angerufen habe. Die Hitze ist aus meinem Körper gewichen. Nun zittere ich so stark, dass meine Zähne klappern. Ich schlinge die nackten Arme um mich. Der alte Stoff des Frotteetuchs kratzt auf meiner Haut. Ich muss mich anziehen. Mit fahrigen Bewegungen schlüpfe ich in T-Shirt und Hose. Tränen rinnen über mein Gesicht und ich schluchze so fest, dass mein Oberkörper bebt. Leonie ist weg. Das muss ein Traum sein. Ein schrecklicher Traum, aus dem ich gleich wieder aufwachen werde. Es kann nicht sein, dass mitten am Tag jemand in mein Haus spaziert und mein Kind mitnimmt. Solche Dinge passieren nicht. Nicht in diesem Dorf und erst recht nicht mir.

Ich rufe Marc an und blicke wieder aus dem Küchenfenster. Keine Polizei. Meine Hand zittert. Was soll ich ihm erzählen? Duuut, dröhnt es verzerrt. *Marc, es ist etwas passiert.* Duuut. *Leonie ist verschwunden.* Plötzlich ertönt das Besetztzeichen. Hat er mich weggedrückt? Ein unauffälliges Auto fährt vor, ohne Blaulicht und ohne Sirene. Endlich! Zwei Polizisten steigen aus, eine Frau und ein Mann. Ich schniefe und wische mit dem Ärmel die Tränen vom Gesicht.

»Frau Thalmann?« Der Polizist schaut mich fragend an, die Hand ausgestreckt, um zu klingeln. Langsam lässt er sie sinken. »Gerber ist mein Name, Kantonspolizei Bern. Und das ist meine Kollegin Käser von der Notfallseelsorge.« Er zeigt auf die Frau, die ihn um einen Kopf überragt. »Dürfen wir reinkommen?«

»Natürlich.« Ich führe sie ins Wohnzimmer zum Esstisch, wo sie sich setzen. Nur ich bleibe stehen und klemme die Hände unter die Achseln.

»Erzählen Sie uns doch, was genau passiert ist«, fordert mich Herr Gerber auf und mustert mich aufmerksam.

»Leonie, sie …« Weiter komme ich nicht. Das Bild des leeren Stubenwagens erscheint, samt dem flatternden Vorhang. Ich sehe mich selber, wie ich mich darüber beuge und nur eine leere Matratze vorfinde. Die Gesichter verschwimmen vor meinen Augen.

»Setzen Sie sich doch, Frau Thalmann.« Frau Käser ist aufgestanden. Ihre Hand liegt auf meinem Schulterblatt. Sie übt sanft Druck aus und schiebt mich zum Esstisch. »Lassen Sie sich Zeit.«

Kraftlos sinke ich aufs Leder und atme tief durch. »Sie schlief in ihrem Stubenwagen, hier im Wohnzimmer, und ich ging nach oben, um zu duschen. Danach kam ich runter und merkte, dass die Tür offen war. Als ich in den Stubenwagen schaute, war Leonie nicht mehr da.« Meine Stimme bricht. Es ist, als würde ein Felsen auf meinem Brustkorb liegen und mich zerdrücken.

»War die Tür nicht abgeschlossen oder wurde sie aufgebrochen?«

»Sie war abge…« Mitten im Wort stoppe ich. Plötzlich bin ich mir nicht mehr sicher. War ich so abgelenkt durch den Abschied von Anna, dass ich den Schlüssel nur herauszog, aber nicht umdrehte? Habe ich die Tür offen gelassen? Bin ich schuld, dass Leonie weg ist? »Ich weiß es nicht«, wispere ich. Ich will weinen, den Schmerz aus meinem Körper spülen, doch es geht nicht. Es ist, als ob ich komplett ausgehöhlt worden wäre.

»Wie viel Zeit ist vergangen, bis Sie bemerkt haben, dass Ihre Tochter verschwunden ist?«

»Eine Viertelstunde vielleicht?«

»Sie haben nichts gehört?«

Ich überlege krampfhaft, sehe mich aus der Dusche steigen und das Fenster öffnen. Sehe, wie sich der Dampf verflüchtigt. Da ist nichts außer die friedliche Geräuschkulisse der Natur. »Nein.«

In meinem Kopf dreht sich alles. Ich stelle mir vor, wie jemand lautlos die Tür aufstößt. Wie er über die Fliesen tapst, Leonie aus dem Stubenwagen hebt und mit ihr verschwindet.

Herr Gerber notiert etwas in sein Notizbuch. »Hatten Sie und Ihr Mann Probleme in letzter Zeit?«

Ich zucke zusammen und bin mir sicher, Herr Gerber hat es bemerkt. »Was spielt das für eine Rolle?«

»In den meisten Fällen entpuppen sich die Entführer als ein Elternteil, der mit dem Kind abtaucht.«

Ich denke daran, wie Marc mich küssen wollte und ich zurückgewichen bin. Langsam schüttle ich den Kopf. »Nein, wir haben keine Probleme.«

»Gibt es jemanden, der Ihnen schaden oder Sie erpressen will?«

»Nein, mir kommt niemand in den Sinn.«

»Ist Ihnen sonst etwas aufgefallen?«

Eine gähnende Leere breitet sich in meinem Kopf aus. »Nein.«

»Wir würden Ihren Mann ebenfalls gern befragen.«

»Ich weiß nicht, wann er nach Hause kommt.«

Herr Gerber nickt vielsagend und stemmt sich am Tisch hoch. »Ich möchte mich kurz im Haus und im Garten umschauen, wenn Sie erlauben.«

»Natürlich.«

»Frau Käser kümmert sich in der Zwischenzeit um Sie.«

Frau Käser sucht wieder Blickkontakt mit mir. »Herr Gerber hat bereits erwähnt, dass ich von der Notfallseelsorge bin. Ich kümmere mich um die seelische Gesundheit der Angehörigen in Notfällen wie diesem.«

Notfällen wie diesem. Ich nicke mechanisch, mein Blick schweift durchs Wohnzimmer. Leonies Stubenwagen steht verlassen da, der ganze Raum wirkt auf einmal größer als noch vor ein paar Stunden. Während Frau Käser mit mir spricht, inspiziert Herr Gerber Fenster und Türen auf Einbruchspuren, verschwindet im Obergeschoss und kommt nach ein paar Minuten wieder runter. »Oben sieht es aus, als wäre jemand eingebrochen.«

»Wie bitte?«

»Der durchwühlte Schrank, die offenen Schubladen …«

Hitze schießt in meinen Kopf. Wahrscheinlich bemerken sie es nicht, weil mein Gesicht vor lauter Weinen ohnehin schon rot sein muss. »Das war ich. Ich dachte …«

Was genau habe ich mir dabei gedacht? Dass jemand Leonie hochgebracht und irgendwo in einer Schublade versteckt hatte? Ich presse beide Hände an die Schläfen.

Das Dröhnen in meinem Kopf macht es mir schwer, mich zu konzentrieren. Herr Gerber lässt sich nichts anmerken. Er notiert etwas in sein Notizbuch und klappt es wieder zu. »Sonst sind keine Einbruchspuren zu finden, weder an den Fenstern noch an der Tür. Sie muss offen gewesen sein.«

Mir wird schwarz vor Augen. Mein Gott. Ich habe tatsächlich vergessen, die Tür abzuschließen. Ich lehne mich zurück, halte mich an den Stuhllehnen fest und zwinge mich, ruhig zu atmen.

»Frau Thalmann, ist alles in Ordnung?« Wieder ist da die Hand von Frau Käser auf meiner Schulter.

Ich atme tief in den Bauch. Einmal, zweimal, dreimal. »Es geht schon.«

Mein Blick schweift nach draußen in unseren Garten. Die Hecke hätten wir längst zurückschneiden müssen. Grashalme wachsen in alle Richtungen und verkeilen sich ineinander. Ich sehe Leonie als Kleinkind vor mir, wie sie in der Schaukel sitzt, den blonden Haarschopf zu zwei Schwänzchen zusammengebunden. Marc schubst sie immer höher. Sie jauchzt und bettelt nach mehr. Vielleicht werde ich das nie erleben, weil ich die Tür nicht abgeschlossen habe. Ich schlucke leer. Das Bild verschwimmt vor meinem inneren Auge und ich sehe nur noch die Schaukel, die einsam im Oktoberwind baumelt. Plötzlich taucht Herr Gerber daneben auf und ich blinzle irritiert. Er läuft am Fenster vorbei, rund ums Haus.

»… Frau Thalmann?«

»Wie bitte?«

»Ich habe gefragt, was Ihnen guttut, wenn Sie sich gestresst fühlen.«

»Ich weiß nicht.«

»Eine Massage? Ein warmes Bad vielleicht?«

Eine warme Dusche … Wenn ich in dem Moment nicht geduscht hätte, wenn ich bei Leonie geblieben wäre, dann wäre sie jetzt noch hier. Frau Käser gibt mir Tipps, wie ich den seelischen Stress bewältigen kann, doch ich höre nicht richtig zu. Meine Gedanken drehen sich nur um Leonie.

»Ich versuche nochmals, meinen Mann zu erreichen.« Wieder suche ich Marcs Nummer heraus und halte das Telefon ans Ohr. Wieder das Besetztzeichen. Mir wird ganz flau im Magen. Könnte es sein, dass … Nein. Unmöglich. Warum sollte Marc Leonie entführen? Wahrscheinlich ist er im Zug und telefoniert mit Kunden. Trotzdem schaue ich aus dem Küchenfenster und spähe auf den Vorplatz. Unser Auto steht noch da.

Die Tür fällt ins Schloss. Herr Gerber putzt die Schuhe an der Fußmatte ab. »Wir sind hier fürs Erste fertig, Frau Thalmann. Wenn Ihnen noch etwas einfällt, rufen Sie mich bitte an. Sonst melde ich mich morgen bei Ihnen.« Er packt sein Notizbuch in die Tasche und streckt mir eine Visitenkarte entgegen. Ich starre auf das Wappen des Kantons Bern in der oberen Ecke. Darunter stehen Herr Gerbers Name und sein Rang. Auch Frau Käser reicht mir eine Karte mit der Telefonnummer einer Psychiaterin. Ich starre auf die Karten und komme mir vor wie im falschen Film.

»Ist das alles? Mein Kind wurde entführt! Mich zu befragen und unser Haus zu inspizieren, ist das Einzige, was Sie in so einer Situation tun?«

Verblüfft schauen sich die beiden an. »Wir …«

»Bieten Sie mehr Leute auf, sperren Sie Straßen, schalten Sie die Medien ein!«

»Ein Schritt nach dem anderen, Frau Thalmann.«

»Ihre Schritte sind mir zu langsam!« Ich presse die Lippen zusammen, um nicht laut loszuschluchzen.

»Ich verstehe, dass Sie aufgewühlt sind«, meldet sich Frau Käser zu Wort. »Aber in diesem Fall wäre es sogar kontraproduktiv, die Öffentlichkeit mit einzubeziehen.« Sie schaut kurz zu Herrn Gerber und dieser nickt. »Täter sind meistens finanziell motiviert, wenn es sich nicht um Angehörige handelt. Eine groß angelegte Suchaktion könnte Ihre Tochter gefährden.«

Meine Tochter gefährden. Leonie ist in Gefahr. Mir wird erdrückend bewusst, dass ein einziger Fehler ausreichen würde, damit ich sie nie wieder sehe. Ich sinke kraftlos auf den Treppenabsatz und vergrabe das Gesicht in den Händen. Ich schluchze und meine Schultern beben. Leonie ist weg und ich kann nichts tun. Keine meiner Aussagen hilft der Polizei weiter. Wer auch immer Leonie mitgenommen hat, ist für die Polizei gesichtslos. Wie soll so jemand gefunden werden?

»Sie sollten jetzt nicht allein sein.« Frau Käser setzt sich neben mich. »Gibt es jemanden, den wir für Sie anrufen können?«

Ich nicke. Mein Weinkrampf ebbt langsam ab. Nachdem ich ihr mehrmals versichert habe, dass ich selber anrufe, verlassen die beiden das Haus. Ich schaue ihnen nach, bis sie um die Ecke gebogen sind. Statt noch einmal Marc anzurufen, suche ich den Kontakt meiner Mutter raus. Sie geht sofort ran.

»Mama … Es ist etwas passiert.«

Die Stimmen der Schauspieler einer deutschen Telenovela vertreiben die Stille von Leonies Abwesenheit. Ich greife nach dem Stillkissen über der Sofalehne und schlinge die Arme um den weichen Stoff. Das grelle Licht des Bildschirms schmerzt in meinen Augen. Ich beobachte, wie der Sekundenzeiger seine Runden dreht. Es kommt mir vor, als wäre die Zeit stehen geblieben. Die Polizei ist weg und ich verharre hier wie betäubt, unfähig, mich zu bewegen. Nicht einmal, als sich der Schlüssel im Schloss dreht, erhebe ich mich.

»Das schaffen wir, kein Problem«, ertönt Marcs Stimme aus dem Korridor. Die Tür gleitet fast lautlos zu, eine Tasche fällt dumpf auf den Boden. Marc hängt die Jacke an den Kleiderbügel und schlurft ins Wohnzimmer, die Kopfhörer im Ohr. Ich schalte den Fernseher auf stumm und richte mich auf. Da ist nur Marc, Leonie ist nicht bei ihm. Natürlich nicht.

»Spätestens übermorgen. Genau … Ja. Ihnen auch.« Er hängt auf und legt die Kopfhörer auf die Kommode. Dann schaut er sich um und entdeckt mich auf dem Sofa. »Da bist du ja.« Er bemerkt den Fernseher. Das Licht aus der Garderobe fällt in seinen Rücken, sodass sein Gesicht im Schatten verschwindet. »Tut mir leid, dass ich nicht zurückgerufen habe. Ich musste auf den Anruf eines Kunden warten. War es wichtig?«

Ich schlucke leer. Mindestens dreimal habe ich versucht, ihn zu erreichen, nachdem die Polizei gegangen war, und jetzt weiß ich trotzdem nicht, wie ich ihm sagen soll, dass Leonie verschwunden ist. Er interpretiert mein Schweigen offensichtlich als ein Nein, sonst hätte er nochmals nachgefragt. Er schaltet die Lampe oberhalb der Kücheninsel ein und nimmt sich die Essensreste von gestern aus dem Kühlschrank. Ich schaue zu, wie der Teller in der Mikrowelle seine Runden dreht.

»Marc«, flüstere ich.

Zum ersten Mal, seit er nach Hause gekommen ist, schaut er mich richtig an. »Hast du geweint?«

Pling. Das Licht in der Mikrowelle erlischt.

»Leonie … Sie …« Meine Stimme bricht.

Da realisiert er, dass etwas Schlimmes passiert sein muss. Die Gabel fällt auf den Boden. Ich öffne den Mund, kein Ton kommt raus. Der nächste Weinkrampf schüttelt mich durch. Marc packt mich an den Schultern, seine Finger bohren sich in mein Fleisch. »Was ist mit Leonie? Sprich mit mir!«

»Sie ist weg«, presse ich hervor.

Marc starrt mich an, die Augen weit aufgerissen. »Wovon redest du da?«

»Sie wurde entführt!« Ich befreie mich mit einem Ruck aus seinem Griff, schlinge die Arme um die Beine und vergrabe den Kopf zwischen den Knien.

»Was?« Seine Stimme ist nur noch ein Hauch, kaum wahrnehmbar. Eine Zeit lang ist es still. Ich spüre dem Druck von Marcs Fingern auf meinem Arm nach. Dann höre ich, wie er im Wohnzimmer umherstampft, dann im Badezimmer, im Schlafzimmer und im Kinderzimmer. Als er wieder runter kommt, schaue ich auf und erkenne ihn nicht wieder. Alle Farbe ist aus seinem Gesicht gewichen. Sein ganzer Körper beugt sich der Last, die sich in diesem Moment auf ihn niederlegt.

»Wo ist sie?«

»Ich weiß es nicht.«

Marc setzt sich neben mich und zieht mich in seine Arme. Zögerlich und das erste Mal seit einer Ewigkeit, aber er tut es. Tränen rinnen über meine Wangen und hinterlassen dunkle Spuren auf Marcs Hemd. Ich schluchze und schluchze. Auch Marc weint.

»Wie ist das passiert?«, wimmert er. »Wie konnte das passieren?«

Obwohl ich nur in seinen Armen liegen und von ihm hören möchte, dass alles gut wird, erzähle ich ihm von der offenen Tür, der Dusche und dem leeren Stubenwagen. Marcs Blick ruht auf meinem Gesicht. Wir sind uns so nah, dass er zwischen meinem linken und rechten Auge hin und her sehen muss. Immer wieder reibt er sich mit Daumen und Zeigefinger über den Nasenrücken. Ich bin noch nicht fertig, als es an der Tür klingelt. Marc öffnet und meine Mutter stampft samt Schuhen ins Wohnzimmer. Sie schlingt ihre Arme um mich und drückt mich an ihre weiche Brust. Normalerweise trösten mich ihre Nähe und der Klang ihrer gemurmelten Worte. Heute liegen ihre Arme schwer um meinen Körper. Es ist, als würde ich von ihrer Fürsorge zerdrückt werden. Ich verkrampfe mich, kann mich nicht entspannen. Niemand kann mir den Schmerz abnehmen, der wie eine Decke aus Beton auf mir lastet und mich zu Boden drückt. Mein Vater folgt Marc ins Wohnzimmer. Die Furchen auf seiner Stirn scheinen sich dauerhaft eingegraben zu haben.

»Wer bricht in ein Haus ein und stiehlt ein Kind?«, schluchzt meine Mutter in mein Haar und ich spüre ihren warmen Atem auf meiner Kopfhaut. »Wer macht so etwas? Ausgerechnet in unserem Dorf?«

»Ich wünschte, ich wüsste es, Mama.«

Wir setzen uns aufs Sofa und ich erzähle zum dritten Mal, wie Leonie verschwunden ist. Wie auf Autopilot geschaltet, spucke ich ein Wort nach dem anderen aus. Meine Mutter lässt meine Hände nicht los, drückt sie immer wieder und nickt mit tränengefüllten Augen. Mein Vater fixiert mit abwesendem Gesichtsausdruck den Fernseher.

Meine Eltern sind auch um Mitternacht noch da. Die Polizei hat sich seither nicht gemeldet. Ich starre hinaus in die Dunkelheit. Leonie ist erst ein paar Stunden weg und ich fühle mich, als hätte jemand einen Teil von mir gewaltsam entwendet. Nicht meinen Arm, auch nicht mein Bein, denn ohne diese Gliedmaßen könnte ich weiterleben. Mein Herz ist weg.

Kapitel 8

Sechs Monate zuvor

Die Welt um mich herum war verschwommen, so als wäre ich von einem Tag auf den anderen kurzsichtig geworden. Nur Leonie erkannte ich klar und deutlich auf meinem Arm. Sie saugte an meiner Brust, trank einige Minuten in gierigen Zügen, bevor sie immer weniger häufig schluckte und dann einschlief. Meistens nickte ich vollgepumpt mit Glückshormonen ebenfalls ein. Meine Wochenbetthebamme hatte an diesem Tag ihren ersten Besuch angekündigt, deswegen kämpfte ich gegen die Müdigkeit an. Ich hatte vor der Geburt nur ein einziges Mal mit ihr telefoniert und schon damals keine andere gewollt. Sie wusste, wie man nervöse Mütter beruhigte und ihnen die Ängste nahm. Sogar das Lächeln auf ihrem Gesicht konnte ich in ihrer Stimme hören.

Ich hob Leonie hoch und legte sie in den Stubenwagen. Da schoss wieder dieser stechende Schmerz in meinen Unterleib. Egal ob bücken, laufen, sitzen oder liegen: Die Narbe des Kaiserschnitts erinnerte mich bei jeder Bewegung daran, dass ich Leonie während der Geburt beinahe verloren hatte. Der Gedanke daran trieb mir jedes Mal die Tränen in die Augen. Eigentlich sollte ich noch im

Krankenhaus liegen. Doch nach einer Nacht mit Leonie allein war eine andere Frau mit ihrem Neugeborenen in meinem Zimmer einquartiert worden. Irgendjemand hatte immer geweint, wenn nicht das Kind, dann seine Mutter. Schließlich hatte ich den Arzt angebettelt, mich zu entlassen. Marc hatte uns abgeholt und zu unserem frisch renovierten Haus gefahren, obwohl ein Großteil der Möbel noch geliefert werden musste. Unser Wohnzimmer sah aus, als wollte ich unsere Sachen vor einem Hochwasser schützen. Überall standen volle Umzugskartons erhöht auf Tisch, Stühlen und dem Sofa und warteten darauf, ausgepackt zu werden.

Ich füllte in der Küche ein Glas mit Wasser und schaute aus dem Fenster. Vor unserem Garten stand wieder diese Frau. Die Hände in den Jackentaschen verborgen, starrte sie in meine Richtung. Ich kniff die Augen zusammen, um besser sehen zu können. Erst da realisierte ich, dass sie nicht mich anschaute, sondern die beiden Keramiktöpfe neben dem Eingang. Sogar aus dieser Distanz erkannte ich ihren vom Schmerz gezeichneten Gesichtsausdruck und das Muttermal auf ihrer Wange, so groß wie eine Cherrytomate.

Meine Mutter meinte, Menschen auf dem Land steckten ihre Nasen gern in die Gärten anderer, um zu sehen, ob ihr eigener mithalten konnte. Dem Zaun entlang blühten Wildblumen und zauberten ein wenig Farbe auf die Rasenfläche. Neben dem Eingang standen eben diese Töpfe mit Geranien, sonst nichts. Daher wunderte ich mich, dass sie ausgerechnet unseren Garten als Vergleichsmaßstab ausgewählt hatte. Es störte mich zwar, dass die Frau bei uns herumlungerte, doch solange sie unser Grundstück nicht betrat, durfte sie dort rechtlich gesehen so lange stehen, wie sie wollte. Ich räumte das schmutzige Geschirr in die Spülmaschine. Als ich wieder aufschaute, war die Frau verschwunden.

Wenig später klingelte es an der Haustür. Ich zuckte zusammen und mein Blick schnellte zu Leonie, doch sie schlief tief und fest.

»Hallo, ich bin Salome«, begrüßte mich eine kleine, quirlige Frau mit Kurzhaarschnitt und einem Köfferchen, das mehr zu einem Arzt passte als zu einer Hebamme. Sie streckte mir ihre Hand entgegen und grunzte.

»Isabel.« Ich schob mit dem Fuß einen Karton zur Seite und bat sie ins Haus. »Entschuldige die Unordnung, wir sind gerade erst eingezogen.«

»Wenn ein Haushalt nach der Geburt eines Kindes ordentlich aussieht, hat man entweder eine Putzfrau oder ein Kind, das ständig schläft.« Wieder grunzte sie. Da begriff ich, dass das ihre Art zu lachen war.

Ich schlurfte ins Wohnzimmer. Bei jedem Schritt fühlte es sich an, als würde meine Narbe aufreißen. Vielleicht hatte ich mich beim Auspacken wirklich übernommen. Salome musterte die Kartons, verkniff sich jedoch ihre Bemerkung.

»Und wo ist Leonie?«

Ich führte sie zum Stubenwagen. Sie lehnte sich darüber und betrachtete mit einem sanften Blick meine Tochter. »Die Nase hat sie von der Mama.«

Ich errötete.

»Bist du allein?«, fragte sie und reckte den Kopf vor. »Wo ist dein Mann?«

»Er arbeitet.«

»Hat er keinen Vaterschaftsurlaub?«

»Er kann ihn nicht beziehen, weil er ein Projekt beenden muss.«

Salome legte den Kopf schief und runzelte die Stirn, als könnte sie nicht glauben, dass es Männer gab, die ihre Frauen im Wochenbett allein ließen.

»Er kommt aber jeden Abend früher nach Hause«, fügte ich schnell hinzu.

»Darf ich diese Kartons auf den Boden stellen?«

Ich nickte und schaute ihr zu, wie sie das Sofa leer räumte.

»Da Leonie schläft, schlage ich vor, ich untersuche dich zuerst.«

Ich nahm Platz und sie öffnete ihren Arztkoffer. Unzählige Fläschchen und Salben lagen quer durcheinander im Inneren. Vorsichtig entfernte sie meinen Verband. Außer einem Ziepen spürte ich nichts. Ich schaute nach unten und zum ersten Mal sah ich meine Narbe. Knallrot zog sie sich über meinen Unterleib. Schnell blickte ich wieder weg. Nicht wegen der Narbe, sondern wegen der vielen Dehnungsstreifen, die sich wie Fächer rund um meinen Bauchnabel verteilten.

»Das sieht gut aus«, kommentierte Salome, desinfizierte die Narbe und deckte sie wieder ab. »Nur das Auspacken der Kartons solltest du künftig deinem Mann überlassen.«

»Ich habe nichts ausgepackt, ich habe nur …«

»Schon klar.« Sie lächelte. Genauso hatte ich mir ihr Lächeln am Telefon vorgestellt. »Wie war die Geburt? Im Bericht steht, du hattest einen Notfallkaiserschnitt?«

»Leonies Herz schlug nicht mehr, da musste es schnell gehen.« Ich dachte daran, wie das Piepen, das mich während der Wehen begleitet hatte, plötzlich weg war und Stille den Kreißsaal ausgefüllt hatte. Etwas legte sich schwer auf meine Brust und ich schnappte nach Luft. Tränen schwammen in meinen Augen. »Ich glaubte, sie sei tot.«

»Das verstehe ich. Aber weißt du, Isabel«, sie legte einen Arm auf meinen, »die Hauptsache ist, dass sie es geschafft hat und gesund ist.«

Ich nickte stumm. Leonie ächzte, als wollte sie protestieren. Ich schlurfte zu ihr und hob sie aus dem Wagen. Während ich sie an meine Brust drückte, ließ ich mir Salomes Worte nochmals durch den Kopf gehen. Sie hatte recht. Seither tat ich alles, dass Leonie nichts passierte. Das war der Grund, warum ich auch hier zu Hause nicht gut schlafen konnte. Die ganze letzte Nacht hatte Leonie auf meiner Brust gelegen und ich sie festgehalten, damit ich sofort merkte, wenn etwas nicht in Ordnung wäre. Sobald sie sich regte, wachte ich ebenfalls auf und überprüfte angespannt, ob sie noch atmete. Jedes Mal stieß ich einen Seufzer der Erleichterung aus, wenn ich ihren warmen Atem an meinem Finger spürte. Marc bekam von all dem nichts mit. Er schlief wie immer wie ein Murmeltier, bis zum Kinn in seine Decke gekuschelt.

»Dann schauen wir mal, wie es deinem Töchterchen geht.« Salome streckte die Hände nach mir aus. Im ersten Moment wusste ich nicht, was sie von mir wollte, und schaute sie fragend an. Erst, als sie näher kam, realisierte ich, dass sie mir Leonie abnehmen wollte. Völlig überrumpelt ließ ich sie mir aus den Armen nehmen. Sie hielt Leonie so selbstverständlich, als wäre sie die Mutter und nicht ich.

»Wo wickelst du sie?«

»Auf dem Sofa.« Ich spürte, wie mir die Röte ins Gesicht stieg. »Der Wickeltisch steht noch nicht.«

»Du musst dich nicht rechtfertigen. Ich kenne vierfache Mütter, die ihre Wickelunterlage unter eine Kommode geschoben und die Babys auf dem Boden gewickelt haben.« Salome legte eine Unterlage aufs Sofa und Leonie oben drauf. »Du hast ein wunderschönes Baby, Isabel, weißt du das?« Mit geschickten Handgriffen zog sie ihr den Strampler aus und ließ sie dabei nicht aus den Augen. »Ein perfektes kleines Mädchen.«

Ich ließ meinen Blick über den schlanken Körper meiner Tochter schweifen. Der Volksmund sprach immer von Babyspeck, doch an Leonie konnte ich keinen ausmachen. Ihre Arme und Beine waren dünn, ohne Muskeln und ohne Fett, die Haut gelblich verfärbt. Sie legte Leonie auf ein Mulltuch, band die Enden zusammen und hängte sie an eine elektronische Zugwaage. So hatte ich mir die Bündel immer vorgestellt, die der Storch brachte.

»Zwei Kilo und sechshundertfünfzig Gramm«, kommentierte sie.

»Fünfzig Gramm weniger als bei der Geburt«, bemerkte ich und mein Puls beschleunigte sich. »Habe ich vielleicht zu wenig Milch?«

»Keine Sorge, das ist absolut normal. In zwei Tagen wird sie ihr Geburtsgewicht wieder erreicht haben.« Sie zog Leonie eine frische Windel, einen Body und einen Strampler an. Dann legte sie ihre Hand auf Leonies Brust. Ihr Gesichtsausdruck veränderte sich. Die Mundwinkel sanken kaum merklich nach unten. Sie streckte die Brust raus, als würde sie sonst in sich zusammensacken. Ihre Augen glänzten, während sie unbeweglich dasaß und

Leonies Hände festhielt. Zum ersten Mal, seit Salome unser Haus betreten hatte, keimte eine seltsame Unruhe in mir auf. Ich wollte, dass sie wieder ging.

»Ich glaube, Leonie hat Hunger«, log ich und streckte meine Hände nach ihr aus.

»Klar.« Salome schüttelte den Kopf, als wollte sie einen Tagtraum vertreiben, und reichte mir Leonie. Mit einer Hand wischte sie sich über die Wange. Weinte sie etwa? Gerade als ich genauer hinsehen wollte, wandte sie sich von mir ab und verstaute die Zugwaage in ihrem Koffer.

Wieder unten bei der Haustür setzte sie dasselbe Lächeln auf, mit dem sie mich vor einer Stunde begrüßt hatte. »Mach dir keine Sorgen. Du hast das Muttersein im Blut. Du kannst gar nicht anders, als intuitiv alles richtig zu machen.« Sie verabschiedete sich und ich war froh, wieder mit meiner Tochter allein zu sein.

Kapitel 9

Jetzt

Von der hintersten Bank aus überblickt sie alles: Den Busfahrer im Rückspiegel, die beiden Teenager im Viererabteil, die mit Dreck verschmierten Fensterscheiben. Immer wieder hält sie Ausschau nach einem Blaulicht in der Dunkelheit, lauscht auf die Sirene, die jeden Moment ertönen muss. Nichts, nur das Dröhnen des Motors, in den Kurven kaum hörbar, dafür umso mehr, wenn der Bus beschleunigt. Auf der Suche nach Halt lehnt sie den Kopf an die Fensterscheibe. Noch nie in ihrem ganzen Leben ist ihr so flau im Magen gewesen.

Der Bus wird langsamer und kommt zum Stillstand. Ein alter Mann mit Gehstock hievt sich ins Innere. Es gibt so viele freie Plätze, aber er setzt sich ausgerechnet neben sie. Der Duft von altem Rasierwasser steigt ihr in die Nase. Sie hält die Luft an. Sein Blick wandert zu der Ausbuchtung in ihrer Jacke. Ein seliges Lächeln erscheint auf seinem Gesicht, als würde er gerade an seine Enkelkinder denken. Sie zieht den Reißverschluss höher, bis es nicht mehr weitergeht. Dann starrt sie aus dem Fenster und tut so, als wäre das Baby unter der Jacke ihr eigenes.

Es ist so unerträglich hell im Zimmer. Ich drehe mich gegen die Wand und ziehe die Decke bis zum Kinn hoch. Mein Kopf dröhnt, als säße ich direkt neben einer

Turbine. Dabei ist es im Zimmer so ruhig. Viel zu ruhig. Ich öffne die Augen und blinzle. Die Sonne wirft friedlich Lichtstreifen ins Zimmer, simuliert Normalität, wo keine mehr ist. In einem Sekundenbruchteil stürzen die gestrigen Ereignisse auf mich herab: der leere Stubenwagen, die offene Tür, der Besuch der Polizei. Vielleicht hat Herr Gerber mittlerweile Hinweise erhalten? Sofort taste ich nach dem Handy auf dem Nachttisch und entsperre es. Keine neuen Nachrichten. Die vier Monate alte Leonie lacht mir entgegen. Die Ärmel ihres Pullis sind umgeschlagen, die Beine der Hosen ebenfalls. Ihr sind alle Kleider zu groß. Ich sinke wieder ins Kissen, suche in der Mulde der Matratze nach Trost. Vergeblich. Leonie ist nicht da. Das war kein Traum, obwohl es mir so vorkommt, als müsste es einer sein. Meine Zähne klappern, mein ganzer Körper zittert. Ich rolle mich zusammen, kuschle mich enger in die Bettdecke, doch mir wird nicht wärmer. Still weine ich vor mich hin. Am liebsten würde ich liegen bleiben und nie mehr aufstehen. Mir etwas gegen die Brust schlagen, damit sie aufhört, mich so einzuengen. Als ich mich zurück auf den Rücken drehe, merke ich, dass ich mir den Schmerz nicht einbilde. Er kommt tatsächlich von meinen Brüsten.

Ich schleppe mich aus dem Bett. Im Spiegel im Bad fällt mir als Erstes mein Gesicht auf. Es glänzt vom Schweiß und die Haare kleben mir auf der Stirn. Mein Blick wandert nach unten. Zwei dunkle Flecken haben sich auf dem Nachthemd gebildet, über jeder Brust einer. Sie reichen bis zur Taille. Ich ziehe das Nachthemd über den Kopf. Meine Brüste sind prall gefüllt und an manchen

Stellen rot. Eine weißlich-durchsichtige Flüssigkeit tropft aus beiden Nippeln. In dem Moment öffnet sich die Tür und Marc steckt den Kopf ins Bad. Als er meine Brüste sieht, weiten sich seine Augen.

»O Gott, Isabel«, murmelt er. »Du musst sofort zum Arzt.«

Eine halbe Stunde später warten wir im Behandlungszimmer der Arztpraxis. Marc lehnt sich an die Wand neben dem Fenster und schaut hinaus. Er steht noch genauso gekrümmt da wie gestern. Augenringe haben sich tief in sein Gesicht gegraben, als hätte er die ganze Nacht nicht geschlafen.

Wir warten nicht lange, bis eine Ärztin das Zimmer betritt und uns begrüßt. Ihr Gesicht ist faltenlos jung. Wenn auf ihrem Schild nicht ein Dr. dem Namen vorangehen würde, hätte ich geglaubt, sie sei die Arzthelferin. Sie fordert mich auf, mich oben frei zu machen.

»Ich taste jetzt Ihre Brust ab.« Bei der ersten Berührung ihrer kalten Hände zucke ich zusammen. Schnell findet sie die Stelle. »Hier ist eine Verhärtung. Tut das weh?«

Ich beiße die Zähne zusammen.»Ein wenig.«

Leonie und ich sind seit fast sechzehn Stunden getrennt. Wäre sie bei mir gewesen, hätte sie seitdem mindestens vier Mal von meiner Brust getrunken. Die Ärztin zückt ein Fieberthermometer und misst die Temperatur in meinem Ohr.

»Fieber haben Sie nicht«, stellt sie fest. »Es scheint, als hätten Sie nur einen Milchstau. Legen Sie Ihr Kind häufig an und achten Sie darauf, dass sein Kinn auf der Seite der Verhärtung liegt. Am besten wenden Sie sich an Ihre Hebamme. Sie kann Ihnen helfen, den Knoten auszumassieren.«

Sie zieht die Handschuhe aus und wirft sie in den Abfalleimer. In meinem Mund bildet sich Speichel. Ich kann ihn nicht herunterschlucken.

»Das geht nicht«, krächze ich.

»Wie bitte?«

Ich will ihr erklären, dass ich nicht stillen kann, weil kein Kind da ist, doch meine Stimme versagt. Was trinkt Leonie jetzt, wenn sie keine Muttermilch bekommt? Füttert sie überhaupt jemand, oder … Leonie erscheint vor mir. Sie liegt auf einem Betonboden und schreit aus Leibeskräften, Hände und Füße blau vor Kälte. Ich schließe die Augen, in der Hoffnung, die Bilder in meinem Kopf würden dadurch verschwinden. Dann schlage ich die Hände vors Gesicht und weine. Marc setzt sich zu mir auf die Liege und zieht mich an sich. »Meine Frau kann unsere Tochter im Moment nicht stillen.«

Ich lehne mich an ihn, dankbar, dass er dieses Gespräch für mich übernimmt und der Ärztin erklärt, was passiert ist. Weil ich nicht aufschaue, sehe ich ihre unmittelbare Reaktion nicht, weiß nicht, ob sie einen schockierten oder überraschten Gesichtsausdruck macht oder ob ihr alles gleichgültig ist. Als sie wieder das Wort ergreift, tönt ihre Stimme ganz sanft. »Ich schlage vor, Sie pumpen Ihre Milch ab, bis Ihre Tochter wieder bei Ihnen ist. In Ordnung?«

Ich nicke. Mit dem Rezept für eine elektrische Milchpumpe in der Hand verlasse ich die Praxis. Ich kann nur daran denken, dass ich Leonie vielleicht nie wieder stillen werde.

Leonies Geburtstafel am Gartenzaun ist das Erste, das mir beim Heimkommen auffällt. Die Bilder von ihr auf der Kommode beim Eingang das Zweite. Auf einem halte ich sie im Arm und betrachte sie. Sie lächelt mich an, zum allerersten Mal. Dieser Moment ist magisch gewesen. Bis dahin hat sie mich nur aus Neugierde angeschaut und keine Gefühlsregung gezeigt. Dass sie ab diesem Zeitpunkt auf meine Stimme gepaart mit Grimassen reagierte, war unbeschreiblich. Ich schluchze auf und beginne, unkontrolliert zu zittern. Ich klammere mich an Marc und versenke mein Gesicht in seinem Hemd. Auch sein Körper bebt, aber ich höre nur mein eigenes Schluchzen. Es dauert einen Moment, bis ich mich beruhigt habe. Marc hält mich fest, als könnte ich zerbrechen, wenn er mich loslassen würde. Ich schaue auf. Seine Haare sind zerzaust, sein Blick leer und die Mundwinkel werden von der Schwerkraft nach unten gezogen. Er sieht genauso aus, wie ich mich fühle: komplett ausgelaugt. So habe ich ihn noch nie gesehen.

»Geh laufen«, sage ich zu ihm.

»Aber …«

»Du brauchst ein Ventil.«

»Und du?«

»Ich kümmere mich um meine Brüste.«

Marc lächelt schwach. »Na gut. Aber ruf mich bitte sofort an, wenn es Neuigkeiten gibt.«

Nachdem Marc das Haus verlassen hat, wasche ich alle Teile der Milchpumpe mit warmem Seifenwasser und werfe sie in einen Topf. Während die Teile abkochen, hadere ich mit mir, ob ich tatsächlich meine Hebamme anrufen soll. Der Gedanke an sie weckt sofort ein ungutes Gefühl in mir. Die Ärztin hat mir bereits erklärt, wie ich die Verhärtung am besten wegmassiere. Vielleicht gelingt es mir selber.

Mit der Milchpumpe und der Bedienungsanleitung bewaffnet setze ich mich aufs Sofa, füge alle Einzelteile zusammen und stülpe den Trichter über meine Brust. Ich weiß nicht, wie ich es schaffe, die Maschine in Gang zu bringen, doch irgendwie funktioniert es. Die Milch spritzt an das Plastik der Trichter wie bei einer Kuh. Statt auf Leonies Finger, die sich in den Stoff meines Pullovers krallen, starre ich an die Wand und lausche dem Rattern der Milchpumpe.

In unserer Wohnung war ich oft allein, manchmal mehrere Abende hintereinander, weil Marc erst spät gegen Mitternacht von der Arbeit nach Hause kam. Es machte mir nichts aus. Ich tüftelte an meiner Dissertation und merkte oft gar nicht, wie spät es schon war, als Marc die Haustür aufschloss. Allein in unserem Haus zu sein, ist anders. Selbst wenn ich es versuchen würde, könnte ich die vielen Zimmer nicht mit Leben füllen. Ich vermisse Leonies Lachen, ja sogar ihr Kreischen, bei dem mir danach die Ohren pfeifen. Eine Träne fließt über meine Wange, so lautlos wie Leonies Verschwinden.

Mein Telefon vibriert und holt mich aus meinen Gedanken. Eine mir unbekannte Berner Nummer erscheint auf dem Display. Anstatt ranzugehen, starre ich es an, sehe zu, wie es sich mit jeder Vibration ein kleines Stück näher an den Rand des Tisches bewegt. Was, wenn es Leonies Entführer ist? Wenn er Lösegeld verlangt und damit droht, Leonie etwas anzutun, wenn wir seine Forderungen nicht erfüllen? Was soll ich ihm antworten, wie mich verhalten, damit ich Leonie nicht in Gefahr bringe? Das Handy vibriert weiterhin, befindet sich nur noch einen Zentimeter von der Tischkante entfernt. Was passiert, wenn ich nicht rangehe? Wenn ich den Entführer dadurch verärgere und er seine Wut an Leonie auslässt? Die Entscheidung fällt schnell. Bevor das Handy runterfällt, greife ich danach und gehe ran.

»Frau Thalmann, hier ist Gerber.«

Ich atme auf. Die Polizei. Natürlich. Warum auch sollte der Entführer anrufen, ohne seine Nummer zu unterdrücken?

»Ich möchte Sie kurz über den Stand unserer Ermittlungen informieren.«

Ich nicke, merke aber sofort, dass er mich gar nicht sieht. So gebe ich ein Krächzen von mir, das nur entfernt Ähnlichkeit mit einem »O. k.« hat.

»Wir fahren mit polizeiinternen Fahndungen fort, werten die Befragungen der Haushalte in Ihrer Nachbarschaft aus, sichten Überwachungskameras und warten auf weitere Hinweise.«

»Haben Sie alle Nachbarn befragt?«

»Alle außer zwei. In manchen Fällen dauert es einen Moment, bis wir die Zeugen erreichen.«

»Niemand hat etwas gesehen? Nicht einmal Frau Kocher?«

»Leider nicht.«

Ich seufze und reibe mir die Stirn. Frau Kocher sitzt fast den ganzen Tag im Sessel neben dem Fenster und späht hinaus, in der Hoffnung, in der Nachbarschaft würde sich etwas Spannendes ereignen, damit sie den neusten Tratsch verbreiten kann. Wenn sie nicht im Sessel ist, gießt sie die Geranien auf dem Balkon oder rupft Unkraut im Garten. Ausgerechnet gestern hat sie nichts gesehen?

»Haben Sie etwas Geduld und vertrauen Sie unserer Arbeit«, fährt Herr Gerber fort. »Ich verspreche Ihnen, dass wir unser Möglichstes tun, um Ihnen Ihr Kind sicher wiederzubringen.«

Zwischen den Zeilen höre ich mehr. Er verspricht, sein Möglichstes zu tun, und nicht, Leonie wiederzufinden. Das ist ein Unterschied. Ich verkneife mir einen weiteren Kommentar. Herr Gerbers erster Verdacht ist Marc gewesen, weil es in der Vergangenheit Fälle gab, in denen der Vater oder die Mutter mit dem Kind abgehauen ist. Baut er die weitere Suche nach demselben Prinzip auf? Was, wenn er damit wieder falschliegt? Wenn die Polizei eine falsche Spur verfolgt, könnte der Entführer mittlerweile überall sein. Ich verdränge den Gedanken, was das für Leonie bedeutet.

»Es tut mir leid, dass wir bisher keine erfreulicheren Neuigkeiten haben.«

Wir vereinbaren, dass ich mich bei ihm melde, falls mir etwas Wichtiges einfällt, und er sich bei mir, wenn es etwas Neues gibt. Er schaue aber in jedem Fall morgen bei uns vorbei. Nach dem Telefonat speichere ich seine Nummer unter demselben Kontakt ab, unter dem ich gestern seine Handynummer abgespeichert habe. Leonie strahlt mir auf dem Sperrbildschirm entgegen. Ich schlucke und lege das Handy verkehrt auf den Tisch. Mein Blick schweift zu den Milchflaschen daneben. Erstaunlich, wie wenig Milch sich darin befindet. Meine Brüste sind zwar nicht mehr knotig, aber immer noch prall gefüllt. Hat Leonie doch zu wenig Milch bekommen? Hat sie deswegen über die letzten zwei Monate so schlecht zugenommen? Meine Sorge um Leonies Gewicht erscheint mir auf einmal völlig übertrieben. Was sind ein paar Hundert Gramm mehr oder weniger, im Vergleich dazu, Leonie vielleicht für immer zu verlieren? Der Gedanke bohrt sich wie eine Faust in meinen Magen.

In dem Moment fällt die Tür ins Schloss und Marc kommt ins Wohnzimmer. Sein Laufshirt ist pitschnass und der Schweiß rinnt ihm von den Schläfen. Als er mich sieht, kehrt die Spannung in seinen Körper zurück. »Was ist los? Gibt es Neuigkeiten von Leonie?«

»Nein, nichts Neues. Ich habe nur so ein dummes Gefühl.« Ich rapple mich auf und halte mich an der Kommode fest. Leonie ist kaum vierundzwanzig Stunden weg und ich ertrage ihre Abwesenheit schon jetzt nicht mehr. Marc schließt mich in seine Arme und streicht mir über den Rücken. »Alles wird gut, Isa. Wir finden Leonie.«

Kapitel 10

Sechs Monate zuvor

Ich ärgerte mich, dass ich dem Treffen mit meiner Nachbarin zugestimmt hatte. Lieber wäre ich mit Leonie spazieren gegangen, als im Haus nebenan Kaffee zu trinken. Für einen Rückzieher war es zu spät. Schon von unserem Gartentor aus fiel mir das Schild an der Eingangstür ins Auge. Der Familienname war mit krakeliger Schrift in Salzteig eingekratzt. Ich hörte das Stampfen, Rennen und Schreien der Kinder, noch bevor ich die Klingel drückte. Kleine Hände und Nasen pressten sich an die milchige Glasscheibe. Natalia hatte vier Kinder, oder? Im Moment kam es mir eher vor, als wäre es eine ganze Schulklasse. Die Tür öffnete sich und das Geschrei wurde schlagartig lauter.

»Isabel! Schön, dass du es einrichten konntest.« Natalias Wangen leuchteten rosig, die blonden, fast goldigen Haare fielen ihr bis auf die Hüften. »Das hier sind Lenni und Benni«, sagte sie und lenkte meine Aufmerksamkeit auf ihre Sprösslinge. »Die beiden sind fünf Jahre alt.« Sie verstrubbelte die Haare von einem der gleich großen Kinder, die auch sonst uniform aussahen: die gleiche Topffrisur, die gleichen braunen Augen und das gleiche freche Grinsen auf dem Gesicht. Dann zeigte sie auf den kleineren Jungen. »Tommi ist zwei und der Kleinste heißt Ronni.« Sie drehte das Baby auf ihrem Arm in meine Richtung, sodass ich sein Gesicht gut sah. Ein richtiger Wonneproppen. Der Speck sammelte sich bei den Handgelenken und seine Wurstfinger waren mindestens doppelt so dick wie die von Leonie.

»Sie sehen sich nicht ähnlich«, platzte es aus mir heraus.

Natalia lachte. »Das liegt daran, dass sie verschiedene Väter haben.«

Mein Mund klappte auf. Schnell schloss ich ihn wieder und spürte die Hitze in den Wangen. »Entschuldige, ich wollte nicht …«

»Kein Problem.« Sie winkte ab. »Du bist nicht die Erste, die sich darüber wundert. Komm doch rein.«

Der Duft von Räucherstäbchen waberte durch das Haus und wurde intensiver, je näher wir dem Wohnzimmer kamen. Mein Blick schweifte durch den Raum. Kein Sofa, dafür war jeder Quadratzentimeter mit Spielsachen bedeckt. Man konnte hindurchlaufen und es raschelte wie die Blätter im Wald. In einem Regal entdeckte ich die Räucherstäbchen.

»Schau mal«, rief Lenni mir zu.

Tommi stieß ihn weg und baute sich vor mir auf. »Nein, komm hierhin.«

Lenni heulte und streckte seine Ärmchen nach Natalia aus. Sie nahm ihn nicht hoch, verstrubbelte nur seine Haare. »Isabel schaut eure Spielsachen gern später an, nicht wahr? Und nun Abmarsch ins Kinderzimmer!« Sie scheuchte ihre drei Ältesten aus dem Raum. Mit den Füßen schob sie die Legosteine, Plüschtiere und Holzteller zur Seite, warf zwei dünne Kissen auf den

Boden und breitete eine Picknickdecke in der Mitte aus. »Mach es dir bequem.«

Ich setzte mich und legte Leonie neben Ronni auf die Decke. Der Anblick war grotesk. Ihr Sohn war in allen Dimensionen mindestens das Doppelte von Leonie. Ich wusste, dass meine Tochter schlank war, doch neben ihm sah sie krankhaft dünn aus, als würde ich ihr nicht genug Milch geben.

»Alles gut, Isabel?«

»Ja, klar.« Ich löste meinen Blick von den Babys und knetete meine Finger. In diesem Zimmer, in diesem Haus fühlte ich mich nicht wohl. Nun war ich sicher, dass ich diese Einladung nie hätte annehmen sollen.

»Trinkst du auch einen Getreidekaffee?«

»Ist der koffeinfrei?«

Sie nickte. »Leider kann ich dazu nur Hafermilch anbieten. Wegen Ronnis Milcheiweißunverträglichkeit habe ich keine Milchprodukte mehr im Haus.«

»Schwarz passt, danke.«

Natalia verschwand in der Küche und streckte mir kurz darauf eine Tasse mit dunkelbrauner Flüssigkeit entgegen.

»Leonie ist ein süßes Baby«, sagte sie und beugte sich über meine Tochter. »Sie hat deine Nase.«

»Danke.« Ich betrachtete ihren Sohn. Das Kompliment konnte ich nicht zurückgeben. Er war in seiner Speckummantelung alles andere als süß. Natalia befreite zwei lange Haare aus dem Rad eines Spielzeugtraktors und wickelte sie um den Finger.

»Wie gefällt es euch im Dorf? Die Umstellung von der Stadt aufs Land war sicher nicht einfach.«

»Ich bin hier aufgewachsen.«

»Wirklich?« Sie hob erstaunt die Augenbrauen. »Das hätte ich nicht gedacht. Du und dein Mann, ihr seht aus wie … Wie soll ich sagen?« Sie schaute an mir vorbei, hinaus ins Freie. »Wie typische Städter.«

»Wie meinst du das?«

Sie druckste herum. »Na ja, eben wie Leute, die viel arbeiten.«

Ich richtete mich auf. »Wie kommst du denn darauf?«

»Dein Mann verlässt schon vor sechs im Anzug das Haus und du machst auch einen sehr geschäftsmäßigen Eindruck.« Sie zeigte auf meine weiße Stoffhose und die dunkle Bluse.

Ich runzelte die Stirn. Karrierefrau? So wirkte ich auf andere? »Ich bin Soziologin, aber Karriere …«

»Wisst ihr bereits, wie ihr die Kinderbetreuung regeln wollt, wenn du wieder zurück in den Beruf gehst?«, unterbrach sie mich.

»Nein, das haben wir noch nicht besprochen.«

»Das solltet ihr aber. Anders als in der Stadt sind die Betreuungsplätze hier im Dorf rar. Ich habe beim Dritten aufgehört zu arbeiten. Steuern und die Kosten für die Betreuung sind so hoch, da wäre von meinem Lohn nichts mehr übrig geblieben. Außerdem bekomme ich so mehr Alimente.«

Meine Doktorarbeit kam mir in den Sinn. Wenn Männer und Frauen gleichviel verdienen würden, hätte sie ihren Job vielleicht nicht an den Nagel hängen müssen. Ich pustete in meine Tasse und vertrieb den Dampf. Es dauerte kaum fünf Minuten, bis die anderen drei Kinder wieder an ihrer Mutter hingen.

»Mami, uns ist langweilig.«

»Dürfen wir fernsehen?«

»Kriege ich ein Stück Schokolade?«

Benni rannte über die Picknickdecke. Ein Fuß landete genau auf der Stelle zwischen Leonie und Ronni, nur wenige Zentimeter neben ihrem Kopf. Erschrocken schaute ich Natalia an, doch ihr Gesichtsausdruck war unverändert. Sollte sie nicht etwas unternehmen, bevor ihr Kind unsere Babys zertrampelte? Anstatt Benni in seine Schranken zu weisen, stemmte sie sich hoch, ließ ihren Jüngsten auf dem Boden liegen und folgte den beiden anderen in die Küche. Das Rascheln von Papier und das darauf folgende Knacksen ließ vermuten, dass sie ihnen ein Stück Schokolade in die Hand drückte. Benni fegte wieder im Zimmer umher. Schnell hob ich Leonie hoch und drückte sie an meine Brust. Sekundenbruchteile später rutschte Benni mit seinen Socken über den Laminatboden durch das Spielzeug hindurch und rammte die Decke. Ich drückte Leonie fester an mich und warf ihm einen bösen Blick zu. Er hatte nur ein dummes Grinsen für mich übrig. Das Grinsen eines frechen fünfjährigen Jungen. Aus dem Nebenzimmer ertönte der Fernseher. Eine Kindersendung.

»Kinder sind etwas Wunderschönes, nicht? Man kann nie genug davon haben«, schwärmte Natalia, als sie sich wieder im Schneidersitz zu mir auf den Boden setzte und mit weichem Blick ihren Nachwuchs betrachtete. Ich verschwieg, dass ich in dem Moment das Gegenteil dachte.

»Sechs oder sieben, das wäre mein Traum. Eine richtige Großfamilie.«

»Ich kann mir nicht vorstellen, ein weiteres Kind so zu lieben wie Leonie«, sagte ich.

»Weißt du, Isabel, Liebe ist beliebig teil- und erweiterbar. Je mehr Kinder man bekommt, desto größer wird die Liebe, die man insgesamt empfindet, sodass man jedes Kind gleich lieben kann. Aber wenn es nochmals ein Junge wird, höre ich auf.« Natalia lachte und warf ihre Mähne über die Schulter. Dann wurde ihre Miene wieder ernst und sie winkte ab. Bestimmt hatte sie meinen schockierten Gesichtsausdruck bemerkt. »Nur Wunschdenken. Ich hatte bereits drei Kaiserschnitte. Bei einer weiteren Schwangerschaft könnte die Gebärmutter reißen, hat meine Ärztin gesagt. Und einen Mann, der mir das Kind macht, müsste ich auch erst finden. Mit vier Kindern ist das deutlich schwieriger als mit zwei.«

Ich schwieg und wiegte Leonie im Arm. Obwohl wir beide fast zur gleichen Zeit ein Kind geboren hatten, fanden wir die restliche Stunde, die wir auf dem harten Boden verbrachten, keinen gemeinsamen Nenner. Das lag nicht nur daran, dass wir trotz Fernseher ständig von ihren Kindern unterbrochen wurden. Für mich waren Marc und Leonie Familie genug. Sie war zwar kein Wunschkind gewesen, dafür aber gewollt. Warum Natalia für ein weiteres Kind ihr Leben aufs Spiel setzen und dadurch riskieren würde, dass die anderen vier ohne Mutter aufwuchsen, begriff ich nicht. Niemals würde ich das tun.

Kapitel 11

Jetzt

Die Welt dreht sich, das erkenne ich an der Sonne, die am Morgen über den Bergen erscheint, den Himmel entlangwandert und auf der anderen Seite wieder untergeht. Für mich ist sie in der Dunkelheit stehen geblieben. Ohne Leonie geht es nicht mehr weiter. Ich ziehe meine Beine dicht an die Brust, lege den Kopf auf die Knie und lausche in die Stille hinein. Mein Herz schlägt ruhig und regelmäßig, als wäre nichts passiert.

Zwei Tage ist es her, seit Leonie verschwunden ist. Ihr Spielteppich liegt auf dem Boden, der Teddybär gleich daneben. Spucktücher hängen über einer Stuhllehne und ihr Foto steht eingerahmt auf der Kommode. Kopfschmerzen pochen hinter meiner Schläfe. Ich sollte etwas trinken, aber ich rühre mich nicht, lasse mein Handy nicht aus den Augen. Alle vier Stunden setze ich die Teile der Milchpumpe zusammen und hocke auf genau jener Stelle auf dem Sofa, wo ich auch Leonie gestillt habe. Es ist, als wäre ich außerhalb meines Körpers und würde mich dabei beobachten, wie ich herumsitze, unfähig, etwas zu unternehmen. Milch abpumpen ist alles, was ich tun kann. Und doch will sie nicht recht fließen, meine Brüste bleiben hart und der Knoten verschwindet trotz Massage nicht. Es muss am Stress liegen. Er bringt meinen ganzen Körper aus dem Gleichgewicht.

»Scheiße!«, ertönt es aus der Küche und ich schrecke auf. Ich habe nicht bemerkt, dass Marc aus dem Bürozimmer gekommen ist. Vor ihm steht ein übervolles Glas, die Kohlensäurebläschen prickeln auf der Ablage und Wasser tropft auf den Boden. Er sucht nach einem Lappen, um sein Missgeschick aufzuwischen. Ich spüre seine Unruhe. Wie der Geruch von Schweiß haftet sie an ihm, verfolgt ihn bis in seine Träume.

In der letzten Nacht wälzte sich Marc im Bett herum, er, der sonst immer schläft wie ein Stein, und brachte dadurch meine Seite der Matratze zum Ruckeln. Immer wieder drehte er sich und blieb still liegen, in Embryostellung zusammengekrümmt und die Decke bis zum Kinn hochgezogen. Eine Träne glitzerte auf seiner Wange, bevor er sie wegwischte. Genau in dem Moment, als ich die Hand nach ihm ausstreckte und mich an ihn schmiegen wollte, schlug er die Decke zur Seite und stand auf. Die Toilettenspülung rauschte, aber er kam nicht zurück. Irgendwann schlief ich wieder ein.

Marc verschwindet im Büro und ich höre das Klacken seiner Tastatur. Die Arbeit lenkt ihn ab, noch stärker als das Laufen. Ich könnte das nicht. Nie im Leben wäre ich in der Lage, mich mit Erklärungen für die Lohndifferenzen zwischen Mann und Frau herumzuschlagen, ohne zu wissen, was mit Leonie ist. Hier herumsitzen und darauf warten, dass mein Handy ein Lebenszeichen von sich gibt, kann ich auch nicht länger. So greife ich nach meinem Laptop und öffne den Internetexplorer.

Langsam tippe ich »Entführung« und »Baby« in die Suchmaske. Schon während der Schwangerschaft habe ich zu viel im Internet nachgelesen. Geschichten von Fehl- und Totgeburten. Gendefekte. Plötzlicher Kindstod. Foreneinträge suggerieren, es wäre ein Wunder, wenn ein gesundes Baby geboren wird. Eine Schwangerschaft ist wie eine Achterbahnfahrt, bei der man nicht weiß, was einen am Ende erwartet. Trotzdem klicke ich mich auch jetzt durch Zeitungsartikel und Foreneinträge. Babys, die kurz nach der Geburt entführt wurden. Mütter, die ihre Kinder einen Moment lang aus den Augen ließen und sie nie wiedersahen. Solche, die ihre Kinder wildfremden Frauen anvertrauten und zuließen, dass sie mit ihnen auf die Toilette gingen, vermeintlich, um die Windeln zu wechseln. Wie gebannt klebe ich am Bildschirm und klicke mich durch weitere Seiten. Ein Vater, der seine beiden Töchter in sein Heimatland verschleppt hat. Die Mutter blieb zurück, nicht wissend, wo sich ihre Kinder aufhielten und ob sie diese jemals wiedersehen würde. Ein Baby, aus dem Krankenhaus entführt, spurlos verschwunden. Wie Leonie, nur dass sie aus ihrem Zuhause gestohlen wurde. Ein Ort, der ihr Schutz bieten sollte. Mein Herz verkrampft sich und schickt den Schmerz mit jedem Schlag durch meinen ganzen Körper. Ich habe die Tür nicht abgeschlossen. Wegen mir ist all das passiert. Die Schuld lastet auf mir wie eine schwere Decke, presst die Luft aus meinen Lungen.

Ich suche weiter nach Neuigkeiten zu dem Baby aus dem Krankenhaus, tippe den Namen in die Suchleiste und finde einen Bericht jüngeren Datums. Achtzehn Jahre nach der Entführung wurde das Kind gefunden, in einer Stadt unweit des Wohnortes der Mutter. Ich schlage die Hand vor den Mund und starre auf den Bildschirm. Wie muss das sein, durch die Straßen zu laufen und jedes Gesicht nach Ähnlichkeiten zu seinem Kind abzusuchen? Zuerst die in den Buggys, dann die auf den Laufrädern ins Visier nehmen. Später das Schulkind mit dem Ranzen auf dem Rücken, der Teenager mit dem bauchfreien Top. Und dann steht plötzlich eine erwachsene Frau da. Die Täterin hat dem Kind einfach einen anderen Namen gegeben und ihm eine fremde Identität beschafft. Achtzehn Jahre waren vergangen. Die ganze Kindheit hat ihre Mutter verpasst.

Ich klappe den Laptop zu und reibe mit den Fingern über die Schläfe. So komme ich nicht weiter. Andere Schicksale geben keinen Hinweis darauf, wie es bei uns ausgehen könnte. Ich darf mich nicht darin verlieren und auf keinen Fall darf ich mich in diese Geschichten hineinsteigern. Ich muss raus aus diesem Haus, sehen, was der Entführer sah, denken, wie er dachte, als er durch unsere Tür spaziert ist und Leonie mitgenommen hat.

Ich atme die frische Herbstluft ein und lüfte meinen Kopf. Auf unserem Grundstück gibt es so viele Möglichkeiten, wo sich der Entführer versteckt und auf den richtigen Zeitpunkt gewartet haben könnte. Als Marc und ich das Haus das erste Mal besichtigt haben, hat es mir die Aussicht aus dem Kinderzimmer besonders angetan. Die weiten Felder, damals noch schneebedeckt, der dichte Wald dahinter und die Berge am Horizont. Dazu diese friedliche Ruhe, die über dem gesamten Land lag. Mein Kind würde sich hier austoben, ohne dass es jemanden störte. Das habe ich damals gedacht. Jetzt geht mir durch den Kopf, dass sich dieses Haus am Ende der Straße, nur unweit vom Wald entfernt, perfekt für eine Entführung eignet. Unbemerkt kann man hinter der Fassade verschwinden, zu den Maispflanzen huschen und sich im Schutz der Bäume kilometerweit davonschleichen.

Du bist Akademikerin, Isabel, ermahne ich mich. *Denk rational!*

Ich verlasse unseren Garten und kauere mich hinter die Hecke. Vom Wohnzimmer aus scheint sie blickdicht zu sein, doch durch die winzigen Stellen, wo weder Laub noch Äste sind, sehe ich unseren Esstisch und das Sofa ganz deutlich. Von hier aus hätte der Entführer beobachten können, wie ich Leonie in den Stubenwagen gelegt habe und nach oben gegangen bin. Aber woher wusste er, dass ich vorhatte zu duschen? Ich hätte genauso gut wenige Sekunden später wieder herunterkommen können.

Der Entführer. Ich sehe einen bärtigen Mann ohne Gesicht in einem fensterlosen Raum, wo keine Geräusche nach außen dringen, wo niemand Leonie schreien hört. Ich stelle ihn mir immer als Mann vor, als vorbestraften Verbrecher. Jemand, der Leonie nur gegen Geld tauschen würde. In den Fällen, von denen ich gelesen habe, sind es ausnahmslos Frauen gewesen und deren Motiv ein unerfüllter Kinderwunsch. Diese Erkenntnis und die Tatsache, dass es bisher keine Lösegeldforderung gab, beruhigt mich ein Stück. Mit großer Wahrscheinlichkeit ist Leonie am Leben. Ich grabe in meinem Gedächtnis nach weiteren Hinweisen. Kam mir in letzter Zeit jemand verdächtig vor? Hat jemand Andeutungen gemacht, er hätte gern Kinder, könne aber keine bekommen? War jemand schwanger, der vielleicht gar nicht schwanger war, sondern nur ein Kissen unter den Bauch gestopft hat und

Leonie jetzt braucht, um die Geburt vorzutäuschen? Aber würde so jemand nicht eher ein Neugeborenes entführen? Leonie ist sechs Monate alt. Sie ist zwar klein für ihr Alter, aber ihr Entwicklungsstand entspricht nicht dem eines Neugeborenen.

Mein Blick schweift zu den Nachbarhäusern und bleibt bei dem von Natalia hängen. Ihr SUV steht nicht in der Einfahrt und die Rollläden sind zu. Dabei ist es mitten in der Woche und die Schulferien längst vorbei. Ein seltsames Gefühl beschleicht mich. Die Polizei hat alle Nachbarn befragt. Alle außer zwei.

Ich hatte bereits drei Kaiserschnitte. Bei einer weiteren Schwangerschaft könnte die Gebärmutter reißen. Obwohl es Monate her ist, höre ich ihre Stimme so deutlich in meinem Kopf, als hätten wir uns erst vor einer Woche zum Kaffee getroffen. Natalia will noch mehr Kinder. Sie kann keine mehr bekommen, ohne dabei ihr Leben zu riskieren. Wie von selbst laufe ich zurück auf die Straße, hinüber zum Haus und klingle. Nichts. Ich klingle nochmals. Alles bleibt still.

Kapitel 12

Fünf Monate zuvor

Es klopfte an der Haustür und ich wusste sofort, dass es Anna war. Schon als Kinder hatten wir immer geklopft, statt zu klingeln, wenn wir die andere zum Spielen abgeholt hatten. Voller Vorfreude öffnete ich. Anna hielt eine Zimmerpflanze in der einen und einen Geschenkbeutel in der anderen Hand. Sie grinste übers ganze Gesicht.

»Anna!« Ich sprang ihr förmlich in die Arme. Wir strauchelten zusammen ein paar Schritte rückwärts und lachten. »Ich freue mich so, dich zu sehen.«

»Tut mir leid, dass ich dich im Krankenhaus nicht besuchen konnte. Der Job …«

»Hauptsache, du bist jetzt da. Willkommen in unserem neuen Zuhause.« Ich trat zur Seite und verbeugte mich theatralisch.

Sie schaute sich um. »Wo ist der Rest?«

»Marc sitzt im Zug nach Hause und die anderen Gäste kommen erst später.«

»An einem Samstag? Ich dachte, der Abgabetermin für die Immobilienstudie sei im Januar gewesen.«

»Ja, aber während er an der Studie gearbeitet hat, wurde der Berg mit den anderen Projekten immer größer.«

Anna machte einen skeptischen Gesichtsausdruck, der schnell wieder verschwand. Sie stellte die Pflanze auf den Esstisch und reichte mir den Beutel. Ich lugte hinein und entdeckte ein paar bunt gestreifte Socken mit integrierter Rassel.

»Vielen Dank. Die passen farblich hervorragend zur Dekoration.«

Wir betraten das Wohnzimmer. Es sah aus, als würde ein Kind hier seinen Geburtstag feiern: Girlanden in allen Farben hingen von der Decke, an den Wänden waren Luftballons befestigt und ein weißes Stofftuch schmückte den Esstisch. Die Einweihungsparty war meine Idee gewesen. Ich wollte unser neues Haus meiner ganzen Familie zeigen und Marcs Familie hatte sich bei der Gelegenheit gleich selbst eingeladen.

»Wo ist dein Nachwuchs?«

»Da drüben.« Wir stellten uns neben den Stubenwagen und streckten die Köpfe hinein. Leonie war aufgewacht und beobachtete uns mit großen Augen.

»Sie sieht aus wie Marc.«

»Findest du?« Ich musterte Leonie. Wenn ich meine Tochter betrachtete, fielen mir eher die Parallelen zu mir auf: die blonden Haare, die feine Nase und dieser verträumte Ausdruck im Gesicht.

»Sie hat seine Augen.«

Ich setzte mich mit Leonie aufs Sofa, Anna nahm auf dem Stuhl gegenüber Platz. Sie schaute an mir vorbei hinaus in den Garten.

»Was gibt es Neues bei dir?«, wollte ich wissen.

»Frag lieber nicht.«

»So schlimm?«

»Mir wurde gekündigt. Mein Chef schwafelte etwas von Umstrukturierung.« Sie atmete hörbar aus. »Als ob es so was in einem Restaurant geben würde.«

»Du findest bestimmt schnell etwas Neues.«

»Nicht jeder hat einen Masterabschluss!« Ihre Augen verengten sich.

Bei ihrem ungewohnt ruppigen Tonfall zuckte ich zusammen. »Ich wollte nicht …«

»Entschuldige. Ich bin etwas neben mir.« Anna rieb sich mit Daumen und Zeigefinger den Nasenrücken. »Es ist nicht das erste Mal, dass ich den Job wechsle, aber rausgeworfen wurde ich noch nie.«

»Das tut mir ehrlich leid, Anna.«

»Lass uns nicht über mich sprechen. Erzähl mir von dir. Wie geht es dir?« Ihr Blick fiel auf Leonie. »Euch?«

So erzählte ich ihr von der Geburt. Davon, dass ich ganz allein gewesen war und ich Leonie beinahe verloren hätte. Anna schaute mich an und nickte ab und zu, aber an den falschen Stellen. Ihr Blick war leer und erinnerte mich an jene Sommerferien während des Gymnasiums. Anna war mit ihrem Vater in den Bergen unterwegs gewesen wie jeden Sommer und hatte mich in der Hitze des Flachlandes zurückgelassen. Keine eisverschmierten Münder. Kein Lachen im Garten. Kein kindisches Hüpfen über die Sprinkleranlage, für das wir schon damals zu alt gewesen waren. Meine Mutter hatte versucht, mir die zwei Wochen mit allerlei Köstlichkeiten zu verkürzen: Erdbeeren auf Blätterteig, Wassermelone, Eis in zehn Geschmacksrichtungen. Vergeblich. Die Zeit zog sich in die Länge wie der Kaugummi zwischen meinen Fingern. Jeden Tag blickte ich in die Ferne. Der

Schnee wanderte immer weiter nach oben, bis selbst die Bergspitzen grau waren. Als Anna zurückkam, sperrte sie sich für den Rest des Sommers in ihrem Zimmer ein. Sie ließ niemanden zu sich, auch mich nicht. Jeden Versuch, mit ihr zu reden, hatte sie abgeblockt. Nach den Sommerferien saß sie zuhinterst im Klassenzimmer und deutete auf den Platz neben ihr, als wäre nichts gewesen. Beleidigt setzte ich mich in die erste Reihe. Erst, als sie sich entschuldigte, erbarmte ich mich. Sie hatte doch niemanden außer mir und ich vermisste sie auch. Noch lange hallte dieser Sommer in mir nach. Kurz darauf stand sie beim Schulausflug vor der Klippe und sprach davon, zu springen.

Auch jetzt spürte ich wieder diese Distanz. So als ob es etwas gab, worüber sie nicht mit mir reden wollte. Ich drückte Leonie enger an mich. Ich war jetzt Mutter. Ein kleines, unschuldiges Wesen war darauf angewiesen, dass ich mich um es kümmerte. Rund um die Uhr. Mir fehlte es an Kraft, nachzubohren und herauszufinden, was mit Anna los war. Sie war erwachsen und für sich selbst verantwortlich.

Die Tür krachte an die Wand, Stimmen wurden lauter. Anna und ich drehten gleichzeitig die Köpfe Richtung Eingangsbereich. Marc erschien im Wohnzimmer und zog eine Traube Menschen hinter sich her. Nicht nur meine Eltern, sondern auch Marcs Tanten, Onkel, Cousinen und Cousins strömten in unser Haus. Es wimmelte und summte wie in einem Wespennest. Ich hielt Leonie fest im Arm, schüttelte ein Dutzend Hände und lächelte. Zuletzt betrat Marcs Mutter das Wohnzimmer. Sie reckte die

Nase in die Luft und beäugte kritisch die Dekoration. Mein Unterleib zog sich zusammen, als ich daran dachte, was sie auf der Toilette beim Standesamt zu mir gesagt hatte: *Jetzt hättest du es fast geschafft, meinen Sohn an dich zu ketten.*

»Ich gehe mal.« Anna stand auf.

»Jetzt schon?«

»Zu viel los hier.«

Sie nickte meinen Eltern freundlich zu und drängelte sich durch die Menschenmasse.

»Meine Mädchen.« Meine Mutter drückte mir einen Kuss auf die Wange und stupste Leonies Nase mit der Fingerspitze. Dann blickte sie zu Anna, die von meinem Vater in ein Gespräch verwickelt wurde. »Anna ist spindeldürr. Geht es ihr nicht gut?«

»Der Job, die Mutter. Such dir was aus«, antwortete ich schnippischer als beabsichtigt.

»So schlimm?«

Ich zuckte mit den Schultern, als wäre es mir gleichgültig. Nachdem Marc die Tür geschlossen hatte, wirkte unser sonst so geräumiges Wohnzimmer auf einmal winzig. Ich setzte mich mit Leonie auf einen Stuhl neben dem gekippten Fenster und beobachtete, wie sich unser Esstisch mit Geschenken füllte. Die meisten sahen aus, als enthielten sie Babykleidung, was für eine Hauseinweihung eher untypisch war. Am Kühlschrank lehnte eine in durchsichtige Folie eingepackte Geburtstafel. Ein Storch mit einem rosaroten Bündel im Schnabel. Darunter stand Leonies Name und ihr Geburtsdatum. Marcs Vater hatte sie dort platziert. Ich wäre nie auf die Idee gekommen, so etwas zu kaufen. Es ging niemanden etwas an, wie unsere

Tochter hieß und wann sie geboren worden war. Nun würde jeder, der am Haus vorbeilief, darüber Bescheid wissen. Trotzdem würden wir sie aufhängen müssen, sonst wäre Marcs Mutter wieder beleidigt. Ich nahm die Tafel vom Kühlschrank weg, dort stand sie nur im Weg, und platzierte sie in der Garderobe. Mein Blick blieb am Schlüsselbrett hängen. Gehörte dieser Schlüssel ganz rechts nicht zu der Stadtwohnung? Hatten wir diese nicht alle der Hausverwaltung abgegeben? Irritiert schüttelte ich den Kopf. Ich würde mich morgen darum kümmern.

Oberschenkel an Oberschenkel nahmen Großeltern, Onkel und die anderen Tanten auf dem Sofa Platz. Ich setzte mich an den Küchentisch. Je weiter weg vom Getümmel, desto besser. Marcs Tante Rosalinde aber schoss sofort auf mich zu und sah Leonie an, als wollte sie sie fressen.

»Was für ein süßes kleines Ding«, krächzte sie und bohrte ihren Zeigefinger in Leonies Wange.

Erschrocken rutschte ich mit dem Stuhl ein Stück nach hinten. Die Tante nahm ihren Finger zurück und hielt ihn gekrümmt in der Luft wie eine unausgesprochene Drohung.

»Wie alt ist die Kleine?«

»Drei Wochen.«

»Wie putzig!« Sie klatschte in die Hände. Dann nahm ihr Gesicht einen mitleidigen Ausdruck an. »Du musst irrsinnig müde sein, die kleinen Wesen schreien ja nicht nur tagsüber.«

»Ich komme klar.«

»Komm, ich nehme sie dir einen Moment lang ab, dann kannst du dich ausruhen.« Sie streckte die Hände nach Leonie aus.

»Nein!«, sagte ich, etwas zu laut, denn plötzlich verstummten die Gespräche und alle auf dem Sofa drehten die Köpfe in meine Richtung. »Leonie ist müde, sie schläft bestimmt gleich ein.«

»Wenn du meinst.« Tante Rosalinde schaute von oben auf mich herab. Dann quetschte sie sich zu den anderen aufs Sofa.

Ich drückte Leonie fester an mich. Mein Vater setzte sich auch an den Küchentisch. Kommentarlos beobachteten wir das Gewusel im Raum. Es war nicht möglich, sich auf ein Gespräch zu konzentrieren, weil alle gleichzeitig stattfanden. Die Frauen gackerten wie Hühner und die Männer grölten, als wären sie in ihrer Stammkneipe. Die Kaffeemaschine produzierte in Serie, meine Mutter stellte eine Tasse nach der anderen auf den Sofatisch.

»Wie auf einem Bauernhof«, kommentierte mein Vater das Treiben und das erste Mal seit dem Ansturm lächelte ich aufrichtig.

Marc saß auf dem Hocker, mir den Rücken zugewandt und unterhielt sich angeregt mit seinem Vater. Seine Mutter hatte die Beine überkreuzt und beobachtete die beiden mit vorgebeugtem Oberkörper, als versuchte sie, Anschluss ans Gespräch zu finden. Immer öfter schweifte ihr Blick in meine Richtung. Doch sie schaute nicht mich an, sondern Leonie. Marc bemerkte es.

»Meine Mutter würde gern Leonie halten«, sagte er zu mir und wartete darauf, dass ich sie ihm übergab. Doch ich starrte nur geradeaus, fokussierte seine Mutter und drückte Leonie fester an meine Brust.

»Isa?«

»Wieso fragt sie nicht selbst?«

»Du weißt doch, wie sie ist.«

Zig Augenpaare ruhten anklagend auf mir. Isabel, die Unnahbare, die der eigenen Schwiegermutter verweigerte, ihr Enkelkind zu halten. Widerwillig ließ ich Leonie los und beobachtete, wie Marc sie in die Arme seiner Mutter legte. Ausgerechnet sie, die glaubte, ich wollte Leonie dazu benutzen, Marc an mich zu binden. Sie hatte kein Recht auf sie. Mein Puls beschleunigte sich. Sie hielt Leonie ganz vorsichtig, ständig darauf bedacht, das Köpfchen zu stützen. Trotzdem saß ich wie auf Nadeln. Leonie nörgelte und strampelte mit den Beinen.

»Ich glaube, Leonie möchte wieder …« Ich stand auf, doch Marc drückte mich sanft auf den Stuhl zurück.

»Sei keine Glucke, Isa. Lass ihr diesen Moment mit ihrem Enkelkind.«

So beobachtete ich aus der Ferne, wie sie Leonie anhimmelte und mit dem Handrücken ihre Wange streichelte.

»Möchtest du sie auch halten?«, fragte sie ihren Mann nach einer Weile.

Nein, wollte ich rufen, da wurde Leonie schon weitergegeben. Und er blieb nicht der Letzte. Von einer Person zur nächsten wurde sie im Kreis herumgereicht. Ihr schlanker Körper wirkte winzig in den großen Händen. Mein Herz raste. Jemand könnte ihr Köpfchen nicht richtig stützen oder sie gar fallen lassen. Marc lächelte zufrieden. Wie konnte er so ruhig bleiben? Ich war jederzeit bereit, aufzuspringen und sie zu mir zu nehmen, wenn sie einen Mucks machte. Mittlerweile drehte Leonie den Kopf von einer Seite zur anderen, zappelte und ächzte. Bevor Rosalinde an der Reihe war, schob ich dem Ganzen einen Riegel vor.

»Schluss jetzt!«, sagte ich bestimmt und nahm sie in die Arme. »Leonie hat Hunger.« Mit großen Schritten lief ich mit ihr ins Schlafzimmer im Obergeschoss, zog die Tür zu und stillte sie auf dem Bett. Eine warme Welle durchflutete mich und der Stress fiel von mir ab. So sollte es immer sein, Leonie und ich, nur wir beide. Nachdem sie getrunken hatte, blieben wir liegen. Als Marc nach oben kam, um nach uns zu schauen, stellte ich mich schlafend.

Nach diesem Tag lehnte ich jede Besuchsanfrage ab, egal, von wem sie kam. Auch ich besuchte niemanden mehr. Ich wollte Leonie nicht mit anderen teilen. Genauso wenig wollte ich sie ständig mit anderen Babys vergleichen. Es gab nur noch Leonie und mich.

Kapitel 13

Jetzt

Milchpulver, Fläschchen und Windeln. Mit zitternden Händen stopft sie alles in die Tasche, bis diese randvoll ist. Das Baby windet sich mit jeder Bewegung mehr aus der Trage, die sie mit einem Schal improvisiert hat. Jeden Moment könnte es anfangen zu weinen. Eilig macht sie sich auf den Weg zur Kasse und packt alles aufs Band. Nur nicht zittern! Die Angestellte mustert zuerst den Einkauf und dann sie. Sie starrt zurück. Es kostet sie alle Kraft, den Blick nicht zu senken, denn nur Menschen, die etwas zu verbergen haben, schauen weg. So legt sie mit erzwungen langsamen Handgriffen alles wieder in die Tasche und bezahlt. Kein Kommentar, kein weiterer Blick. Als wäre sie eine Mutter wie jede andere auch. Sie zwingt sich, genauso langsam aus dem Geschäft zu gehen und nicht zurückzuschauen. Kaum draußen, läuft sie schneller und steuert auf die Bushaltestelle zu.

»Hey!«, ruft eine weibliche Stimme hinter ihr. »Warte!«

Schritte nähern sich. Sie unterdrückt den Impuls zu rennen und bleibt stattdessen stehen. Wie in Zeitlupe dreht sie sich um, das Herz klopft ihr bis zum Hals. Eine alte Bekannte aus Schulzeiten steht vor ihr.

»Was für ein Zufall, dass wir uns hier treffen. Lange nichts gehört.« Der Blick der Bekannten wandert zum Halstuch. »In

der Zwischenzeit bist du Mutter geworden. Lieber spät als nie, was?« Sie schaut wieder auf und klatscht mit kindlicher Freude in die Hände.

Instinktiv drückt sie das Baby näher an ihren Körper und versteckt sein Gesicht hinter dem dünnen Stoff des Tuchs. Sie sollte etwas sagen, aber ihr Mund ist ganz ausgetrocknet.

»Tut mir leid«, sagt die Bekannte. »Ich habe deinen Namen vergessen.«

»Tamara«, lügt sie.

»Genau …« Sie runzelt die Stirn, und ein Hauch Skepsis spiegelt sich in ihren Augen. »Tamara.«

Die Sekunden verstreichen nur langsam, niemand sagt etwas. Das kleine Bündel an der Brust versucht, sich zu befreien, und zieht die Aufmerksamkeit der Bekannten auf sich. »Und dein Baby? Wie heißt es?«

Die Geburtstafel mit dem Storch taucht vor ihren Augen auf. Leonie, will sie sagen, aber der Name kommt ihr nicht über die Lippen. Nein, das ist nicht Leonie. Nicht mehr. Es ist jetzt ihr Baby.

»Ich muss weiter.« Sie wendet sich ab, ohne die Reaktion ihres Gegenübers abzuwarten. Kaum um die Ecke rennt sie zu dem Bus und schaut nicht mehr zurück.

Ich laufe im Haus umher und knete meine Ellbogen. Mein Handy liegt auf dem Esstisch. Obwohl Herr Gerber erst vor ein paar Stunden angerufen hat, muss ich jedes Mal, wenn ich daran vorbeigehe, den Impuls unterdrücken, ihn zu kontaktieren. Die Rollläden an Natalias Haus sind geschlossen. Keine Kreidezeichnungen, keine rumliegenden Bälle, kein SUV. Sie und ihre Kinder sind verschwunden.

»Ihr Aufgebot im Briefkasten nützt nichts. Sie ist nicht da«, habe ich Herrn Gerber an den Kopf geworfen und musste mich zusammenreißen, nicht ins Telefon zu schreien.

»Wenn sie nicht da ist, hat sie wahrscheinlich sowieso nichts gesehen«, kam es von Herrn Gerber zurück, ungewohnt patzig und irgendwie unprofessionell. Als ob er mich nicht mehr für voll nehmen würde.

»Ich bin mir sicher, dass der Wagen vor Leonies Verschwinden noch da war.« Ich stampfte mit dem Fuß auf den Boden wie ein Kleinkind, das seinen Willen nicht bekommen hat.

»Wir kümmern uns darum, Frau Thalmann.«

Ich hänge auf, schlage mit der Faust auf den Tisch und verziehe vor Schmerz das Gesicht. Natürlich wird er das. So wie er sich um alles kümmert. Aber das ist zu wenig. Er soll Resultate liefern und endlich herausfinden, wo Leonie ist. Mit jedem Tag, der vergeht, schwindet die Chance, dass wir sie finden.

Seit ich Leonie nach ihrer Geburt in die Arme geschlossen habe, gab es keine Minute, die wir nicht zusammen verbrachten. Sie lag neben mir auf der Krabbeldecke, wenn ich kochte. Während der Nacht schlief sie nur wenige Zentimeter entfernt im Beistellbett, wo ich mich jederzeit versichern konnte, dass sie noch atmete. Wir unternahmen ausgedehnte Spaziergänge, gingen zusammen einkaufen und schauten Bilderbücher aus Stoff an. Jenes mit der eingearbeiteten Knisterfolie mochte sie besonders gern. Es liegt neben der Kommode auf dem Parkett. Ich hebe es auf und streiche über die flauschige Oberfläche. Ich stelle mir vor, wie Leonies Patschehände danach greifen und sich ihre Finger in den Stoff graben. Wie sie es zum Mund führt und darauf herum beißt. Leonie und ich waren eine Einheit, immer zusammen. Jetzt nicht mehr. Meine Unterlippe bebt, ich grabe die Fingernägel in meine Arme und drücke zu, um den Schmerz in meiner Brust in eine andere Bahn zu lenken. Eine, die mich nicht von innen aufzufressen droht. Ich drücke fester. Noch fester. Es klappt nicht. Wie gern würde ich jetzt mit jemandem sprechen, mir alles von der Seele reden. Meine Sorge, meine Verzweiflung und meine Angst.

Ich gehe ins Obergeschoss und öffne die Schlafzimmertür einen Spalt breit. Marc liegt auf dem Rücken, den Mund weit offen. Das Licht schimmert lila durch die Sichtvorhänge. Die Luft liegt schwer im Raum, schon tausend Mal eingeatmet. Ich schleiche zum Fenster und kippe es. Nur Marcs leises Schnarchen ertönt, sonst ist es still. Er sieht so friedlich aus, als wäre alles in Ordnung. Dabei ist er nur der Müdigkeit erlegen, gegen die er die ganze Nacht gekämpft hat. Mit ihm konnte ich nicht reden. Soll ich Anna anrufen?

Auf keinen Fall, schreit ein Teil von mir. Anna hat eine Auszeit verdient und Leonies Verschwinden würde sich garantiert aufklären, ohne dass sie dafür ihre Reisepläne ändern muss. Sie würde sofort umkehren, wenn sie es erführe, da bin ich mir sicher. Der andere, stärkere Teil braucht seine beste Freundin, und zwar dringend. Ich wähle und halte das Handy ans Ohr. Statt Anna am anderen Ende der Leitung höre ich die Standardansage des Anrufbeantworters, dann den Piepton. »Anna, ich bin's. Isabel. Bitte melde dich, wenn du das hörst.«

Ich lege das Handy auf den Tisch. Wahrscheinlich ist Anna nicht mehr in der Schweiz und hat ihr Telefon ausgeschaltet, um Akku zu sparen. Ich sehe sie vor mir, wie sie mit starrem Blick die Geschwindigkeitsbegrenzung der Autobahn überschreitet. Wie sie das Steuerrad mit voller Absicht herumreißt und von der Fahrbahn abkommt. Funken sprühen, als ihr VW Bus auf die Leitplanke trifft und sich überschlägt. Annas Kopf wird herumgeschleudert, als wäre sie eine Puppe. Ich presse beide Hände an die Stirn, um die Bilder aus meinem Kopf zu bekommen. Es nützt nichts. Da ist Blut. Viel Blut. In der Mitte der Lache liegt Anna.

Die Türklingel schrillt durchs Haus und reißt mich aus meinen Tagträumen. Ein Seitenblick zu Marc. Er schnarcht weiter. Genau wie Leonie, sie wäre auch nicht aufgewacht. Hätte sie geschrien, als sie aus dem Stubenwagen gehoben wurde, wenn sie nicht eine so gute Schläferin wäre? In dem Moment hätte ich jede meiner guten Nächte geopfert, nur um sie wieder in den Armen zu halten.

Ich öffne die Tür. Frau Kocher steht auf der Matte, im Bademantel und mit frischer Dauerwelle.

»Frau Kocher, was ist los?«

»Hallo Frau Isabel.« Sie schaut nach links und rechts. »Darf ich kurz reinkommen?«

»Ich wollte mich gerade hinlegen«, lüge ich. Wenn es darum geht, mit jemandem zu sprechen, ist Frau Kocher die letzte Person, die mir in den Sinn käme. Sie würde jedes Wort brühwarm in der Nachbarschaft weitererzählen.

»Ich habe da vielleicht etwas gesehen, wissen Sie? Am Tag, als Leonie verschwunden ist.«

Ich horche auf. »Was haben Sie gesehen?«

»Das erzähle ich ungern zwischen Tür und Angel.«

Sofort trete ich zur Seite. Sie stöckelt hinein, reckt den Kopf vor und begutachtet unser Wohnzimmer.

»Also?«

»Wollen Sie mir nicht etwas zu trinken anbieten? Einen Kaffee vielleicht?«

Ich unterdrücke ein Schnauben und lasse sie am Esstisch Platz nehmen.

»Koffeinfrei, bitte.«

Die Kaffeemaschine rattert und verbreitet den Duft von frisch gemahlenen Bohnen. Mir wird immer noch übel, wenn ich Kaffee rieche, als wäre mein Körper während der Schwangerschaft für immer darauf konditioniert worden. Frau Kocher richtet ihre Dauerwelle und mustert dabei jedes unserer Möbelstücke. Wortlos stelle ich die Tasse vor sie hin. Sie nimmt einen Schluck und deutet auf meine leeren Hände. »Möchten Sie nicht auch was?«

»Ich hatte schon einen.« Mein Bein wippt auf und ab. Am liebsten hätte ich sie an den Schultern gepackt und geschüttelt, damit sie mit der Sprache rausrückt. Es kostet mich unendlich viel Kraft, es nicht zu tun. Nach dem zweiten Schluck räuspert sie sich. »Ich habe jemanden gesehen. Vor ihrer Haustür.«

»Sie haben jemanden gesehen?«, wiederhole ich dümmlich.

»Eine Frau. Kurz nachdem Sie vorgestern das Haus verlassen haben.«

»Eine Frau?«

»Ja, eine Frau! Wer von uns beiden ist alt und schwerhörig, Sie oder ich?«

»Entschuldigung«, brumme ich. Eine Frau vor unserem Haus. Das könnte irgendjemand gewesen sein. Der Wanderweg führt direkt an unserem Garten vorbei, über das Feld hinein in den Wald. »Wie sah sie aus?«

»Schlank, helle Haare. Gefärbt, wenn Sie mich fragen. Ein schwarzer Mantel.«

»Das ist nicht sehr spezifisch.«

»So war es aber. Sie hat geklingelt. Zweimal.«

Ich lehne mich in den Stuhl zurück. »Und dann?«

»Woher soll ich das wissen?«, blafft sie mich an. »Ich kann nicht den ganzen Tag neben dem Fenster hocken!«

»Weiß die Polizei davon?«

»Mir war es lieber, es direkt Ihnen zu erzählen. Dieser Herr … Wie hieß er noch gleich? Ferber? Jedenfalls machte er keinen sympathischen Eindruck. Ist der überhaupt qualifiziert, vermisste Kinder zu finden? Die arme, kleine Leonie. Wissen Sie, ich habe ein Patenkind in Afrika …« Frau Kocher plappert weiter, aber ich höre nur mit halbem Ohr zu. Ich starre auf die Tischplatte. Dort, wo sie ihre Tasse hingestellt hat, prangt ein Kaffeefleck. Helle Haare. Schwarzer Mantel. Jeder hatte einen schwarzen Mantel in der Garderobe hängen! Vielleicht hatte sie gar nichts gesehen und wollte nur ihre Neugierde befriedigen, wie es im Inneren unseres Hauses aussah.

»… spindeldürr war es, das kann ich Ihnen sagen. Da gebe ich …«

»Danke für Ihre Hilfe, Frau Kocher.« Ich nehme ihre Hand in meine und tätschle sie. »Nun muss ich Sie leider bitten zu gehen.«

»Aber ich wollte doch …« Unter Protest lässt sie sich von mir zur Tür schieben.

»Einen wunderschönen Tag wünsche ich Ihnen.« Mit diesen Worten sperre ich sie aus dem Haus und lehne mich gegen die Tür.

»Wer war das?« Marc steht auf dem Treppenabsatz und reibt sich übers Gesicht. Die Ringe unter den Augen sind noch da, genauso wie die Falte zwischen den Augenbrauen.

»Frau Kocher.«

»Und du hast sie reingelassen?«

»Sie meinte, sie hätte Informationen zu Leonie.«

»Was für Informationen?« Die Schläfrigkeit war wie aus seinem Gesicht gewischt.

»Sie habe jemanden vor unserem Haus gesehen.«

»Vor unserem Haus? Das ist nicht sehr konkret.«

»Das habe ich ihr auch gesagt. Es könnte irgendwer gewesen sein, zumal sie kein Gesicht erkennen konnte.« Ich räume Frau Kochers Tasse in die Spülmaschine und schaue direkt aus dem Fenster, wo Natalias SUV in die Einfahrt einbiegt. Die Härchen auf meinen Armen stellen sich auf. Irgendwer oder Natalia.

Kapitel 14

Fünf Monate zuvor

Der Wind kitzelte in meiner Nase. Ich kräuselte sie, schloss die Augen und reckte das Gesicht dem Himmel entgegen. Hier in unserem Garten neben der schattigen Eiche war der perfekte Platz, um einen heißen Sommernachmittag ausklingen zu lassen. Zwischen Hecke und Baumstamm hatten wir unsere Ruhe – wenn mein Handy nicht wäre. In den letzten dreißig Minuten hatte es dreimal vibriert. Zuerst ein Anruf meiner Mutter, danach eine SMS mit der Nachricht, dass die E-Banking-Dienstleistungen am kommenden Wochenende nur eingeschränkt zur Verfügung standen. Und jetzt erschien der Name meines Chefs auf dem Bildschirm. Wenn ich ranginge, würde er mir zuerst gratulieren und dann rasch zum Grund für seinen Anruf wechseln: die Zeit nach meinem Mutterschaftsurlaub. Mir Gedanken über die Arbeit zu machen, war das Letzte, was ich jetzt wollte. Wenn ich mich im Verlauf der Woche bei ihm meldete, wäre das früh genug. Ich drückte den Anruf weg.

»Isabel?« Am Gartenzaun stand Salome, den Hebammenkoffer in beiden Händen haltend. Sie lächelte und kam näher. »Du hast dich nicht mehr bei mir gemeldet und ich war gerade in der Nähe, da dachte ich, ich schau mal nach, ob bei euch alles in Ordnung ist.« Sie sank auf die Decke, nur wenige Zentimeter von Leonie entfernt, und musterte sie. »Groß bist du geworden, kleine Dame. Ich erkenne dich kaum wieder.« Ihre Augen glänzten. Sie umfasste Leonies nackte Füße und spielte mit ihnen. Leonie schaute sie aus ihren Kulleraugen an, lächelte aber nicht.

»Es geht uns gut, danke.« Ich nahm meine Tochter zu mir, bevor Salome auf die Idee kam, es zu tun. Das Bild in meinem Kopf, als Leonie an der Hauseinweihung im Kreis herumgereicht wurde, war noch genauso präsent in meiner Erinnerung wie das Gefühl der Ohnmacht, das mich dabei überkommen hatte.

»Und die Kaiserschnittnarbe? Alles gut verheilt?«

»Ja.«

»Es wäre sinnvoll, wenn ich nochmals einen Blick darauf werfe, nur zur Sicherheit.« Sie klappte ihren Koffer auf.

»Das ist wirklich nicht nötig.« Ich stand auf und strich mit einer Hand meinen Faltenrock glatt.

Salome schaute mich irritiert an, den Kopf leicht zur Seite geneigt. Als ob sie einen Grund dazu gehabt hätte. Wenn sich jemand wundern durfte, dann ich. Sie tauchte ohne Ankündigung hier auf und verhielt sich so, als hätten wir einen Termin. Sie wollte mich untersuchen, obwohl ich betont hatte, dass es mir an nichts fehlte. Salome schloss den Koffer wieder und erhob sich. Sie überragte mich um einen halben Kopf.

»Denk daran, dass ich auch nach dem Wochenbett gern für euch da bin, wenn ihr Hilfe braucht. Wenn du zum Beispiel in den Beruf zurückkehrst und Fragen zum Milchabpumpen hast oder …«

»Wir kommen klar, danke.«

»Na gut. Melde dich einfach.«

»Wir kommen klar«, wiederholte ich nochmals mit Nachdruck.

Schweigen. Sie musterte mich und streckte das Kinn in die Luft. Eine Wolke schob sich vor die Sonne und warf einen Schatten in Salomes Gesicht. Die Lockerheit während unseres ersten Gesprächs am Telefon war verschwunden. Ich strich Leonie übers Köpfchen. Salomes Blick folgte meiner Hand. Da war sie wieder, diese Traurigkeit, die ich schon bei unserem ersten Treffen bemerkt hatte. Salome presste die Lippen aufeinander und ging grußlos.

Leonie war längst an meiner Brust eingeschlafen, aber ich lag noch wach. Salomes seltsamer Besuch hatte mir schon vorletzte Nacht den Schlaf geraubt. War es üblich, dass Hebammen vorbeischauten, obwohl man keinen Termin hatte? Selbst wenn nicht, hatte sie es nur gut gemeint. Und ich hatte mich bedroht gefühlt und geglaubt, sie wollte mir Leonie wegnehmen. Was für ein abwegiger Quatsch. War ich tatsächlich eine Glucke, wie Marc behauptet hatte?

Ich legte die schlafende Leonie in mein Bett und drapierte das Stillkissen um sie, damit sie nicht auf den Boden fiel. Dann kroch ich um Leonie herum und stemmte mich über die Seite hoch. Auf Zehenspitzen schlich ich aus dem Zimmer ins Bad. Der Fernseher im Untergeschoss flimmerte im Dunkeln. Wie oft hatte ich Marc gesagt, er solle das Licht einschalten. Wahrscheinlich saß er gar nicht vor dem Fernseher, sondern vor dem Computer und arbeitete an einem neuen Artikel für die Immobilienstudie. Während ich mir die Zähne putzte, fiel mein Blick auf die verstaubte Badewanne unter der Dachschräge. Seit wir eingezogen waren, hatte sie noch niemand benutzt. Es wurde Zeit, das zu ändern. Die Geburt war mehr als sechs Wochen her, das Wochenbett offiziell vorbei, und ich durfte wieder baden. Ich spülte mir den Mund mit Wasser und stellte die Zahnbürste zurück ins Glas. Auf dem Rand der Badewanne standen eine Reihe Badezusätze. Ich entschied mich für Lavendel.

Zehn Minuten später versenkte ich langsam einen Fuß im Wasser. Der zweite folgte und kurz darauf verschwand mein ganzer Körper in den Schaumbergen. Die Wärme kroch in meine Glieder und machte mich schläfrig. Ich sank tiefer in den Schaum hinein, bis meine Brüste und Knie nicht mehr zu sehen waren. Der Stress fiel von mir ab und die Gedanken flogen davon.

Ich hatte lange auf Leonies ersten Meilenstein gewartet: das bewusste Lächeln. Sie fixierte mich anfangs nur und beobachtete die Bewegungen meiner Lippen. Nun lachte sie jedes Mal, wenn sie mich sah, und gab gurrende Geräusche von sich. Wenn ich sie so erlebte, war es, als würden die Sonnenstrahlen bis in mein Herz vordringen. Ich verbrachte viel Zeit damit, mit Leonie zu reden. In Babysprache mit übertriebener Mimik, über die sich Marc lustig machte. Während des Tages dösten Leonie und ich zusammen auf dem Sofa oder unter der Eiche im Garten. Am späteren Nachmittag schlenderten wir über die Feldwege. Leonie beobachtete die Wolken am Himmel und ich ihr staunendes Gesicht. Der Kinderwagen ruckelte dabei gemächlich. Irgendwann nickte sie ein und schlief zwei bis drei Stunden. In der Zeit erledigte ich den Einkauf, kochte das Abendessen und hörte mit halbem Ohr Marc zu, wie er von der Arbeit erzählte. Bisher hatte ich keine Sekunde lang bereut, das Angebot aus Oxford ausgeschlagen zu haben, im Gegenteil. Ich könnte mich daran gewöhnen, jeden Tag bei Leonie zu sein. Es wäre mir sogar egal, wenn ich deswegen mein Doktoratsstudium nie beenden würde.

»Du nimmst ein Bad?«

Ich schreckte hoch. Wasser schwappte über den Rand und spritzte mir in die Augen. Ich blinzelte und bemerkte Marc, der vor der Wanne kniete.

»Was macht Leonie?«, fragte er.

»Sie schläft.«

»Mhm.« Sein Blick war verklärt, als wären seine Augenlider ganz schwer. Da wusste ich, er war nicht gekommen, um sich nur nach Leonie zu erkundigen. Seine Hand verschwand im Wasser, strich über meinen Arm wie ein glitschiger Fisch. Ich zuckte zusammen.

»Ich sollte nach ihr sehen.« Ich stieg aus der Wanne, griff nach meinem Bademantel und wickelte mich darin ein. Barfuß tapste ich ins Schlafzimmer. Leonie lag an derselben Stelle, wo ich sie zurückgelassen hatte. Ihre leisen Atemgeräusche versicherten mir, dass sie schlief. Ich zog die Tür hinter mir zu und ließ den Bademantel auf den Boden fallen, um mich anzuziehen. Meine Augen hatten sich gerade an die Dunkelheit gewöhnt, da fiel ein schmaler Lichtstreifen aufs Bett. Marc kam hinein. Nackt. Ich drückte das Nachthemd an mich, unschlüssig, ob ich einfach so tun sollte, als hätte ich ihn nicht bemerkt.

»Isa«, murmelte er.

Zu spät. Er nahm mein Gesicht in seine Hände und zog mich zu sich heran.

»Leonie schläft«, flüsterte ich und schob ihn sanft zurück. Doch er bewegte sich nicht von der Stelle.

»Auf der anderen Bettseite ist noch Platz.« Er knabberte an meinem Hals und küsste mich hinter dem Ohr. Vor zwei Jahren hätte ich ihm bei dieser Berührung die Kleider vom Leib gerissen und ihn aufs Bett gezerrt. Nun wollte ich ihn von mir wegschieben.

»Marc, bitte. Wir können nicht …«

»Dann gehen wir ins Wohnzimmer.«

»Aber die Nachbarn …«

»Frau Kocher ist kurzsichtig, die sieht nichts.« Er lachte. Mit einem Ruck hob er mich hoch, trug mich die Treppe runter und warf mich aufs Sofa. Ich schlug mit dem Kopf gegen die Wand. Einen kurzen Moment lang sah ich Sterne. Marc bemerkte es nicht. Er liebkoste meinen Hals, dort, wo ich es am liebsten mochte, fuhr mit einer Hand sanft über mein Schlüsselbein, hinunter zu meinen Brüsten. Ich schloss die Augen und atmete tief durch. *Entspann dich, Isabel. Lass los.* In Gedanken flog ich an einen Strand, stellte mir vor, ich würde meine Zehen im Sand vergraben. Die gespeicherte Wärme ging auf mich über, floss in weichen Wellen durch meine Beine, meinen Bauch bis hoch zu meinem Kopf. Ich versuchte, Marcs Berührungen zu genießen. Es ging nicht. Nicht, weil ich mich für meinen Körper schämte oder weil jemand durchs Fenster schauen und uns beobachten könnte, sondern weil ich wusste, wohin sie führen würden. Ich wollte einfach nicht mit meinem Mann schlafen.

»Hör auf«, sagte ich leise.

Er hörte mich nicht, arbeitete sich langsam zu meinem Bauch vor. Sein Atem streifte meine Haut. Die Härchen stellten sich auf und ich fror.

»Marc!«

Er hob den Kopf und schaute mich fragend an, als wäre er gerade aus einem Traum gerissen worden und wusste nicht, wo er war.

»Ich kann heute nicht«, stotterte ich. »Kopfschmerzen.« Ohne seine Reaktion abzuwarten, schob ich ihn von mir und flüchtete ins Obergeschoss zu Leonie.

Kapitel 15

Jetzt

Ich starre wie hypnotisiert aus dem Fenster. In der Auffahrt steigt Natalia aus dem SUV und befreit ihre Kinder aus den Sitzen, eines nach dem anderen. Sie ist wieder da, nachdem sie die letzten Tage wie vom Erdboden verschluckt war. Mein Herz rast, als hätte ich gerade einen Marathon hinter mir. Ich stolpere aus dem Haus und rutsche erst nach ein paar Schritten in die Pantoffeln hinein, die ich mir eilig übergezogen habe.

»Natalia!«, rufe ich.

Sie dreht sich in meine Richtung, ihren Jüngsten schreiend und zappelnd auf der Hüfte. Etwas riecht nach Erbrochenem. Immer wieder holt er Luft und brüllt wie am Spieß. Blitze schießen durch meinen Kopf. Ich trotze dem Drang, in die entgegengesetzte Richtung zu laufen.

»Hast du kurz Zeit? Es geht um Leonie.«

»Es tut mir wirklich leid, was passiert ist, aber es ist gerade ungünstig.« Ihre Augen glänzen. »Komm doch später nochmals, dann reden wir bei einer Tasse Getreidekaffee in Ruhe, in Ordnung?«

»Es kann nicht warten. Du musst mir ein paar Fragen beantworten.« Mein Blick schweift zu ihrer Jacke. Ein Männermodell, viel zu groß für ihren schlanken Körper.

»Ich komme gerade von der Polizeiwache.« Sie runzelt die Stirn, Verärgerung gräbt sich in ihre Gesichtszüge. »Ich kann dir nicht mehr sagen, als ich dort zu Protokoll gegeben habe.«

Ronni holt Luft. Eine Sekunde lang ist Ruhe, bevor das Geschrei wieder losgeht.

»Entschuldige mich bitte, Ronni braucht mich.« Sie scheucht die Zwillinge ins Haus, ohne sich nochmals umzudrehen.

Erst, als sie die Tür geschlossen hat, befreie ich mich aus meiner Starre und klopfe. Immer stärker, um Ronni zu übertönen, bis ich mit den Fäusten gegen das Holz hämmere wie eine Verrückte. Ich rufe nach Leonie und schlage weiter, bis meine Hände wund sind. Mit jedem weiteren Schlag dringt der Schmerz tiefer in mich hinein, schafft es aber nicht, die Leere von Leonies Abwesenheit zu verdrängen.

»Isabel.« Zwei Arme umfassen mich und ziehen mich weg. »Beruhige dich.« Marc hält mich fest und streicht mir übers Haar.

Ich schreie, drehe den Kopf zur Seite und winde mich. »Leonie! Sie ist da drinnen!«

»Hör auf, du tust dir weh.« Er dreht mich zu sich und hält mich noch fester umklammert.

Ich schluchze laut auf. »Leonie!«

»Denk doch nach! Bei Natalia ist sie bestimmt nicht. Wie sollte sie Leonie vor uns verstecken können? Sie wohnt gleich gegenüber.«

Ich schaue auf meine Hände. Sie sind rot und pochen dumpf. Er hat recht. Das macht keinen Sinn. Warum sollte sie Leonie entführen? Da übermannt mich die Müdigkeit. Arme und Beine werden schwer. Ich lehne mich gegen Marc und lasse mich von ihm wiegen.

»Ich weiß nicht mehr weiter«, flüstere ich und streiche die Tränen von den Wangen. »Leonie ist entführt worden, aber niemand ruft an und verlangt Lösegeld. Die Polizei hat keine Hinweise, wo sie sein könnte. Tage vergehen, ohne dass etwas passiert. Ich verliere noch den Verstand!«

»Vielleicht wissen wir in ein paar Minuten mehr.« Er streckt mir mein Handy entgegen. »Herr Gerber hat versucht, dich zu erreichen.«

Ein Anruf in Abwesenheit. Mein Herz stolpert. Noch während wir über die Straße zu unserem Haus laufen, rufe ich zurück.

Ich trete von einem Fuß auf den anderen, recke das Kinn in die Höhe und beobachte, wie das Polizeiauto auf unseren Parkplatz fährt. Meine Finger trommeln auf den Granit der Küchenablage. Im Innern des Wagens erkenne ich nur eine Person: Herrn Gerber. Was für Neuigkeiten hat er, dass er unbedingt vorbeikommen wollte? Er hatte mich schon vorgewarnt, dass es nichts mit Leonie zu tun habe. In ihrem Fall gäbe es nach wie vor nichts Neues. Die Klingel dröhnt durchs Haus.

»Guten Tag, Frau Thalmann.« Seine Stimme ist vorsichtig, wie eine Katze, die sich an eine Maus heranschleicht. Er nickt Marc zu. »Herr Thalmann.«

Ich mustere sein Gesicht. Die heruntergezogenen Mundwinkel und das Mitleid in seinen Augen verheißen nichts Gutes. Hat er eine Nachricht für mich, die er persönlich überbringen wollte? Habe ich mich am Telefon verhört und er kommt doch, um mir zu sagen, dass sie Leonie gefunden haben? Am liebsten hätte ich geschrien bei den Bildern, die in meinem Kopf auftauchen. Wie Leonie daliegt, die Augen geschlossen, als ob sie schliefe. Ein Trugbild, denn wenn sie schlafen würde, wäre ihre Haut rosig und nicht so weiß wie das Laken, auf dem sie gebettet ist. Der Mund wäre leicht geöffnet, warme Luft würde über meinen Handrücken strömen. Ihr Brustkorb würde sich heben und senken, im Takt des Lebens. Sie schläft nicht, sondern wartet darauf, in einem winzigen Sarg eingeschlossen und vergraben zu werden. Ich presse eine Hand auf den Mund und ersticke einen Schluchzer. Meine Augen brennen, müde davon, ständig die Tränen zurückzuhalten und es doch nicht zu schaffen.

»Bitte kommen Sie rein.« Marc zieht mich an seine Seite und schließt die Tür hinter Herrn Gerber. Wir setzen uns an den Küchentisch.

»Anna Reuter ist Ihnen ein Begriff?«

»Ja, wir waren …« Ich halte inne. »Wir sind sehr gut befreundet. Warum fragen Sie?«

»Im Berner Oberland wurde uns ein verdächtiges Fahrzeug gemeldet. Ein VW Bus, der bei einer Schlucht abgestellt wurde, die Türen sperrangelweit offen. Wir haben das Autokennzeichen überprüft.« Er macht eine bedeutungsvolle Pause. »Der Wagen ist auf Dora Reuter zugelassen.«

»Annas Mutter«, sage ich tonlos. Warum sollte Anna den Bus im Wald abstellen? Das ergibt keinen Sinn.

»Im Innern fanden wir allerlei Dinge, die darauf hindeuten, dass die Fahrerin des Wagens plante, für längere Zeit unterwegs zu sein: Lebensmittelvorräte, Kleidung, einen Geldbeutel samt Ausweisen und Bargeld. Und ein Handy.«

»Anna wollte mit dem Bus durch Europa reisen.« Ich runzle die Stirn. »Ich kann mir nicht erklären, warum sie ihn dort stehen ließ.«

Ich lege die Hand auf meinen Bauch. Ein ungutes Gefühl macht sich darin breit.

»Wir haben noch mehr gefunden.« Herr Gerber zögert. »Eine Notiz. Deswegen bin ich hier. Ihr Name steht darauf, Frau Thalmann.« Er reicht mir ein Tablet, auf dem ein kariertes Papier abgebildet ist, zusammengeknüllt und wieder säuberlich auseinandergefaltet. Marc rückt näher zu mir und späht ebenfalls darauf.

Isabel.
Es tut mir leid. Ich kann nicht mehr.

Ich lasse mich in das Polster sinken und starre auf das Tablet. Die Schlucht auf dem Schulausflug. Nur ein winziger Schritt, sagte sie, und alles wäre vorbei. Ich schlucke leer und schaue Herrn Gerber direkt in die Augen. »Hat man … Haben Sie … Ist sie …«

»Wir wissen es nicht. Ich habe gehofft, Sie könnten uns weiterhelfen.«

Ich sinke im Stuhl zusammen.

»Isa?« Marcs Stimme kommt von weit her, tönt dumpf, als wäre ich unter Wasser. Ich sinke immer tiefer, habe keine Kraft mehr übrig, mich dagegen zu wehren.

»Isa!«

Ich finde mich auf dem Küchenboden wieder, den Kopf in Marcs Schoß gebettet. Bin ich ohnmächtig geworden? Marc streckt mir ein Glas Orangensaft entgegen. »Hier, trink.«

Ich wende mich ab und verziehe das Gesicht. Allein vom Gedanken an Flüssigkeit in meinem Magen wird mir schlecht. Herr Gerbers Worte dringen in mein Bewusstsein. Der VW Bus. Die Schlucht. Anna. Das alles ist mehr, als ich ertragen kann. Marc hält mir das Glas direkt an die Lippen und ich schlürfe widerwillig ein paar Schlucke.

»Geht es wieder?«

Ich nicke, rapple mich mit Marcs und Herrn Gerbers Hilfe auf und setze mich wieder auf den Stuhl. »Vor einiger Zeit, als es ihr nicht gut ging, hat sie manchmal Andeutungen gemacht.«

»Was für Andeutungen?«

»Sich das Leben zu nehmen.«

»Warum, denken Sie, hat sie mit dem Gedanken gespielt?«

»Sie hat verschiedene Probleme. Wegen ihrer Mutter, vermute ich. Und weil …«

Ich zögere. Herr Gerber nickt. Eine Aufforderung, fortzufahren.

»Vielleicht auch wegen des Todes ihrer Schwester. Ihre Mutter hat den Schmerz über den Verlust im Alkohol ertränkt. Anna hingegen hatte ein Ritual, um besser damit klarzukommen. Wir …« Ich stocke und halte mir die Hand vor den Mund. Das Ritual! Jedes Jahr waren Anna und ich durch den Wald spaziert. Ich hielt eine Kerze in der Hand und Anna einen Kranz. Beim Teich bogen wir ab. Daneben stand eine Eiche und breitete ihre Arme schützend über dem Wasser aus. Wir setzten uns darunter ins nasse Laub und legten Kranz und Kerze windgeschützt neben dem Holzkreuz mit der Aufschrift »Emily Reuter«. Ich zog Anna an mich und hielt sie fest. So blieben wir sitzen und wärmten uns gegenseitig, bis die Kerze abgebrannt war. Jedes Jahr, mit Ausnahme von diesem. Ich schlinge die Arme um mich und wiege vor und zurück. Immer wieder.

»Frau Thalmann?« Herr Gerber berührt mich über den Tisch hinweg am Arm. »Ist alles in Ordnung?«

»Der Todestag ihrer Schwester war erst vor Kurzem.« Meine Stimme zittert. »Ich habe nicht daran gedacht. Ich war so mit mir selbst beschäftigt, dass ich nicht daran gedacht habe.«

Deswegen hat sich Anna bei unserem letzten Treffen so seltsam verhalten. Ich habe den Todestag ihrer Schwester vergessen. Nun ergibt alles einen Sinn: Dieses Gefühl, als ich sie das letzte Mal umarmt habe. Die Tagträume, die mir signalisieren wollten, dass Anna etwas passieren würde. Jetzt der Besuch von Herrn Gerber, der Annas Selbstmord noch realer macht.

»Sie denken also, sie könnte gesprungen sein?«, wollte Herr Gerber wissen.

»Ja. Das wäre möglich.« Nun zittere ich am ganzen Körper. Es ist, als wäre seit Annas Kindheit alles in ihrem Leben unausweichlich auf diesen Moment hingerast. Das schlechte Gewissen wegen des Ertrinkens ihrer Schwester. Ihr Scheitern in der Schule. Die Abhängigkeit von ihrer Mutter. Ihre beste Freundin, die sich nur noch um ihr eigenes Leben kümmert. Es ist nur eine Frage der Zeit, bis die Polizei ihre Leiche flussabwärts bergen wird. Ich sacke in mir zusammen. Nun bin ich nicht nur schuld, dass meine Tochter entführt wurde, sondern vielleicht auch am Tod meiner besten Freundin.

Das Licht wird schwächer, wirft einen rötlichen Schimmer auf die Wohnzimmerwand. Nur wenige Minuten später ist die Sonne ganz verschwunden.

Warum hast du Anna weggestoßen, als sie dich brauchte?

Warum hast du dich nur um dich gekümmert?

Warum hast du eure Freundschaft vernachlässigt?

Die Glühbirne oberhalb meines Kopfes surrt und wirft ihren Lichtkegel auf mich. Der Rest des Wohnzimmers ist dunkel. Ich stehe auf und torkle benommen zum Lichtschalter. Ein Knopfdruck und beides ist weg, das Surren und das Licht. Leonie und Anna. Warum nimmt mir das Schicksal zwei der Menschen, die mir am meisten bedeuten? Ich will schlafen, für ein paar Stunden vergessen, was passiert ist. In meinem Bett lege ich mich auf die Seite, ziehe die Knie ganz nah an meinen Körper und die Decke bis unter mein Kinn. Ich bin bereits halb eingeschlafen, da senkt sich die Matratze. Ich öffne die Augen und blinzle ins Halbdunkle. Marc sitzt mit dem Rücken zu mir auf seiner Betthälfte und legt sich neben mich. Er dreht sich auf die Seite, sodass wir uns Nasenspitze an Nasenspitze gegenüberliegen, und greift nach meiner Hand. Im Vergleich zu meiner ist seine angenehm warm. Ich rutsche unter seine Bettdecke und klammere mich an ihn. Die Wärme seines Körpers überträgt sich auf mich und durchflutet mein Innerstes mit Geborgenheit. Immerhin ist mein Mann noch da. Die Tränen kommen plötzlich und alle auf einmal. Ich weine so lange, bis ich erschöpft in seinen Armen einschlafe.

Kapitel 16

Drei Monate zuvor

Im Sommer zeigten sich die ersten Nachteile unseres Hauses. Bei Temperaturen von über dreißig Grad war es unter dem Dach unerträglich heiß. Auch das Wohnzimmer heizte sich durch die Fensterfront so stark auf, dass meine nackten Beine am Leder der Stühle kleben blieben. Ich hatte mir angewöhnt, nur in Unterwäsche im Haus herumzulaufen, dennoch sammelte sich der Schweiß zwischen meinen Brüsten. Leonie trug nur einen Kurzarmbody und Söckchen. Ein lustiger Anblick. Leider strampelte sie ihre Söckchen immer wieder ab. Ich sammelte sie ein und zog sie wieder über ihre Füße.

In dem Moment klingelte es. Durch die milchige Glastür erkannte ich die Umrisse eines Mannes mit dunkler Kleidung. Erst als ich nach dem Schlüssel griff, bemerkte ich, dass ich nichts trug außer einem Höschen. Schnell hechtete ich hoch ins Schlafzimmer, riss den Kleiderschrank auf und schnappte mir das oberste Kleidungsstück, das mir entgegenflog. Der Rest landete auf dem Boden. Es klingelte wieder. Noch stärker schwitzend als zuvor öffnete ich die Tür.

»Guten Tag Frau Berset, lange nicht gesehen.«

Mein Chef. Glühend heiß erinnerte ich mich an seine Nachrichten und wie oft er versucht hatte, mich zu erreichen. Nun stand er mit einer Windeltorte auf unserer Fußmatte und wartete darauf, dass ich ihn reinließ.

»Thalmann«, korrigierte ich ihn. »Wir haben geheiratet.«

»Stimmt, das habe ich vergessen.« Er lächelte und zog den Kopf ein. »Herzlichen Glückwunsch zur Hochzeit. Und natürlich zur Geburt Ihrer Tochter.«

Ich bat ihn herein. Sein Schweißgeruch stach mir in die Nase, als er mit nur wenigen Zentimetern Abstand an mir vorbeiging.

»Entschuldigen Sie, dass ich unangemeldet auftauche.« Er kratzte sich am Hinterkopf. »Sie haben auf keinen meiner Anrufe reagiert.«

»Ich war beschäftigt.« Ich warf einen Blick zum Stubenwagen, aus dem Leonie ihre nackten Füße streckte.

»Das verstehe ich. Hätten Sie trotzdem ein paar Minuten für mich?«

»Natürlich«, presste ich hervor. Meinen Chef konnte ich nicht so einfach abwimmeln wie Salome oder Marcs Verwandtschaft. Ihm war ich eine Erklärung schuldig. »Möchten Sie etwas trinken? Tee oder Kaffee?«

»Lieber Wasser, danke.«

Im Kühlschrank bewahrten Marc und ich immer eine Flasche Wasser mit Kohlensäure auf, genau für solche Fälle. Es zischte, als ich den Verschluss aufdrehte. Bläschen blubberten im Glas und versprühten ein paar kühle Tröpfchen auf meinen Handrücken. Mein Chef stellte die Windeltorte auf den Tisch. Ich erkannte anhand des Musters auf dem Bund der Windeln, dass es sich um die kleinste Größe handelte. Leonie trug diese schon eine Weile nicht mehr. Wie lange die Torte wohl auf dem Konferenztisch in seinem Büro gestanden hatte?

Mein Chef saß mit zusammengepressten Knien auf dem Sofa und hielt auch das Glas, das ich ihm gereicht hatte, so fest, dass es jeden Moment zerspringen könnte.

»Und wie geht es Ihnen?«, fragte er, so wie ich ihn kannte, weniger aus Interesse, sondern mehr aus Höflichkeit.

»Gut. Sehr gut sogar.«

»Zufriedene Mütter sind auch die besseren Arbeitnehmerinnen, nicht wahr?« Er lächelte unbeholfen.

Es war seltsam, meinen Chef in meinem Wohnzimmer zu sehen. Zwei Welten kollidierten, die bisher keine Berührungspunkte gehabt hatten: die Arbeit, mein Dreh- und Angelpunkt vor der Schwangerschaft, und meine Familie, mein jetziges Ein und Alles.

»Sie können sich sicher denken, warum ich hier bin. Ihr Mutterschaftsurlaub ist fast vorbei und das Herbstsemester steht vor der Tür. Sie sind für zwei Vorlesungen eingeplant.«

Ich wich seinem fragenden Blick aus und beobachtete stattdessen die Vögel in unserem Garten. Einer hatte sich auf einem Ast der Eiche niedergelassen und stolzierte darauf herum. Vor und zurück. Immer wieder vor und zurück.

»Ich müsste zudem wissen, mit welchem Pensum Sie zurückkehren, damit ich unsere Forschung besser koordinieren kann«, fuhr er fort und kratzte sich wieder am Hinterkopf. Diese Macke war mir schon in der allerersten Vorlesung bei ihm aufgefallen. Damals hatte er noch mehr Haare auf dem Kopf gehabt. Vorlesungen und

Übungstutorials halten, Fachliteratur lesen, wissenschaftliche Abhandlungen schreiben, Prüfungen korrigieren. Ich hatte es geliebt. Nun war Leonie da und hatte alles verändert.

»Gar nicht.« Meine Stimme spaltete die Stille wie ein Messer das Fleisch.

»Wie bitte?«

»Ich kündige.«

Mein Chef schüttelte zweimal ungläubig den Kopf und blinzelte. »Sie tun was?«

»Sie haben schon richtig gehört.«

»Das kann nicht Ihr Ernst sein! Sie stehen kurz vor dem Abschluss des Doktorats. Ist Ihnen bewusst, was es bedeutet, wenn Sie jetzt aufhören?«

»Das weiß ich.« Ich hätte drei Jahre meines Lebens in den Sand gesetzt, aber das war mir egal. Im Gegensatz zu der Zeit, die ich mit Leonie verbringen durfte, erschien meine Arbeit so unbedeutend.

»Ich brauche Sie, Frau Berset, äh, Frau Thalmann.«

Ich hob entschuldigend die Schultern. »Sie finden bestimmt schnell einen Ersatz.«

»Sie sollten keine voreiligen Entscheidungen treffen. Am besten schlafen Sie nochmals eine Nacht …«

»Das ist nicht nötig«, unterbrach ich ihn. »Ich kündige. Wenn Sie mich jetzt bitte entschuldigen, Leonies Windel ist voll.«

Mein Chef stellte sein Glas auf den Wohnzimmertisch. »Sie sind sich also sicher.«

»Völlig sicher, ja.« Ich nahm Leonie aus dem Stubenwagen. Mit ihr auf dem Arm begleitete ich meinen Chef, oder besser gesagt Ex-Chef, zur Tür.

Bevor er ging, musterte er mich nochmals eingehend. Dann sagte er abschätzig: »Ich habe geglaubt, ich würde Sie kennen. Dachte, Sie seien ambitioniert. Offenbar habe ich mich in Ihnen getäuscht.«

»Auf Wiedersehen.« Ich schlug die Tür zu und stampfte zurück ins Wohnzimmer.

Ich dachte, Sie seien ambitioniert. Was glaubte der Kerl, wer er sei? Er hatte keine Kinder und konnte nicht nachvollziehen, was Leonie mir bedeutete. Wenn ich mein Doktorat beenden würde, müsste ich mindestens sechs Tage die Woche investieren. Nicht nur acht Stunden pro Tag, sondern zwölf oder dreizehn. Ich hätte mein Mädchen am Morgen auf die Stirn geküsst und sie am Abend erst gesehen, wenn sie schon tief schlummerte. Nein, das war nicht das, was ich wollte. Nicht mehr.

Leonie und ich lagen im Schatten der Eiche, als ein Auto in unsere Einfahrt fuhr. Ich erkannte unseren Wagen an der Art, wie der Motor erstarb, wenn man ihn ausschaltete. Ich schaute auf die Uhr. Es war erst vier Uhr nachmittags. Das konnte unmöglich Marc sein. Die Fahrertür knallte zu. Ich spähte zum Gartentor und wartete mit klopfendem Herzen. Er war es tatsächlich. Mit einem Umschlag in der Hand lief er auf die Haustür zu.

»Marc!«, rief ich.

Er lächelte, als er Leonie und mich auf der Picknickdecke entdeckte. »Hallo ihr beiden. Was macht ihr denn hier draußen?« Er kam auf uns zu, beugte sich zu mir hinunter und gab mir einen Kuss auf die Wange. Leonie wuschelte er durchs Haar.

»Wir sind fast jeden Tag im Garten«, konterte ich. »Die Frage sollte vielmehr lauten, was du hier machst? Um diese Zeit?«

»Das erfährst du gleich.« Marc ging in die Hocke und fächerte ein halbes Dutzend Prospekte vor mir aus. Auf dem vordersten lachte mir ein Kindergesicht entgegen.

»Was ist das?«

»Prospekte für Kindertagesstätten. Das sind die besten in der Umgebung.«

»Hm.« Ich malmte mit den Zähnen.

»Die Kita im Dorf geht mit den Kindern mindestens zweimal pro Woche in den Wald. Sie basteln mit Naturmaterialien und essen Beeren, die sie zuvor gesammelt haben.«

Ich stellte mir Leonie unter diesen Kindern vor. Wie ihre zwei blonden Schwänzchen hin und her wippten, während sie Beeren sammelte und in ihren Mund stopfte. Beeren, die von Füchsen angepinkelt worden waren. Beim Gedanken an die Krankheiten, die dabei übertragen werden könnten, wurde mein Magen schwer wie ein Stein.

»Schau sie dir an«, fuhr Marc fort. »Am besten noch heute. Die Wartezeiten für einen Platz betragen mehrere Wochen, bei manchen Tagesstätten sogar Monate.«

»Wir brauchen keine Tagesstätte«, flüsterte ich und konnte den Blick nicht von der Zahnlücke des kleinen Jungen auf dem ersten Prospekt nehmen. »Ich werde nicht mehr arbeiten.«

»Was?« Marc blinzelte zweimal kurz nacheinander und schüttelte ungläubig den Kopf. »Wie, du wirst nicht mehr arbeiten?«

»Ich habe gekündigt.«

»Wann?«

»Gestern.«

»Du willst dein Doktorat hinschmeißen? Einfach so?«

»Nicht einfach so.« Ich verschränkte die Arme. »Ich habe mir das gut überlegt.«

»Aber warum?«

»Es gibt Dinge im Leben, die kommen nie zurück. Ich möchte Leonie beim Wachsen zusehen und jedes ihrer Abenteuer miterleben. Arbeiten kann ich wieder, wenn sie groß ist.«

»Warum hast du nie mit mir darüber gesprochen? Ich dachte, du gingest nach dem Mutterschaftsurlaub wieder zurück in den Beruf.«

»Keine Ahnung«, gab ich zu. »Es ist mir selbst erst so richtig bewusst geworden, als mein Chef vor der Tür stand und mich zurückholen wollte.«

Marc sackte zusammen. Seine Knie waren nach innen gerichtet und er saß mit seiner maßgeschneiderten Anzughose im Gras. Er schüttelte den Kopf, immer wieder. »Ich verstehe das nicht. Ich dachte, wir wären ein Team!«

»Wir sind ein Team. Ich sorge für Leonie, du bringst das Geld nach Hause.«

Marcs Blick durchbohrte mich. Der Ausdruck in seinem Gesicht war mir fremd. Eine Mischung aus Wut und Ungläubigkeit. Als hätte ihn jemand aus dem Tiefschlaf gerissen und er musste seinen Gleichgewichtssinn wieder finden und sich neu orientieren. »Du machst, was du willst, ohne mich in deine Planung einzubeziehen. Wir bekommen ein Kind, wir ziehen aufs Land und jetzt entscheidest du einfach so, dass du künftig nicht mehr arbeitest. Was ich darüber denke, ist dir vollkommen egal!«

»Foul, Foul!«, brüllte eines der Kinder auf der Straße. Ein anderes weinte und rief nach seiner Mutter.

»Was willst du denn?«, fauchte ich und drehte mich ruckartig zu Marc herum. »Willst du etwa auf deine lang herbeigesehnte Beförderung verzichten und zu Hause bleiben?«

»Nein, aber …«

»Eben!«, blaffte ich. »Es gibt nichts zu diskutieren. Ich werde keinen Fuß mehr ins Büro setzen.«

»Ich kenne dich, Isabel. Du hast Ziele und willst diese erreichen. Glaub mir, du wirst es bereuen. Vielleicht nicht heute oder morgen, aber irgendwann wirst du es bereuen.«

Ich nahm Leonie auf den Arm und wandte mich ab. Die Wut kochte in mir. Glaubte Marc, die Geburt sei spurlos an mir vorbeigegangen? Glaubte er, ich wollte dort anknüpfen, wo wir vor der Schwangerschaft stehen geblieben waren? Und glaubte er tatsächlich, er würde mich besser kennen als ich mich selbst? »Das Einzige, was ich je bereuen würde, wäre die verlorene Zeit mit Leonie. Denn diese lässt sich nicht zurückdrehen.«

Ich wandte mich ab und ging zum Hauseingang. Als ich schon auf der Schwelle stand, lachte er plötzlich. »Du als Vollzeitmutter? Was ist bloß mit dir passiert, Isabel?«

Ich drehte mich abrupt um. Der Saum meines Sommerkleides schwang um meine Beine. »Was passiert ist?« Nun brüllte ich. »Leonie ist passiert!«

Leonie weckte mich mit einem Schrei. Schlaftrunken schaltete ich das Nachtlicht ein und schaute auf die Uhr. Es war zwei Uhr nachts. Leonie hatte die Augen geschlossen und schlief, als hätte ich alles nur geträumt. Ihr Brustkorb hob und senkte sich in regelmäßigen Abständen und sie schnarchte. Nicht stark, doch laut genug, damit ich nicht mehr einschlafen konnte. Meine Gedanken drehten sich im Kreis. Statt ins Büro zu gehen, würde ich zu Hause bleiben. Jeden Tag. Das Glücksgefühl, das mich nach meinem Entschluss durchströmt hatte, war von Marc zerschlagen worden. Aber nicht nur seine Reaktion war dafür verantwortlich, sondern auch die meines Vaters.

»Du willst nicht mehr arbeiten? Gar nicht mehr? Nicht einmal Teilzeit?«, hatte er gefragt. Eigentlich waren es keine Fragen, sondern Vorwürfe mit Ausrufezeichen gewesen.

Acht Jahre Ausbildung haben wir dir finanziert und was fängst du damit an? Nichts! Das hatte er sagen wollen. Er hielt sich zurück, weil meine Mutter ihm sanft über den Rücken strich. *Lass sie doch die Babyzeit genießen. Die Kleinen werden so schnell groß. Irgendwann wird sie wieder arbeiten.*

Ich fiel zurück ins Kissen und starrte an die Decke. Meine Entscheidung, auf unbestimmte Zeit zu Hause zu bleiben, war die richtige. Ich war mir so sicher wie damals, als ich herausgefunden hatte, dass ich schwanger war und Leonie behalten wollte. Dennoch hatte mich Marcs Reaktion getroffen. Leonies Geburt hatte mich verändert, warum verstand er das nicht? Ich war nicht mehr die schlanke Isa mit dem straffen Bindegewebe, von der er nie genug bekommen konnte. Ich war zu Isabel mutiert, Vollzeitmutter mit Schwabbelbauch und schmutzigen

Oberteilen. Ich stank öfter nach Babykotze, als dass ich nach Parfüm roch, und meine hohen Schuhe hatte ich, mangels Gelegenheit, sie zu tragen, in die hinterste Ecke des Schuhschranks verbannt. Liebte mich mein Mann überhaupt noch? Hatten wir doch nur geheiratet, weil ein Baby unterwegs gewesen war? Dieser Gedanke ließ mich nicht los. Ich wälzte mich von einer Seite auf die andere, klemmte die Bettdecke zwischen die Knie und versuchte, wieder einzuschlafen. Die Sekunden vergingen, wurden zu Minuten und diese zu Stunden. Schließlich gab ich auf. Ich ging hinunter in die Küche, um mir ein Glas Wasser zu holen. Beim Vorbeigehen bemerkte ich, dass Marcs Schlüssel nicht im Schloss steckte. Auch seine Schuhe standen nicht im Gestell. War er nicht nach Hause gekommen? Statt in die Küche lief ich zum Wohnzimmertisch und überprüfte mein Handy auf neue Nachrichten. Außer einer Versandbestätigung für Windeln gab es nichts Neues. Vor allem keine Nachricht von Marc. Ich wählte seine Nummer, erreichte aber nur den Anrufbeantworter. Wo war er bloß? Es passte nicht zu ihm, ohne Ankündigung länger als bis Mitternacht wegzubleiben.

Ohne das Licht einzuschalten, setzte ich mich aufs Sofa und starrte durch das Fenster in die Dunkelheit. Der Himmel war klar und die Milchstraße am Horizont deutlich sichtbar. War ihm etwas zugestoßen? Hatte ihn jemand mit einem Messer niedergestochen? Der Gedanke, Marc könnte irgendwo verletzt im Straßengraben liegen, ließ mich frösteln. Ich schlang die Arme um mich und versuchte, nicht mehr daran zu denken. Bestimmt war alles in Ordnung. Ich redete es mir so lange ein, bis ich es selbst glaubte.

Die Sterne verschwanden in der Helligkeit des angehenden Lichtes vor unserem Haus. Marc stolperte hinein und kickte seine Schuhe in die Garderobe, fluchte leise, weil sie wieder vom Gestell gefallen waren. Ein Blinder hätte bemerkt, dass er betrunken war, so wie er zur Treppe schwankte. In mir brodelte es unterschwellig. Ich hatte mir Sorgen gemacht, während er irgendwo ein Glas nach dem anderen gekippt hatte.

»Wo warst du so lange?«, fragte ich, als er den Fuß auf die erste Treppenstufe gesetzt hatte.

Er zuckte zusammen und blinzelte ins Wohnzimmer, wo ich aus dem Dunkeln trat.

»Isabel? Warum bist du noch wach?« Seine Stimme klang belegt. Er stieg die Stufe wieder runter, sodass wir uns gegenüberstanden.

»Leonie hatte Hunger«, log ich und wartete auf seine Erklärung, warum er so spät nach Hause kam.

»Ich musste länger arbeiten.« Er schaute mir direkt in die Augen und ich roch die Alkoholfahne und die Lüge aus seinem Mund. Ich wartete, dass er noch etwas hinzufügte, aber er sagte nichts mehr. Marc trank nie Alkohol. Er konnte mir nicht einmal ins Gesicht sagen, dass er sich hatte betrinken müssen, weil sich seine ehemals so erfolgreiche Ehefrau zur Hausfrau und Mutter degradiert hatte. Ich stolperte an ihm vorbei, die Treppe hoch, bevor er meine Tränen sehen konnte.

Am nächsten Morgen war die Matratze neben mir leer, das Kissen lag genauso da, wie ich es am Tag zuvor aufgeschüttelt hatte. Es war erst kurz nach sieben. Leonie schlief im Beistellbett. Ich rappelte mich auf und ging nach unten. Marc lag mit offenem Mund auf dem Sofa, den Kopf an der Lehne und die Fernbedienung in der Hand. So locker wie die Krawatte um seinen Hals lag, hatte er bestimmt versucht, sie auszuziehen, es aber nicht geschafft. Kein Wunder, so betrunken wie er gestern nach Hause gekommen war. Die Luft roch nach seinem Atem. Ein beklemmendes Gefühl kroch in mir hoch, ein Schmerz in meiner Brust, ziehend und gleichzeitig stechend, als könnte er sich nicht entscheiden, ob er mich auseinanderreißen oder aufschlitzen wollte. Marcs Schnarchen begleitete mich, während ich das Kippfenster öffnete und mein Frühstück zubereitete. Mit langsamen, regelmäßigen Bewegungen schnitt ich einen Apfel in zwei Teile und danach in kleine Stücke, obwohl ich überhaupt keinen Appetit hatte. Genau in dem Moment, als ich den Apfel zu den Haferflocken gab, stöhnte Marc auf, dann hielt er die Luft an, nur um sie lang gezogen wieder auszuatmen. Er war aufgewacht. Ich rührte Apfel und Joghurt unter die Haferflocken und spürte seinen brennenden Blick in meinem Rücken.

»Morgen«, flüsterte er.

Ich sagte nichts, schaute nicht einmal auf. Mit dem Rücken zu ihm setzte ich mich an den Tisch und löffelte das Müsli in mich hinein. Ich unterdrückte den Drang, mich zu rechtfertigen. Ja, ich wollte nicht mehr arbeiten, jedenfalls nicht, solange Leonie klein war. Ich wollte nicht zu den Müttern gehören, die ihr Kind am Morgen aus dem Schlaf rissen, um es für die Kindertagesstätte vorzubereiten, mit den Gedanken bereits bei der Arbeit. Es den ganzen Tag in der Obhut von fremden Frauen lassen und am Abend runtergerattert zu bekommen, was es erlebt hatte. Ich wollte nichts verpassen: Leonies erste Drehung, die ersten Schritte, die ersten Worte. Wie sie das erste Mal auf ein Laufrad steigt, ins Schwimmbad geht, selbstständig die Leiter zur Rutsche hochklettert. All die ersten Male wollte ich miterleben.

Marc setzte sich mir gegenüber. »Was ich gestern gesagt habe, tut mir leid«, sagte er in die Stille hinein. »Natürlich darfst du zu Hause bleiben.« Sein Atem stockte. »Wenn es das ist, was du willst?«

Ich nickte nur. Das Müsli lag wie ein Klumpen in meinem Magen.

»O. k.«

Ich schaute auf und versuchte, den Ausdruck in seinem Gesicht zu lesen. Die Falten auf seiner Stirn waren mir vorher nie aufgefallen, auch nicht die winzigen schwarzen Punkte auf seiner Nase. Als ich die leere Schale in die Spülmaschine räumte, stand er ebenfalls auf, lehnte sich nach vorn. Zuerst glaubte ich, er wollte mich küssen und wappnete mich schon gegen den Geruch von Alkohol. Doch er umarmte mich nur. Dabei streichelte er langsam über mein Haar. Ich ließ es geschehen.

»Es tut mir leid«, flüsterte er erneut und ich wurde das Gefühl nicht los, dass es um mehr ging als mein Mutterdasein. Dann verschwand er im Büro. Wahrscheinlich klappte er seinen Laptop auf und feilte an seiner Präsentation. Er hatte seine Arbeit und ich Leonie. Alles war in bester Ordnung. Und doch schien es, als würden die Wände unseres Wohnzimmers näher zueinanderrücken und mir die Luft zum Atmen nehmen.

Kapitel 17

Jetzt

Mit müden Beinen kämpft sie sich durch das Dickicht, in jeder Hand eine Einkaufstasche. Das Tuch, mit dem sie das Baby an ihrem Körper befestigt hatte, hat sich zusammengerafft und schneidet auf der Schulter ein. Das Baby drückt den Kopf nach hinten, streckt die Beine durch und schreit, so laut, dass alle anderen Geräusche übertönt werden. Seine Nase kräuselt sich, das Gesicht färbt sich tiefrot. Es muss Hunger haben. Oder eine volle Windel. Vielleicht beides.

Nach ein paar Metern steht sie da, die Kleider nass vom Schweiß. Die Hütte sieht aus wie damals, verschmolzen mit der Wildnis. Efeu klettert am Holz empor. Sie lässt beide Taschen auf den Boden fallen, entfernt das Vorhängeschloss und stemmt sich gegen die Holztür. Mit einem schwerfälligen Knarren bewegt sich diese widerwillig. Ein muffig feuchter Geruch schlägt ihr entgegen und mit ihm all die Erinnerungen. Jahrelang waren sie kaum wahrnehmbar, aber jetzt kochen sie wieder hoch, rauben ihr für einen Moment den Atem. Sie ballt die Hände zu Fäusten und drückt die Augen so fest zusammen, dass sie nur noch schwarz sieht. Nicht jetzt, bitte nicht jetzt! Sie öffnet die Augen wieder. Bilder von aufgeschlitzten Tieren, Köpfe als Trophäen und darunter das Bett. Alles ist wie damals, bis auf den Nebel, der in der Hütte zu schweben scheint. Erst auf den zweiten Blick bemerkt sie, dass es sich um Staub handelt. In der Luft und zentimeterdick auf den Möbeln. Einen Moment lang steht sie nur da und nimmt die Eindrücke in sich auf. Hier ist sie ungestört. Niemand würde das Baby schreien hören. Schließlich hat sie damals auch niemand gehört. Sie tritt ein in die Vergangenheit und verriegelt die Tür.

Babys schreien, weil sie nicht sprechen können. Die Art des Schreiens verrät jede Menge über ihren Gefühlszustand. Manche nörgeln, weil sie unbedingt etwas haben wollen. Andere kreischen vor Freude oder aus Ärger. Und dann gibt es dieses Schreien, das ein Baby bläulich anlaufen und nach Luft schnappen lässt. Ein Schreien, das tief aus dem Bauch kommt. Wenn Mütter dieses Geräusch hören, machen sie alles dafür, dass sich ihr Säugling beruhigt, weil es sonst schier unerträglich ist. Ich höre Leonie genauso schreien, jede Nacht im Traum. Im Finstern tappe ich umher und folge blind ihrer Stimme. Ich rufe ihr zu, dass alles in Ordnung sei und ich gleich bei ihr wäre. Jedes Mal, wenn ich glaube, sie zu erreichen, entfernt sie sich wieder. Ich knalle gegen eine Wand, verliere das Gleichgewicht und falle.

Dann wache ich auf, das Nachthemd schweißnass. Ich atme ruckartig. Leonies Hilferuf klingt in meinen Ohren nach, zusammen mit einem zweiten Schrei, genauso schrill und verzweifelt. War es Anna? Die Nachricht, dass ihr VW Bus bei der Schlucht gefunden wurde, dringt in mein Bewusstsein. Ich warte, bis mein Atem wieder regelmäßig geht. Erst dann stehe ich auf und schiebe die Vorhänge zur Seite. Mit dem Handy in der Hand schlurfe ich ins Bad und spritze mir etwas Wasser ins Gesicht. Meine Brüste schmerzen immer noch. Die

Milch staut, als würde sie sich weigern zu fließen, weil Leonie nicht da ist. Ich massiere vorsichtig eine Brust, versuche, sie auszustreichen, und verziehe das Gesicht vor Schmerzen. Der Klumpen ist hart wie Stein und wird immer größer. Vielleicht sollte ich doch Salome um Hilfe bitten. Auf dem Handydisplay strahlt mich Leonie an. Mein Magen verkrampft sich. Ich wünschte, die Polizei würde sich endlich melden und mir mitteilen, dass sie Leonie gefunden haben. Aber mein Handy bleibt stumm. Keine Anrufe. Keine neuen Nachrichten. Ich suche Salomes Kontakt in der Anrufliste und wähle. Viel zu lange höre ich nichts außer einem Rauschen, dann ein Klicken.

»Kein Anschluss unter dieser Nummer«, ertönt es.

Ich versuche es noch einmal, mit demselben Resultat. Während ich die Treppe runtersteige, tippe ich Salome eine E-Mail und schicke sie ab.

»Hallo Isabel.«

Ich zucke zusammen. Marcs Mutter sitzt auf dem Sofa. Jedes Mal, wenn ich sie sehe, schrumpfe ich, bis ich so klein bin wie eine Fliege, die sie mit einer Handbewegung an die Wand klatschen könnte. »Was machst du hier?«

»Nette Begrüßung. Passt zu dir.« Sie presst die Lippen zusammen.

Wie bist du reingekommen?, ist mein zweiter Gedanke. Ich schlinge die Arme um mich. In dem Moment öffnet sich die Kellertür und Marc erscheint mit einer Packung Kaffee aus dem Vorrat.

»Du bist wach.« Der Kuss, den er mir auf die Wange drückt, hat etwas Förmliches, so als würde er sich vor seiner Mutter zurückhalten. »Setz dich zu uns.«

Am liebsten wäre ich umgedreht und wieder ins Bett gekrochen. Doch die Art, wie meine Schwiegermutter das Kinn in die Luft streckt, macht mich trotzig. Bestimmt meint sie, ich würde ablehnen, weil ich sowieso keine Manieren hätte. So greife ich nach der Decke auf der Sofalehne, schlinge sie um mich und nehme Platz.

»Du siehst müde aus«, sagt sie an Marc gewandt. »Bekommst du genügend Schlaf?«

»Nicht wirklich.«

»Das muss furchtbar für dich sein.« Sie tätschelt seinen Oberschenkel. »Was meint die Polizei?«

Furchtbar für *dich,* hallt es in meinem Kopf nach. Es geht hier nur um ihren Sohn. Wie ich mich fühle, ist ihr vollkommen egal.

»Noch tappen sie im Dunkeln.«

»Kein Hinweis, wer es gewesen sein könnte?«

»Nein, nichts.«

Marcs Mutter bläst den Dampf von der Tasse. »Der Polizei kann man keinen Vorwurf machen, sie erledigen ihre Arbeit gut.« Sie schaut mich an. »Es muss unglaublich schwierig sein, herauszufinden, wer Leonie mitgenommen hat, wo doch jeder durch die offene Tür hätte ins Haus spazieren können.« Ihr Blick trifft mich wie eine Ohrfeige.

»Wie meinst du das?«, frage ich dümmlich und gebe mir Mühe, dass meine Stimme nicht zittert.

»Das weißt du ganz genau.«

»Mutter …« Marc legt ihr eine Hand auf die Schulter und versucht, sie zu beschwichtigen.

Ja, ich weiß, was sie meint, weil dieser Gedanke mich ständig verfolgt. Wenn ich abgeschlossen hätte, hätte niemand ins Haus eindringen können. Dann wäre Leonie noch hier. Es fühlt sich an, als ob ihre Hände nach meinem Hals greifen und zudrücken. So fest, dass ich keine Luft mehr bekomme. Tränen sammeln sich in meinen Augen, das Gesicht meiner Schwiegermutter verschwimmt. Ich wende mich ab und da sehe ich ihn. Es pfeift in meinem Kopf, immer lauter, noch lauter, bis es schrillt wie Alarmglocken. Ein schwarzer Mantel hängt über der Stuhllehne. Der schwarze Mantel meiner Schwiegermutter.

Marc nimmt mein Gesicht zwischen die Hände und dreht es zu sich. Ich sehe, wie sich seine Lippen bewegen, höre aber die Worte nicht. Er redet mit gehobenen Augenbrauen auf mich ein. Nichts dringt zu mir durch. Ich wende mich seiner Mutter zu, die ihre Tasse fest in beiden Händen hält. War sie es, die Frau Kocher am Tag der Entführung vor unserem Haus gesehen hat? Hat sie Leonie mitgenommen?

»Du«, sage ich und zeige anklagend auf sie. »Du warst am Tag der Entführung hier in unserem Haus. Du hast Leonie mitgenommen. Deswegen weißt du, dass ich die Tür nicht abgeschlossen habe.«

»Wie bitte?« Nun tönt ihre Stimme schrill.

»Wovon redest du da, Isa?«

»Sie war es, Marc! Der schwarze Mantel, die blonden Haare!«

Marc schüttelt ungläubig den Kopf. »Ja, meine Mutter war hier, sie wollte uns besuchen und ist wieder gegangen, als sie merkte, dass wir nicht zu Hause sind. Warum sollte sie deswegen ihre eigene Enkeltochter entführen?«

»Sie hasst mich! Sie glaubt, du hättest mich nur wegen Leonie geheiratet.« Meine Stimme bricht, ein Schluchzer verlässt meinen Mund. Ich wende mich wieder meiner Schwiegermutter zu, die Finger in die Decke gekrallt. »Wenn Leonie weg ist, gibt es keinen Grund mehr, dass Marc bei mir bleibt, nicht wahr?«

Die Tasse rutscht ihr aus der Hand. Wie in Zeitlupe fällt sie runter, der Rest Kaffee fliegt durch die Luft und beides landet auf dem Teppich. Sie sagt nichts, starrt mich nur an. Hilflos wie ein gestrandeter Fisch klappt sie ihren Mund auf und zu.

»Wie kannst du …« Sie stottert und drückt eine Hand auf die Brust. »Wie kannst du so etwas von mir denken?«

Ich wische die Tränen weg, greife nach der Tasse, die dank des Teppichs heil geblieben ist, und bringe sie zusammen mit dem restlichen Geschirr zur Spüle. Die Unterteller klappern verräterisch, als ich sie in die Spülmaschine räume.

»Vielleicht solltest du besser gehen, Mutter.«

»Marc, Liebling, ich …«

»Lass uns später telefonieren.«

»Ich bin den ganzen weiten Weg gekommen, um dir beizustehen. Dann muss ich mir von der da anhören, dass ich deine Tochter entführt habe, und nun schickst du mich fort?«

»Wir brauchen Zeit. Das Ganze ist nicht einfach für uns.« Er schiebt sie sanft, aber bestimmt zur Haustür. Es dauert einen Moment, bis sie sich gefasst hat, die Handtasche unter den Arm klemmt und zur Bushaltestelle läuft. Mit jedem Meter, den sie sich weiter von unserem Haus entfernt, lässt ihr imaginärer Griff um meinen Hals nach und ich kann wieder freier atmen.

Marc lehnt sich an den Kühlschrank und beobachtet, wie ich auf Autopilot geschaltet den Sofatisch abwische. Wieder und wieder fahre ich über die glatte Oberfläche, obwohl die Kaffeespritzer längst nicht mehr da sind. Marc streicht sich mit der Hand übers Gesicht. Auch dort zeichnen sich die Spuren der letzten Tage ab. Seine Hautfarbe ist blassgrau, als hätte er weder geschlafen noch gegessen. Unter seinen Augen treten die feinen Adern blau hervor. Ich bin sicher, wenn ich mich im Spiegel ansähe, würde ich dort die gleichen Spuren entdecken.

»Du weißt, dass dein Verdacht völlig aus der Luft gegriffen ist, oder?«, fragt Marc in die Stille hinein.

Er setzt sich aufs Sofa. Ich ignoriere ihn und putze weiter. Etwas stimmt nicht, das spüre ich. Es fühlt sich an wie ein unangenehmes Prickeln auf dem Rücken, genau an der Stelle, wo man nicht hinkommt. Seine Mutter macht keine Besuche, vor allem keine unangekündigten, weil sie genau weiß, dass Marc oft auch am Samstag arbeitet. Leonie ist ihrer Meinung nach der Grund, warum Marc mich geheiratet hat. Was, wenn Leonie weg wäre? Hasst sie mich so sehr, dass sie ihre Enkelin entführen würde, nur um mich loszuwerden?

»Isa.« Marc nimmt mir den Lappen aus der Hand und zieht mich auf seinen Schoß. »Sprich mit mir.«

»Ich will doch nur, dass Leonie wieder bei uns ist.« Ich weine wieder.

»Das will ich auch, aber deswegen Menschen beschuldigen, die uns nahestehen und uns helfen wollen, bringt sie nicht wieder zurück, verstehst du?«

Ich spüre die Wärme seines Oberkörpers in meinem Rücken, sein Kinn an meiner Schulter und lasse mich von ihm wiegen. Vor und zurück. Die monotone Bewegung hat etwas Erdendes. Mir würde sie vielleicht mein Kind wegnehmen, aber doch nicht Marc. Sie ist seine Mutter! Wieder komme ich mir vor wie eine Wahnsinnige, die jeglichen Bezug zur Realität verloren hat. Marc hat recht, ich muss wieder zur Besinnung kommen.

Plötzlich stehen wir still. Marc hat aufgehört, mich zu wiegen, und räuspert sich, als hätte er einen Kloß im Hals.

»Denkst du das wirklich?«, fragt er. »Glaubst du, ich hätte dich nur wegen Leonie geheiratet?«

Ich zucke mit den Schultern. »Deine Mutter war ziemlich überzeugend.«

»Isa.« Er dreht mich zu sich und umfasst mein Gesicht mit beiden Händen. Der Schmerz in seinen Augen dringt bis in mein Innerstes. »Wir beide gehören zusammen. Wir hätten auch ohne Leonie geheiratet. Sie hat es nur beschleunigt.«

Die Schwerkraft zieht meinen Blick wieder auf den Boden. Vielleicht hätten wir geheiratet. Aber hätten wir Kinder bekommen?

»Ich könnte dich nie verlassen.« Marc stockt. »Aber ich habe Angst, dass du es tun könntest.«

»Ich?« Mit offenem Mund starre ich ihn an. »Warum?«

»Seit Leonie da ist, scheine ich dir gleichgültig zu sein. Wenn ich dir nahe sein will, weichst du mir aus oder erfindest Kopfschmerzen.«

»Aber …«

»Wenn ich mich um Leonie kümmern will, springst du sofort dazwischen, als würdest du es nicht ertragen, wenn ich sie halte.«

»Marc, ich …«

»Liebst du mich noch, Isa?«

Ich starre ihn an und runzle die Stirn. Warum fragt er so etwas? Ganz langsam sickert die Erkenntnis in mein Bewusstsein. Ich habe in meiner Mutterschaftsblase nicht nur den Kontakt zu Anna abgebrochen, sondern auch Marc vernachlässigt. Unzählige Male hat er mir seine Unterstützung angeboten und ich ließ mir nicht helfen. Ich bin Leonies Mutter und weiß am besten, was sie braucht. Doch wie soll Marc es jemals lernen, wenn ich ihm nie eine Gelegenheit dazu gebe? Ich habe ihn nicht nur von Leonie ferngehalten, sondern auch von mir weggestoßen. Jeden Versuch, mir näher zu kommen, wies ich zurück. Die Nähe zu Leonie war mir genug. Ihm nicht.

Ich kann mich gut daran erinnern, wie mir Natalia einmal gesagt hat, die Liebe sei beliebig teil- und erweiterbar. Je mehr Kinder man bekommt, desto größer wird die Liebe, die man insgesamt empfindet, sodass man jedes Kind gleich lieben kann. Bei mir und Marc trifft das nicht zu. Ich habe eher das Gefühl, ich hätte ihm einen Teil meiner Liebe entzogen, um sie Leonie zu schenken. Ich bette den Kopf an seine Schulter und atme seinen Duft ein.

»Entschuldige«, flüstere ich in seine Halsbeuge. »Ich bin eine Idiotin. Natürlich liebe ich dich.«

»Versprichst du mir, bei mir zu bleiben, egal, was geschieht?« Die Worte kitzeln in meinem Ohr.

»Ja«, hauche ich und denke augenblicklich an Leonie. Nun schluchze ich und meine Schultern beben. Marc hält mich fest und wiegt mich in seinen Armen. Ich liebe ihn und er mich. Seine Mutter hatte mir die Zweifel in den Kopf gepflanzt und sie waren auf fruchtbaren Boden gestoßen. Das würde ich nicht länger zulassen. Im Geiste reiße ich an der wuchtigen Pflanze und entwurzle sie.

Kapitel 18

Drei Wochen zuvor

Leonie schrie wie am Spieß. Schon wieder. Noch benommen vom abrupten Ende der Tiefschlafphase legte ich die Hand auf ihren Bauch, in der Hoffnung, sie so beruhigen zu können. Vergeblich. Ihre Muskeln verhärteten sich und sie krümmte sich zur Seite. Ich schaltete das Nachtlicht ein. Wie schon gefühlte hundertmal in den letzten Stunden nahm ich Leonie hoch und wiegte sie. Ihre fast sechs Kilo wogen so schwer, dass mir beinahe die Arme abfielen. Sobald sie sich beruhigt hatte und ich sie ablegte, fing sie wieder an zu schreien. Ein flaues Gefühl machte sich in meinem Magen breit. Etwas stimmte nicht mit ihr. Vielleicht hatte es mit der geringen Gewichtszunahme der letzten zwei Monate zu tun. Nur läppische dreihundert Gramm mehr. Dabei produzierte ich genug Milch, schließlich schluckte sie nach jedem Zug. Sollte ich es vielleicht mal mit Brei probieren? Beim Gedanken, sie könnte daran ersticken, wurde mir so schlecht, dass ich mich hinsetzen musste.

Marc streckte seinen Kopf durch den Türspalt und blinzelte verschlafen gegen das Licht. »Ist alles in Ordnung?«

»Nichts ist in Ordnung.« Ich unterdrückte Tränen der Verzweiflung. »Leonie lässt sich nicht beruhigen.«

»Komm, ich nehme sie eine Weile, damit du schlafen kannst.«

»Das ist nicht nötig, danke.«

»Es macht mir nichts aus. Morgen ist Sonntag, wir können ausschlafen.«

Ich schüttelte den Kopf. »Bring mir die Kissen vom Sofa, damit hilfst du mir am meisten.«

»Bist du sicher?«

»Geh schon.«

Marc verschwand und kam eine Minute später mit einem Haufen Kissen zurück, die er im Kopfbereich des Bettes stapelte. Aufrecht lehnte ich mich dagegen und legte Leonie mit dem Bauch auf meine Brust. Im schummrigen Licht der Nachttischlampe und der Wärme meines Körpers verkümmerte ihr Schreien zu einem Wimmern und verebbte endlich ganz.

»Sie scheint sehr nähebedürftig zu sein«, meinte Marc.

»Nein.« Mein Magen grummelte, als hätte ich zum Abendessen nicht einen Salat, sondern eine Pizza gegessen. »Etwas stimmt nicht mit ihr.«

»Bald steht die Sechsmonatskontrolle an, dann kann dich Dr. Brunner bestimmt davon überzeugen, dass alles so ist, wie es sein soll.«

Ich schwieg. Marc hatte recht. Bisher war immer alles in Ordnung gewesen. Trotzdem wurde ich das Gefühl nicht los, dass es dieses Mal anders sein könnte. Aus Angst, Leonie könnte wieder aufwachen, sobald ich mich bewegte, verharrte ich in aufrechter Position und machte kein Auge zu.

Nach zwei schlaflosen Nächten am Stück war alles in mir Matsch. Ich nahm die Welt wahr wie in Watte gepackt. So schnell ich in meinem Zustand konnte, passierte ich die Bahnhofsunterführung und folgte der mit Graffiti besprayten Wand. Der Kinderwagen ruckelte. Mit dem Zwölferpack Milch im Gepäckfach ließ er sich nur schwer steuern. Ich mobilisierte all meine Kräfte und schob ihn die Rampe hoch auf die andere Seite der Gleise. Da hörte ich das wütende Geschrei einer Krähe. Es ging mir bis ins Mark. Erst beim zweiten Hinhören realisierte ich, dass es sich nicht um einen Vogel, sondern um eine Frau handelte. Andere Passanten waren ebenfalls stehen geblieben und starrten gebannt in Richtung Bahngleis, wo das Gebrüll seinen Ursprung hatte. Ich folgte ihrem Blick und entdeckte Anna. Ihr roter Mantel schwang um ihre Beine. Sie gestikulierte mit den Händen. Ich blinzelte. Einmal. Zweimal. Wegen des Schlafmangels hatte ich Mühe zu fokussieren. Erst auf den dritten Blick bemerkte ich, dass ich den Mann, den sie anschrie, ebenfalls kannte. Es war Marc. Mit ausgestreckten Armen hielt er sie auf Distanz und redete auf sie ein, doch das brachte sie nur noch mehr in Rage. Sie fuchtelte herum und schlug nach ihm wie ein Boxer, der vor lauter Blut in den Augen nicht mehr sah, wohin er zielte. Die Haare peitschten um ihr Gesicht.

Ein Güterzug raste ungebremst durch den Bahnhof und versperrte mir die Sicht auf den Bahnsteig. Eine nicht enden wollende Kolonie an Wagen ratterte über das Gleis und übertönte alle anderen Geräusche. Als der letzte Wagen den Bahnhof durchquert hatte, war der Bahnsteig leer. Die Menschen um mich herum waren weitergelaufen, nur ich blieb wie ein Standbild stehen. Waren die beiden Personen auf dem Bahngleis tatsächlich Anna und Marc gewesen oder spielte mir meine Wahrnehmung einen Streich? Gebannt starrte ich auf die Unterführung. Wenn sie es gewesen waren, müsste Marc jeden Moment auftauchen. Als er es schließlich tat, erschrak ich. So blass hatte ich ihn noch nie gesehen. Er lockerte die Krawatte und zerrte daran, als würde sie ihm die Luft abschnüren. Ich machte ein paar Schritte auf ihn zu. Er lief an mir vorbei, den Blick leer geradeaus gerichtet.

»Marc!«

Keine Reaktion. Ich rief nochmals nach ihm, rannte ihm nach und packte ihn an der Schulter.

»Isa.« Er schüttelte den Kopf, als wolle er einen Geist vertreiben. »Was machst du denn hier?«

»Ich war einkaufen.«

Marcs Blick glitt an mir vorbei. Ich drehte mich um. Hinter uns war niemand.

»Was war da los?«

»Was meinst du?« Wieder zog er an der Krawatte, dann löste er den obersten Knopf seines Hemdes. Auf der Stirn glänzten Schweißperlen im Licht der immer tiefer sinkenden Sonne.

»Ich habe dich gesehen. Mit Anna.«

»Ach das.« Marc verdrehte die Augen und lachte künstlich. »Sie wollte einen Job in meiner Abteilung.«

»Einen Job?«

»Mein Chef sucht eine Assistentin. Sie hat mich gebeten, ein gutes Wort für sie einzulegen.«

»Als Assistentin?«

»Ich habe abgelehnt«, fuhr Marc fort. »Sie hat es mir übel genommen. Das hat mich nur darin bestätigt, sie nicht weiterzuempfehlen.«

Anna suchte also immer noch nach einem Job. Anstatt mich darum zu bitten, mit Marc zu reden, ging sie ihn direkt an. Das schlechte Gewissen, mich nicht mehr bei ihr gemeldet zu haben, überschattete mich. Das letzte Mal hatte ich sie bei der Hauseinweihung gesehen und die war fünf Monate her. Andererseits hatte sie sich damals weder für unser neues Haus noch für Leonie interessiert. Wir hatten uns in völlig unterschiedliche Richtungen weiterentwickelt. Ich hatte einen Mann und sie nicht. Ich hatte ein Baby und sie nicht. Ich hatte eine Familie und sie nicht. Sie würde niemals begreifen, dass Mutterliebe die größte Liebe überhaupt war und nichts sie übertreffen konnte. Und dass ich, gerade weil ich meine Tochter so liebte, auch wahnsinnige Angst um sie hatte. Anna wollte nie Kinder, weil sie nicht so werden wollte wie ihre Mutter. Zum ersten Mal konnte sie nicht nachempfinden, was ich fühlte. Es war, als wären mit der Nabelschnur bei Leonies Geburt auch ein paar Drähte zwischen Anna und mir gekappt worden.

»Bist du mir deswegen böse?«

»Hm?« Ich brauchte eine Weile, bis ich begriff, dass Marc vom Assistenzjob bei seinem Chef sprach. »Natürlich nicht.«

Für ein paar Sekunden blieben wir wortlos nebeneinanderstehen, bevor Marc seine Hand auf meine Schulter legte. »Komm, wir gehen nach Hause.«

Kapitel 19

Jetzt

Die Erinnerung an die Nacht, als er mit ihr geschlafen hat, kribbelt in ihrem Bauch. Sie hatte ihn vorbeigehen sehen und war ihm in die Kneipe nachgelaufen. Dort tranken sie ein paar Gläser und er begleitete sie nach Hause, weil sie mehr torkelte, als lief. Vor ihrer Wohnung hatte sie sich gefragt, ob sie ihn reinbitten und sich mit einer Tasse Kaffee bedanken sollte. Während sie ihn ansah, flammten all die Gefühle auf und sie drückte aus einem Impuls heraus ihre Lippen auf seine. Er wehrte sich, packte ihre Schultern und versuchte, sie wegzustoßen. Doch sie machte unbeirrt weiter, bearbeitete ihn so lange, bis seine Lippen weich und nachgiebig wurden und ihren Kuss erwiderten. Mit einer Leidenschaft, die bisher einer anderen gegolten hatte, schob er sie in Richtung Schlafzimmer. Sie schafften es nicht bis dorthin. Ihr war schwindlig von seinen Küssen und sie wünschte sich, er würde nie mehr damit aufhören. Seine Lippen zogen feuchte Spuren über ihren Hals und ihr Gesicht. Sie verlor jegliche Orientierung. Er drückte sie gegen eine Wand und schob ihr Kleid hoch. Eine Minute später war es vorbei. Mit einem Lächeln auf den Lippen und der Gewissheit, dass sich alles verändern würde, ließ sie ihn gehen.

Beim Gedanken an diese Nacht heben sich ihre Mundwinkel. Es hat sich tatsächlich alles verändert. Sie hat zwar nur eine Hütte und kein Haus und auch keine Geburtstafel, aber dafür ein Baby. Sie wickelt es aus dem Tuch und legt es aufs Bett. Nun schläft es selig, die Hände zu winzigen Fäusten geballt und unters Kinn gedrückt. Sie setzt sich zu ihm und betrachtet seine Stupsnase, streichelt über sein Haar. Blond und blauäugig. Das ist ihre Emma.

Ich schrecke hoch, schweißgebadet und mit einem dumpfen Gefühl in der Brust. Wieder habe ich geträumt, dass Leonie ohne Pause schreit und Anna mit ihr im Chor. Wieder konnte ich ihnen nicht helfen. Marc murmelt neben mir im Schlaf und dreht den Kopf von einer Seite auf die andere. Wahrscheinlich träumt er gerade. Die Uhr verrät, dass mich der Wecker in einer halben Stunde sowieso für das frühmorgendliche Abpumpen geweckt hätte. Ich hieve mich aus dem Bett, schlaftrunken und mit schweren Gliedern, und gehe in die Küche, ohne das Licht einzuschalten. Kaum habe ich die Einzelteile der Pumpe zusammengesetzt, klopft es an der Tür. Dreimal, dann ist es still. Das Blut rauscht in meinen Ohren. Ich kenne nur eine einzige Person, die nicht klingeln würde. Regungslos bleibe ich stehen und horche. Der Kühlschrank surrt. Marcs Bettdecke raschelt. Es klopft nochmals. Stärker.

»Anna?«, wispere ich, wohl wissend, dass sie mich nicht hören könnte. Langsam mache ich einen Schritt vor und recke den Kopf, sodass ich aus dem Fenster zur Eingangstür blicken kann. Es ist nur meine Mutter. Ich atme aus, irgendwie erleichtert und auch wieder nicht. Als ich meiner Mutter öffne, steht sie beim Gartentor, bereit, wieder zu gehen. Das Mondlicht wirft ihren Schatten bis zum Zaun. »Oh, du bist doch wach.«

»Was machst du so früh hier?«

»Ich arbeite heute bis spät abends im Trödelladen und wollte vorher kurz schauen, wie es euch geht.«

»Warum hast du nicht geklingelt?«

»Ich wollte dich nicht wecken, falls du noch geschlafen hättest.« Sie nimmt mich in den Arm und drückt mich. »Gibt es Neuigkeiten von Leonie?«

Ich schüttle den Kopf. Wir gehen ins Wohnzimmer. Der Stubenwagen, der mittlerweile neben der Kommode im Gang steht, zieht ihre Aufmerksamkeit auf sich. Sie nähert sich ihm wie einem Sarg und streicht sanft über den Vorhang. Plötzlich lässt sie ihn los, als hätte sie sich verbrannt. Sie dreht sich zu mir und presst die Hand auf den Mund. In ihren Augen schimmern Tränen.

»Es tut mir leid.« Sie umarmt mich erneut, dieses Mal fester. Ein Schluchzer entwischt ihr. »Ich wollte stark sein, dir Mut machen. Aber …«

»Oh, Mama.«

Wir halten uns fest. Unsere Schultern beben im Gleichtakt und erinnern mich daran, wie oft ich als Kind auf ihrem Schoß saß und mich von ihr trösten ließ. Nun trösten wir uns gegenseitig. Leonies Abwesenheit hat nicht nur in meinem Herzen ein Loch hinterlassen, sondern auch in dem ihrer Großmutter.

»Ich hoffe, die Polizei hat bald gute Neuigkeiten.«

»Ja.«

In der Küche füllt sie den Wasserkocher und schaltet ihn ein. Sie mustert mich und ihre Stirn legt sich in Falten. »Du siehst müde aus. Möchtest du dich nochmals hinlegen?«

»Nein. Marc wälzt sich ständig hin und her, ich könnte sowieso nicht mehr schlafen.«

Das Wasser blubbert, immer stärker, bis sich der Kocher von selbst ausschaltet. Meine Mutter holt zwei Tassen aus dem Schrank, hängt in jede einen Beutel Kräutertee und füllt sie randvoll mit Wasser. Wir setzen uns nebeneinander aufs Sofa, ich mit der Milchpumpe, sie mit dem Tablett.

»Die Polizei war da.«

Sie runzelt die Stirn. »Vorhin meintest du, es gäbe keine Neuigkeiten?«

»Es ging nicht um Leonie.« Ich erzähle ihr von dem verlassenen VW Bus bei der Schlucht und dem Zettel, den Anna hinterlassen hat. »Ich glaube, sie hat sich umgebracht, Mama.« Meine Stimme bricht.

»Vielleicht ist das alles nur ein blöder Zufall«, sagt meine Mutter zögerlich.

»Das Nummernschild gehört Dora.«

Meine Mutter sinkt ins Polster, atmet schnell ein und langsam wieder aus. »Ein kleiner Teil von mir könnte es verstehen, wenn sie es getan hätte. Anna ist schon immer ein wenig labil gewesen.«

Etwas in mir sackt zusammen. Dies aus dem Mund meiner Mutter zu hören, macht es noch wahrscheinlicher, dass Anna gesprungen ist. Wieder kämpfe ich mit den Tränen. Dieses Mal schlucke ich sie hinunter.

»Jeder hätte einen Schaden davongetragen, wenn er so lange mit Dora hätte zusammenleben müssen. Jeden Mittag hat das arme Mädchen bei uns gegessen, weil ihre eigene Mutter nicht in der Lage war, für sie zu sorgen. Jeden Mittag!«

»Ich habe mich monatelang nicht bei ihr gemeldet, obwohl ich wusste, dass es ihr nicht gut ging. Wenn du eine Schuldige suchst, kannst du genauso gut mich anklagen.«

»Machst du dir ernsthaft Vorwürfe?«

»Wenn ich mich gemeldet hätte, wenn sie ihre Sorgen bei mir hätte abladen können …« Ich denke zurück an den Tag, als sie mir offenbarte, dass sie verreisen wollte. Deutschland, Dänemark und anschließend Schweden. War das Erkunden anderer Länder nur eine Metapher? Führte ihre Reise ganz woanders hin, als sie behauptet hatte? Ins Jenseits?

»Es ist nicht deine Schuld, hörst du?« Meine Mutter packt meine Hand und schaut mich streng an. »Du kannst nichts dafür, dass Anna Probleme hatte.«

»Ich war nicht für sie da, Mama.«

»Wenn sie ihrem Leben ein Ende setzen wollte, hättest du sie nicht daran hindern können.«

»Das kannst du nicht wissen.«

»Du auch nicht.« Sie legt eine Hand auf meinen Arm. »Nimm nicht die ganze Schuld auf dich, Isabel. In deinem Leben hat sich im letzten halben Jahr viel verändert. Leonie erfordert deine ganze Aufmerksamkeit, da ist es völlig normal, dass alles andere zunächst in den Hintergrund rückt.«

Ich schüttle vehement den Kopf. »Ich hätte für sie da sein müssen!«

»Ach, Isabel.« Meine Mutter nimmt mich in den Arm, aber ihre Berührung tröstet mich nicht. Die Milch versiegt allmählich. Ich löse das Vakuum der Pumpe von meiner Brust und trockne sie sorgfältig mit einem Tuch ab. Meine Mutter redet noch eine Weile auf mich ein, bevor sie in den Trödelladen muss. Trotz ihrer wohlwollenden Worte verschwindet das Gefühl nicht, dass ich an allem schuld bin. Wenn ich abgeschlossen hätte, wäre Leonie noch da. Wenn ich Anna zugehört hätte, wäre sie nicht zur Schlucht gefahren.

»Musst du nicht los?«, frage ich.

»Kann ich dich denn allein lassen?«

»Marc ist da. Ich bin nicht allein.« Ich begleite meine Mutter zur Tür, wo wir uns verabschieden. Mein Blick fällt in den Garten und schweift hinüber zum Tor, wo sie gerade unser Grundstück verlässt. Ihre Stimme ertönt in meinem Kopf: *Menschen auf dem Land stecken ihre Nase gern in die Gärten anderer, um zu sehen, ob ihr eigener mithalten kann.*

Diese Frau, die immer vor unserem Gartentor gestanden hat. Seit Leonie weg ist, habe ich sie nicht mehr gesehen. Ich atme ein und halte die Luft an. Am Tag der Entführung ist mir auf dem Feldweg jemand entgegengekommen. Ich kneife die Augen zusammen, versuche, das Bild heraufzubeschwören. Wie sah sie aus? Hatte sie ein Muttermal? Egal, wie fest ich mich anstrenge, ich sehe nur dieses Tuch um ihren Hals, das die Hälfte ihres Gesichts verdeckte. Ist es dieselbe Frau gewesen? Hat sie Leonie entführt?

Ich wandere vor dem Fenster auf und ab und halte nach Herrn Gerber Ausschau. Wo bleibt er nur? Marc will mich in seine Arme ziehen, aber ich schiebe ihn weg. Ich kann jetzt nicht stillstehen.

»Er wird bestimmt bald kommen«, meint er. »Wir haben erst vor einer Viertelstunde angerufen.«

»Wir haben eine Spur, Marc!« Wieder schaue ich aus dem Fenster zu der Stelle, wo diese Frau immer gestanden hat. Direkt neben Leonies Geburtstafel. »Sie war es, das spüre ich!«

»Ich weiß nicht, was ich davon halten soll. Du warst auch schon überzeugt, dass Natalia Leonie haben könnte, dann meine Mutter. Und jetzt soll es irgendeine wildfremde Frau gewesen sein? Weißt du, wie sich das anhört?« Er greift nach meiner Hand, ich stecke sie in die Hosentasche und laufe weiter auf und ab.

»Du hast diese Frau nie gesehen, Marc! Du weißt nicht, wie verloren sie vor unserem Haus stand und wie der Schmerz sich in ihr Gesicht gefressen hatte.« *Der Schmerz einer Frau mit unerfülltem Kinderwunsch,* geht es mir durch den Kopf. In jedem Artikel, den ich über Entführungen las, stand der unerfüllte Wunsch nach einem Kind im Vordergrund. Es könnte auch sie gewesen sein, die Frau Kocher vor unserem Haus gesehen hat, nicht Marcs Mutter. Vielleicht war sie nicht weitergegangen, sondern hatte sich hinter dem Haus oder neben der Hecke versteckt, wo ich sie nicht sehen konnte. Sie uns jedoch schon, vor allem Leonie, die im Stubenwagen schlief.

»Sie hat uns beobachtet, schon am Tag, an dem wir eingezogen sind. Vielleicht hat die Geburtstafel ihre Aufmerksamkeit erregt.«

»Selbst wenn sie es gewesen war, müssen wir sie erst finden.«

Herr Gerber fährt auf den Kiesplatz vor unserem Haus. Endlich! Ich reiße die Tür auf, noch bevor er den Motor abgestellt hat.

»Frau Thalmann, Sie fangen mich immer früher ab.« Er lächelt und tritt ein, ohne dass ich ihn darum bitte. Zielstrebig steuert er auf den Küchentisch zu und setzt sich. Mein Bein wippt auf und ab und mein Blick klebt an Herrn Gerber. Marc füllt unaufgefordert ein Glas mit Wasser und stellt es ihm hin. Bevor er zu sprechen beginnt, leert er es in einem Zug.

»Kommen wir gleich zur Sache. Wir haben auf den Überwachungskameras am Bahnhof und in der Umgebung nach der Frau gesucht, die Sie uns beschrieben haben.« Er fischt ein Tablet aus seiner Tasche und reicht es mir. »Ich zeige Ihnen alle Aufnahmen von Frauen mit Kinderwagen oder Babys im Alter von Leonie und bitte Sie, mir zu sagen, wenn Sie die Frau erkennen.«

Ich blicke zu Marc, der mich erwartungsvoll anschaut. Da realisiere ich, dass ich die Einzige bin, die sie identifizieren kann. Mein Herz schlägt unermüdlich, als würde es mich mit jedem Schlag näher zu Leonie bringen. Ich hinterlasse feuchte Spuren auf dem Display, während ich von einem Foto zum nächsten wische. Die meisten sind von schlechter Qualität und die Gesichtszüge der darauf abgebildeten Personen verschwommen. Marc und Herr Gerber mustern mich gespannt und warten auf eine Regung in meinem Gesicht. Die Stille liegt wie die Last der Erwartung auf mir. Ich muss diese Frau finden. Mein Finger wischt über das Tablet. Wieder und wieder. Ich betrachte jedes Gesicht ganz genau. Da sind Frauen am Bahnhof und vor dem Supermarkt. Die meisten mit Kinderwagen, andere mit den Babys auf der Hüfte oder im Tragetuch. Ich bleibe auch an deren Gesichtern hängen und hoffe, irgendwo Leonies feinen Haarflaum zu entdecken. Ihre Stupsnase oder den Strampler mit der Wolke, den sie zuletzt trug. Die Babys verschwimmen vor meinen Augen, sie sehen alle gleich aus. Mit jedem Wisch sinkt die Wahrscheinlichkeit, diese Frau zu finden. Keine gleicht nur annähernd jener vor unserem Haus. Ich schüttle den Kopf, zuerst nur langsam, dann schneller, und stoße leise Flüche aus, wische und wische. Mein Bein wippt im Gleichtakt. Dann geht es nicht mehr weiter. Ich bin am Ende der Fotoreihe angekommen. So schnell die Hoffnung gekommen war, verschwindet sie wieder. Als würde man einen Luftballon aufblasen, ihn loslassen und ihm nachschauen, wie er kreuz und quer durch den Raum fliegt. Warum sollte die Frau mit einem gestohlenen Baby den öffentlichen Verkehr benutzen? Warum sollte sie einkaufen gehen? Das macht keinen Sinn. Viel wahrscheinlicher hatte sie Leonie wie einen Kartoffelsack in ihren Wagen geworfen. In den Kofferraum, damit niemand auf sie aufmerksam wird, weil sie ohne Babyschale im Auto lag.

»Sie ist nicht dabei«, murmle ich und gebe Herrn Gerber das Tablet zurück.

»Sie waren schnell. Sind Sie sicher, dass Sie alle durchgeschaut haben?« Herr Gerber überprüft die Fotos auf dem Tablet und runzelt die Stirn. »Tut mir leid, ich habe vergessen, die Aufnahmen der Tankstelle in den Ordner zu schieben. Moment.«

Während er hin und her wischt und mir das Tablet zum zweiten Mal reicht, steigt wieder Hoffnung in mir auf. Ich sehe mir die Gesichter der Frauen an, die im Dorf ihren Wagen getankt haben. Schon beim dritten Bild bleibe ich hängen. Da ist das Halstuch mit dem geblümten Muster. Auch das Muttermal ist zu sehen. Dick und fett prangt es auf der rechten Wange. Das ist sie! Mein Puls beschleunigt sich. Auf der Rückbank des Autos glaube ich, etwas Helles zu erkennen. Leonies weißer Strampler?

»Sie war es!«, krächze ich und zeige Herrn Gerber die Aufnahme.

»Sind Sie sicher?«

»Ganz sicher.«

Sein Gesicht erhellt sich und er steckt das Tablet mit einem triumphierenden Grinsen zurück in die Tasche. »Ich melde das Autokennzeichen sofort meinen Kollegen und fahre persönlich zur Tankstelle. Vielleicht erhalte ich einen Hinweis darauf, wer die Frau ist und wohin sie gefahren sein könnte.«

Seine Zuversicht schwappt auf mich über. Ich nicke und die Hoffnung durchströmt mich erneut wie frisches Blut.

Ich bin im Dunkeln getappt und tausendmal gegen die Wand gelaufen, vollkommen orientierungslos. Ich wusste nicht, ob ich vorwärtskam oder mich im Kreis drehte. Bis jetzt. Wir haben eine Spur. Ich wälze mich hin und her, als lägen auf jeder Seite Nadeln, die mich unaufhörlich piksen. Unmöglich, so einzuschlafen. Ich schalte die Nachttischlampe ein und setze mich auf. Diese Frau war an der Tankstelle gewesen, kurz nachdem Leonie entführt wurde. Wahrscheinlich wollte sie nochmals den Tank füllen, bevor sie die Nacht durchfuhr. Das ist mittlerweile vier Tage her.

»Sie könnte irgendwo sein«, flüstere ich in die Stille.

»Wovon sprichst du?« Marc dreht sich zu mir und blinzelt ins Licht. Auch er konnte nicht einschlafen, sonst hätte er mich nicht gehört.

»Diese Frau. Sie könnte mittlerweile schon in Moskau sein. Wenn sie schneller gefahren ist, noch weiter weg.« Ich sehe diesen Wagen vor mir, wie er unbemerkt über die Grenzen fährt, Schengen sei Dank. Kooperieren andere Länder mit der Schweiz, wenn es um die Verfolgung einer Entführung geht?

Marc setzt sich ebenfalls auf und streichelt über meinen Handrücken. Die Berührung kribbelt bis in meine Fingerspitzen. »Vielleicht ist sie gar nicht so weit gefahren. Sie könnte immer noch in der Schweiz sein. Egal wo, wir werden Leonie finden.«

Ich will ihm unbedingt glauben. Wir dürfen nur nicht aufgeben, sie zu suchen. Marc betrachtet mich mit halb geschlossenen Lidern und leicht geöffneten Lippen, die im Licht der Nachttischlampe feucht glänzen. Mich überkommt der Wunsch, ihn zu küssen. Ich beuge mich vor und streichle sanft mit meinen Lippen über seine, denke nicht nach. Er schluckt und sucht in meinen Augen nach Antworten auf Fragen, die er nie gestellt hat. Ich schlinge die Arme um seinen Hals und küsse ihn. Vorsichtig und jederzeit darauf gefasst, dass ich meine Meinung ändern und ihn zurückweisen könnte, zieht er mich zu sich. Zum ersten Mal seit Monaten spüre ich wieder das Feuer in mir, das für ihn lodert, seit ich ihm das erste Mal begegnet bin. Sein Pyjama landet auf dem Boden, mein T-Shirt direkt daneben. Hosen, Socken und Unterwäsche folgen und liegen im Halbkreis um uns herum. Wir sinken in die Kissen und drehen uns so, dass Marc auf mir liegt, Haut auf Haut. Sein Körper strahlt eine ungewohnte Hitze aus. Ich fahre mit den Fingernägeln seinen Rücken entlang und schlinge die Beine um seine Hüften. Ein Ruck und eine Drehung später liege ich auf ihm und presse meinen Oberkörper an seinen.

»Gott, Isa«, flüstert er in mein Ohr. »Ich liebe dich so sehr.«

Seine Worte heilen Wunden, von deren Existenz ich nichts gewusst habe. Der Zauber ist wieder da. Erst jetzt merke ich, wie sehr ich meinen Mann vermisst habe. »Ich liebe dich auch.«

Kapitel 20

Jetzt

Marc liegt wach neben mir, den Kopf auf die Handfläche abgestützt. Ich fahre verschlafen mit dem Finger die Kontur seines Kinns nach. Ich will noch ein wenig länger in dieser weichen Unbeschwertheit liegen, die sich wie Samt auf meiner Haut anfühlt. Wir haben uns geliebt letzte Nacht. Es war schön und traurig zugleich, weil ich zwischen den Wogen der Gefühle an Leonie denken musste. So hatte es angefangen, als Symbiose zweier Körper, deren Vereinigung neues Leben erschaffen hatte. Lange lagen wir eng umschlungen da, die Augen geschlossen und die Gedanken bei Leonie. Marc war da, mit jeder Faser seines Körpers. Die letzten Tage ist er nicht nach Zürich ins Büro gegangen, sondern ist bei mir geblieben. Ich muss das nicht allein durchstehen. Marc beobachtet mich mit einem Lächeln auf den Lippen.

»Was ist?«, frage ich, rolle zu ihm herüber und bleibe so nah neben ihm liegen, dass sich unsere Körper fast berühren.

»Du bist wunderschön.« Eine warme Welle durchflutet mich, als ich seine Lippen auf meinen spüre. Ich werde zurückgeworfen in eine Zeit, die schon so lange her ist, dass es sich anfühlt wie in einem Paralleluniversum. Können wir jemals wieder so sein, wie wir waren? Nach dieser Nacht habe ich Hoffnung geschöpft.

»Was hältst du davon, wenn wir uns ein richtig tolles Frühstück machen?«, sagt Marc. »Mit Pfannkuchen, Zopf und allem, was sonst noch dazu gehört?«

»Du kümmerst dich um die Pfannkuchen und ich hole den Zopf?«

»Dein Wunsch sei mir Befehl.« Marc drückt mir einen flüchtigen Kuss auf den Mund und hüpft aus dem Bett. Nackt sammelt er seine Kleider vom Boden auf. Ich beobachte das Zusammenspiel seiner Muskeln, als er ein Bein nach dem anderen anhebt, um in die Hose zu schlüpfen. Obwohl er nicht mehr so oft läuft wie früher, sind ihm die durchtrainierten Beine erhalten geblieben. Nur der Oberschenkel mit der Meniskusverletzung ist weniger muskulös. Marc schließt den Knopf der Hose und lächelt mich an, bevor er die Treppe hinunterhuscht. Ich ziehe mich ebenfalls an und laufe los Richtung Dorfzentrum.

Ein eisiger Wind weht mir entgegen und friert meine Wangen nach ein paar Minuten ein. Von gestern auf heute ist der Winter eingebrochen. Das Gras zittert unter dem Raureif mindestens genauso fest wie ich in meinem Mantel. Die ehemalige Farbpracht der Bäume liegt zertrampelt auf dem Feld. Kurz bevor ich beim Zebrastreifen ankomme, schaltet die Ampel auf Rot. Ich bleibe stehen, schaue nach links und rechts. Kein Fahrzeug ist in Sicht. Rasch überquere ich die Straße und betrete die Bäckerei. Der vertraute Duft von Zimtschnecken schwebt mir entgegen. Im Gestell hinter der Theke liegt eine Reihe goldbrauner Zopfbrote.

»Was darf es für Sie sein?«, fragt die Angestellte.

»Einen Zopf, bitte.« Ich bezahle und klemme ihn unter den Arm.

»Isabel!«, höre ich jemanden meinen Namen rufen. »Was für ein Zufall!«

Eine Frau mit einer Stupsnase zieht mich zur Seite und küsst mich auf die Wange. Völlig perplex starre ich sie an. »Kennen wir uns?«

»Erinnerst du dich nicht mehr an mich?« Sie legt den Kopf zur Seite und gibt mir einen Moment, in meinem Gedächtnis nach ihrem Gesicht zu suchen. Sie kommt mir bekannt vor, doch ich kann sie nicht einordnen.

»Tut mir leid, ich …«

»Sonja!«, unterbricht sie mich. »Aus der Grundschule.«

»Stimmt.« Nun sehe ich sie vor mir, mit Brille, Zahnspange und zwei dicken Pausbacken. »Du hast dich verändert.«

Sie lacht. »Kalorienzählen hat geholfen.«

Die Glocke klingelt und die Schiebetür öffnet sich. Wir treten beide zur Seite, damit die Frau mit dem Kinderwagen eintreten kann. Verstohlen werfe ich einen Blick in die Wanne. Ihr Baby schläft, die winzigen Fäustchen eng ans Kinn gepresst. Der Anblick versetzt mir einen Stich.

»Verdammt kalt, nicht?« Sonja reibt ihre Fäustlinge aneinander und steckt den Kopf tiefer in den Schal, den sie mindestens vier Mal um den Hals und halb übers Gesicht geschlungen hat.

»Ja«, sage ich und reiße den Blick vom Kinderwagen los.

»Was machst du hier?«

»Ich kaufe einen Zopf.«

»Nicht in der Bäckerei. Hier im Dorf!«

»Ich wohne hier.« Ich räuspere mich und schlucke den Kloß in meinem Hals runter. »Ich bin wieder ins Dorf gezogen.«

»Wie schön. Irgendwie zieht es doch alle wieder nach Hause, nicht? Besonders wenn Nachwuchs kommt«, meint sie und schaut auf meinen Bauch. »Hast du auch Kinder?«

Ihre Frage schürt mir die Luft ab. Ich schlinge die Arme um mich, als ob ich mir so Halt geben könnte, nicht umzukippen. »Ein Mädchen.«

»Wie alt ist sie?«

»Sechs Monate.« Ich will dieses Gespräch nicht führen, will ihr nicht sagen, dass Leonie entführt wurde. »Also, ich muss …«

»Vor ein paar Tagen habe ich Tamara getroffen«, unterbricht sie mich. »Ihr Baby ist etwa gleich alt wie deines, vielleicht etwas jünger. Wirklich schön, dass ihr beide gleichzeitig Mütter geworden seid.«

»Ich kenne keine Tamara.«

Ein Ausdruck des Erstaunens erhellt ihr Gesicht. »Groß, gertenschlank, braune Haare. Sag nicht, du erinnerst dich nicht an sie, ihr wart doch so eng befreundet.«

In meinem Kopf rattert es. Eng befreundet. Schulzeit. »Du meinst … Anna?«

»Genau, Anna!« Sie schlägt sich mit der Hand gegen die Stirn. »Mir kam gleich der Verdacht, dass der Name nicht zu dem Gesicht passte.«

Mein Atem geht schneller. »Wann genau hast du sie gesehen?«

»Vor etwa einer Woche.« Sie runzelt die Stirn. »Warum fragst du?«

»Ich muss es genau wissen«, sage ich mit Nachdruck. »Wann hast du sie gesehen?«

»Hm … Wenn ich so darüber nachdenke … Vor drei Tagen vielleicht?« Die Falten auf ihrer Stirn werden tiefer.

»Wo war das?« Ich packe sie an den Schultern und kralle die Finger in ihre Jacke. »Es ist wichtig, wo hast du Anna gesehen?«

»Im D-D-dorf, wo meine Schwiegereltern wohnen.« Sie macht einen Schritt zurück und stottert den Namen des Dorfes. Ihre Worte kommen zeitversetzt bei mir an und es dauert nochmals ein paar Sekunden, bevor ich realisiere, was gerade passiert. Die Umgebung verschwimmt vor meinen Augen. Sie hat Anna gesehen. Vor zwei Tagen. In einem Dorf in der Nähe der Schlucht. Anna hat sich nicht umgebracht. Sie hat Leonie entführt. Der Zopf fällt mit einem dumpfen Geräusch auf den Boden.

»… Ordnung?«, dringt eine Stimme aus weiter Ferne an mein Ohr. »Isabel?«

Ich schüttle den Kopf und komme wieder zu mir. »Ja, klar.«

»Du wirkst so abwesend.« Sie streckt mir den Zopf entgegen. Ich starre darauf, als wäre es nicht meiner. Tausend Bienen summen in meinen Ohren, in meinem ganzen Schädel. Ich presse die Hände an die Schläfen, in einem lächerlichen Versuch, das Gesumme zum Verstummen zu bringen. Es nützt nichts. Es wird lauter und zerberstet fast meinen Kopf.

»Isabel?«

»Ich muss jetzt wirklich gehen.« Ohne mich zu verabschieden, renne ich aus der Bäckerei. Nun spüre ich die Kälte nicht mehr.

Ich stolpere über die Straße, ignoriere das Stechen in der Seite und das Ziehen im Beckenboden. Meine Lunge brennt, ich kriege kaum Luft. Das ist nicht möglich, sage ich mir immer wieder. Anna wollte nicht mehr weiterleben. Und doch hat Sonja sie gesehen. Nicht am Tag der Entführung, sondern danach, als der VW Bus schon bei der Schlucht stand. Vielleicht irrt sie sich? Ob vorgestern oder einen Tag früher, das menschliche Gehirn spielt Streiche. Andererseits hat die Polizei Annas Leiche nicht gefunden. Es ist also möglich, dass sie lebt. Hat sie mir mit der geplanten Reise etwas vorgemacht? Ein Lügenkonstrukt aufgebaut, um glaubhaft zu machen, dass sie wirklich gesprungen ist, weil sie bei dieser Schlucht schon mal mit dem Gedanken gespielt hat, sich das Leben zu nehmen?

Die Worte auf dem Zettel im VW Bus rotieren in Endlosschleife in meinem Kopf. *Isabel, es tut mir leid, ich kann nicht mehr, Isabel, es tut mir leid, ich kann nicht mehr, Isabel, es tut mir leid, ich kann nicht mehr.* Wieder und wieder. Die Worte entfalten im Licht der Ereignisse eine ganz andere Bedeutung. Was, wenn sie damit nicht ihren Tod entschuldigen wollte, sondern Leonies Entführung? Ich werde langsamer, bis ich zum Stillstand komme, stütze meine Hände auf den Knien ab und keuche. Das kann einfach nicht sein. Anna gehört zu meinem Leben, seit ich denken kann. Sie ist für mich wie die Schwester, die ich nie gehabt habe, und ich für sie die Schwester, die sie verloren hat. Schwestern tun so etwas nicht. Sie stehlen der anderen nicht das Kind.

Der Wind frisst sich durch meine Kleider und kühlt mich aus. Ich schiebe die Hände in die Manteltaschen und laufe zügig weiter. Blätter in rot, braun und gelb wirbeln durch die Luft, schlagen Saltos, landen auf dem Boden, nur um gleich darauf wieder abzuheben. Auch die Eiche vor unserem Haus hat ihr Kleid verloren. Ich stürze auf unsere Haustür zu und öffne sie. Die Luft im Innern schlägt mir entgegen, abgestanden und heiß. Ich schäle mich aus meinem Mantel und lasse ihn auf den Boden fallen. In der Küche höre ich Marc mit dem Schneebesen hantieren. Meine Beine zittern und drohen nachzugeben. Ich halte mich an der Küchenablage fest und hangle mich bis zu ihm vor. Er schaut vom Pfannkuchenteig auf. Als er mich sieht, lässt er den Schneebesen in die Schüssel fallen.

»Mein Gott, Isa. Was ist passiert?«

Ich will etwas sagen, doch statt Worte aus meinem Mund fließen die Tränen aus meinen Augen. Warm rollen sie über meine Wange und verschwinden im Kragen meines Pullovers.

»Anna …«

Er reißt die Augen auf, erstarrt in der Bewegung. Dann fasst er sich wieder. »Oh nein, Isabel … Hat man ihre … Hat die Polizei sie gefunden?«

»Jemand hat sie gesehen. Nachdem sie ihr Auto im Wald abgestellt hat.«

»Sie lebt?«

»Jemand hat sie mit einem Baby gesehen, Marc!«

Sein Mund klappt auf. »Leonie?«

»Das vermute ich.«

»Dieses Miststück.« Marc schlägt mit der Faust auf die Ablage und verzieht vor Schmerz das Gesicht. »Wir müssen die Polizei benachrichtigen.«

Ich greife nach meinem Handy, meine Hand zittert. Es fühlt sich so unwirklich an. Ist Sonjas Aussage genug, um Anna zu verdächtigen? So sehr ich mich anstrenge, ich kann mir keinen Grund vorstellen, warum Anna mir Leonie wegnehmen sollte. Sie wollte nie eine Familie. Ich denke an den Nachmittag, als sie bei uns auf dem Sofa saß. Sie wollte Leonie nicht halten. Kein einziges Mal. Sie schaute sogar peinlich berührt weg, als ich Leonie stillte, und unser Gespräch brach in dem Moment abrupt ab. Was ging ihr durch den Kopf? Gab es Dinge, über die sie nicht mit mir gesprochen hat? Sie war verändert, auf eine Art, die ich nicht genau fassen konnte. Und dann der schnelle Abgang, als könnte sie es nicht erwarten, endlich wegzukommen. Hat sie kehrtgemacht, nachdem ich die Haustür hinter ihr geschlossen hatte? Ich umklammere das Handy und drücke es an die Brust. Indem ich die Tür offen ließ, machte ich es ihr einfach, ins Haus einzubrechen und Leonie mitzunehmen, ohne Spuren zu hinterlassen. *Oh, Anna*, denke ich, *warum nur hast du das getan?*

»Anna war kurz zuvor bei uns im Haus! Sie hat meine Tochter entführt«, schreie ich in den Telefonhörer. Herr Gerber bleibt stumm, hört sich geduldig meine Vorwürfe an. Marc folgt mir kreuz und quer durch das Wohnzimmer und deutet mir mit Handzeichen, auf Lautsprecher zu stellen. »Sitzen Sie nicht tatenlos herum und warten darauf, bis sie sich meldet! Befragen Sie nochmals Annas Mutter, bieten Sie alle Polizisten auf, die zur Verfügung stehen.«

»Bei allem Respekt, Frau Thalmann, wir wissen, was wir tun, das ist unser Job.« Herr Gerbers Stimme vibriert durch die Lautsprecher meines Telefons. Ihn verlässt allmählich die Geduld. Trotzdem lasse ich nicht locker. »Was ist mit den Medien? Benachrichtigen Sie die Presse, lassen Sie nach Anna suchen. Ein Land, ja, die ganze Welt sieht mehr als ein paar Polizisten!«

»Die Anschuldigungen gegenüber Frau Reuter sind schwerwiegend, aber noch ist nicht sicher, dass sie es war. Wenn wir jetzt die Öffentlichkeit mit einbeziehen, könnte das ihren Ruf ruinieren.«

»Wie bitte?« Ich bleibe abrupt stehen. »Sie setzen den Ruf einer Entführerin über das Wohl meiner Tochter?«

»Es geht hier um Verhältnismäßigkeit. Wir beginnen mit der Öffentlichkeitsfahndung, sobald der Täter bekannt ist. Dies ist bei Ihrer Tochter nicht der Fall, denn im Moment stehen zwei Verdächtige im Raum: Frau Reuter und die Frau an der Tankstelle.«

Ich stöhne auf und raufe meine Haare. Die Frau an der Tankstelle habe ich völlig verdrängt. Kurz flackert die Hoffnung auf, dass es doch nicht Anna war. Dass Sonja sich geirrt hat, dass Anna gesprungen ist und vom Fluss weitergetragen wurde und nun auf dem Grund eines Sees liegt. Diese Vorstellung ist zwar nicht weniger schlimm, aber erträglicher, als wenn sie mir Leonie weggenommen hätte, im Wissen, was sie mir damit antut.

»Ich verstehe, dass Sie aufgewühlt sind. Und ich versichere Ihnen, dass wir unser Bestes tun.«

»Natürlich tun Sie das«, blaffe ich und hänge auf. Aber das Beste ist nicht gut genug. Nicht, wenn es um Leonie geht. Nach dem Telefonat sinke ich auf einen Stuhl und vergrabe das Gesicht in den Händen. Es ist, als wäre ich nur eine leere Hülle, die wieder nichts weiter tun kann, als zu warten.

»Wieso hast du der Polizei nicht erzählt, dass Anna kurz vor der Entführung in unserem Haus war?« Marcs Stimme war schroff, das komplette Gegenteil der sanften Worte, die er letzte Nacht in mein Ohr flüsterte.

»Bitte mach mir keine Vorwürfe. Nicht du auch noch.« Schon wieder heule ich. Manchmal kommt es mir so vor, als könnte ich nichts anderes mehr. Marc muss mir keine Vorwürfe machen, die mache ich mir selbst. Ich bereue, dass ich Anna als Entführerin meiner Tochter unbewusst ausgeschlossen und deswegen ihren Besuch kurz vor Leonies Verschwinden nie erwähnt habe. Im Nachhinein komme ich mir unglaublich naiv vor. Alle in meinem Umfeld habe ich verdächtigt, auch wenn es noch so unwahrscheinlich war. Natalia, die Frau vor dem Haus, ja sogar Marcs Mutter. Nur Anna nicht. Hätten wir Leonie bereits wieder, wenn ich diese Möglichkeit von Anfang an in Betracht gezogen hätte?

»Warum nur?«, flüstere ich mehr zu mir selbst als zu Marc. »Wie hätte ich ahnen sollen, dass Anna so etwas tun würde?«

Marc streicht mir über den Rücken. »Entschuldige, Isa, ich wollte nicht … Ich bin einfach neben mir.«

Ich denke an die Zeugenaussagen der Nachbarn. Niemand hat gesehen, wie Leonie aus dem Haus entführt wurde. Wahrscheinlich ist Anna über den Feldweg geflüchtet, quer durchs Maisfeld, bis zu ihrer Wohnung. Vielleicht hatte sie ihre Taschen schon vorbereitet und in den VW Bus verfrachtet, damit sie möglichst schnell mit Leonie abhauen konnte. Ein Gedanke schießt mir durch den Kopf und ich versteife mich. Gut möglich, dass niemand sie in unserer unmittelbaren Nachbarschaft gesehen hat. Vielleicht aber in der Nähe ihrer Wohnung. Ich schiebe Marcs Hand weg. »Ich mache es wieder gut.«

»Was hast du vor?«

»Jemanden besuchen.«

Kapitel 21

Jetzt

Ich hetze über den Feldweg, das Haus von Annas Mutter ständig im Blick. Die Landschaft um mich herum nehme ich kaum wahr. Ich überlege, wie ich ihr am einfachsten Informationen entlocken kann. Auch wenn sie sich nie um Anna kümmerte, haben sie immerhin übereinander gelebt. Sie muss etwas mitbekommen haben. Etwas, das sie der Polizei nicht erzählt hat. Meine Schritte werden langsamer, genauso wie mein Atem, je näher ich dem Haus komme. Vor der Einfahrt bleibe ich stehen und lasse den Blick über den Garten schweifen. Nur selten haben Anna und ich hier gespielt. Vor allem, weil meine Mutter es nicht gern gesehen hat, da der Garten ohne Absperrung direkt an die Hauptstraße grenzt. Es sei zu gefährlich, meinte sie. Dabei wusste ich nie, ob sie wirklich die Straße meinte oder nicht eher den nahe liegenden Teich, in dem Annas Schwester ertrunken ist.

Ich klopfe und warte. Nichts. Ich klopfe nochmals, fester und öffne dann die Tür. Es erstaunt mich nicht, dass nicht abgeschlossen ist.

»Ich habe nichts, was sich zu nehmen lohnt«, meinte Dora, als ich sie einmal gefragt hatte, warum sie ihre Tür nicht abschließe. Wenn Anna in der Nacht schlief, könnte jemand sich unbemerkt hineinschleichen und sie mitnehmen. So wenig war sie ihrer Mutter wert. Der Gedanke hielt mich nächtelang wach. Es ist paradox, dass ich selber vergessen habe, die Tür abzuschließen. Ein einziges Mal, mitten am Tag, und nun ist Leonie weg.

»Hallo?«, rufe ich. »Ist jemand da?«

Die Garderobe zieht meine Aufmerksamkeit auf sich. Etwas Rotes sticht aus den schwarzen und grauen Jacken hervor. Ich muss den Stoff nicht zwischen die Finger nehmen, um sagen zu können, dass es Annas Mantel ist. Derselbe Mantel, den sie am Tag von Leonies Entführung getragen hat. Sie ist tatsächlich nochmals hierher zurückgekehrt. Neben der Garderobe führt eine Treppe hoch in Annas Wohnung. Ich gehe in die andere Richtung und stoße mit klopfendem Herzen die Tür zum Wohnzimmer auf. Sie quietscht leise und der Holzboden knarrt unter meinen Füßen. Ich finde mich mitten in einem Relikt aus meiner Kindheit wieder. Den Wänden entlang reihen sich dicht aneinander Regale, Kommoden und Schränke. In der Mitte des Raumes steht ein abgewetztes Sofa mit einer über die Lehne geworfenen Tagesdecke. Alles sieht aus wie damals, als wäre die Zeit stehen geblieben. Es fehlt nur Dora, auf dem Sofa liegend mit einer Weinflasche in der Hand.

Die Toilettenspülung rauscht. Ich drehe mich ruckartig um und gehe zwei Schritte zurück. Die Tür quietscht wieder und Dora schlurft ins Wohnzimmer. Sie gähnt, ohne sich die Hand vor den Mund zu halten. Als sie mich bemerkt, flackert zuerst Überraschung über ihr Gesicht, dann verengt sich ihr Blick und sie mustert mich mit zusammengekniffenen Augen.

»Ich dachte mir, dass du hier auftauchen würdest«, lallt sie und schwankt an mir vorbei in die Wohnküche.

Sie spricht mit mir, als wäre ich ein Kind. Schon damals hat sie mich nie sonderlich gemocht. Ich konnte mir nie erklären, woran das lag. Sie setzt sich aufs Sofa und ich folge ihr unaufgefordert. Die Federn ächzen unter meinem Gewicht.

»Was willst du?«, fragt sie mich direkt und trinkt einen Schluck aus ihrer Teetasse.

»Sie wissen, dass Anna unter Verdacht steht, meine Tochter entführt zu haben.« Die Worte kommen mir über die Lippen, als wäre ich eine Außenstehende und nicht die Mutter.

»Die Polizei hat mich bereits befragt«, kläfft sie.

Ich zucke zusammen, obwohl ich mir vorgenommen habe, mich nicht einschüchtern zu lassen. Ich kenne Dora und ihre Stimmungsschwankungen, die stark mit ihrem Alkoholpegel korrelieren. Drohte sie früher, uns den Hintern mit dem Teppichklopfer zu versohlen, holte sie uns keine zehn Minuten später ein Eis aus der Gefriertruhe.

»Was haben Sie verschwiegen?«

»Weiß Gott, was sie mit dem armen Kind vorhat«, sagt sie völlig zusammenhanglos und schaut gedankenverloren aus dem Fenster.

Meine Nackenhaare stellen sich auf.

»Wahrscheinlich ertränkt sie es in einem Fluss. Oder in einem Teich. Es wäre nicht das erste Mal.«

In meiner Brust zieht sich alles zusammen. Emily. Leonie. »Es war ein Unfall.« Noch während ich die Worte ausspreche, frage ich mich, warum ich Anna verteidige. Aus Gewohnheit?

»Ein Unfall?« Dora lacht und es tönt wie ein Glucksen. »Emily war erst zwei. Sie konnte doch kaum richtig laufen und Anna nimmt sie mit zu einem vereisten Teich? Was hätte sie dort tun sollen? Ich sags dir: Sie wollte, dass sie einbricht, weil sie eifersüchtig war. Sie wollte mich nicht mit ihrer Schwester teilen. Auch dich will sie für sich allein haben. Dazu ist ihr jedes Mittel recht.«

Ich versuche, mir ihre Worte nicht nahegehen zu lassen. Sie ist eine Säuferin, eine Spinnerin. Sogar aus dieser Entfernung rieche ich, dass sie nicht Tee, sondern Schnaps trinkt. »Wo ist sie jetzt?«

»Keine Ahnung.«

»Wissen Sie es nicht oder wollen Sie es mir nicht sagen?«

Sie stellt die Tasse energisch auf dem Sofatisch ab, der Inhalt schwappt über. »Du gehst jetzt besser nach Hause.«

»Ich habe Annas Mantel gesehen«, versuche ich es erneut. »In der Garderobe.«

Ihr Mundwinkel zuckt kaum merklich und ihr Blick wird ganz glasig. Auf einmal schaut sie durch mich hindurch, als würde ich nicht existieren. Ich sehe den Teich klar und deutlich vor mir, wie er die farbige Blätterpracht der Bäume auf seiner Oberfläche trägt. Er erweckt den Eindruck, als wäre er nur ein paar Zentimeter tief, dabei fällt er steil ab. Im Sommer erkennt man es am besten an der tiefschwarzen Färbung des Wassers. Hat Anna mich angelogen, was Emilys Ertrinken anbelangt? Wäre sie zu dem fähig, was ihre Mutter ihr zutraut? Ich schüttle den Kopf, will es nicht glauben. Anna hat Leonie entführt, doch sie würde ihr nie etwas antun. Das sage ich mir immer wieder, in der Hoffnung, es würde dadurch realer werden. Sie kennt mich besser als jeder andere. Sie weiß, dass es mich zerstören würde. Gleichzeitig bohrt sich der Stich des Zweifels in meine Brust. Ist es vielleicht genau das, was sie will? Mich am Boden sehen? Die Anna, die ich kenne, hätte mir niemals meine Tochter weggenommen. Wozu ist die neue Anna noch fähig?

Ich versuche, Dora mit weiteren Fragen zum Reden zu bringen. Vergeblich, sie schweigt beharrlich und starrt an mir vorbei ins Leere. Nur ihr Körper ist hier, der Rest ganz weit fort.

Als ich nach Hause komme, telefoniert Marc in seinem Büro. Seine Stimme tönt gedämpft durch die Wände, seine Schritte sind überall über meinem Kopf. Kurz darauf kommt er runter ins Wohnzimmer, knallt sein Handy auf die Kommode und stöhnt genervt.

»Wer war das?«

Marc hebt seinen Kopf. Er sieht ausgelaugt aus, wie nach einem Kampf. »Mein Chef. Er will, dass ich wieder ins Büro komme.«

»Du hast doch Urlaub?«

»Das interessiert ihn nicht. Er meinte, wenn ich nächste Woche nicht wieder bei der Arbeit erscheine, dann wäre ich derjenige, der bei der Sparrunde rausfliegt.«

»Hast du ihm von Leonies Verschwinden erzählt?«

Er nickt. »Das interessiert ihn nicht. Du weißt ja, er hat das Einfühlungsvermögen einer Heuschrecke.«

Und ob ich das weiß. Ich habe Marcs Chef ein einziges Mal an einem geschäftlichen Weihnachtsessen getroffen: Ein glattrasierter, hochgewachsener Mann, der mit erhobenem Kinn und hinter dem Rücken gefalteten Händen durch den Raum stolzierte. Wenn er in Hörweite war, verstummten die Gespräche. Denn alles, was er aufschnappte, egal in welchem Zusammenhang, könnte er eines Tages gegen dich verwenden. So einer war er. Mitte vierzig, alleinstehend, keine Kinder.

»So ein Idiot.«

»Und du? Konntest du etwas bei Annas Mutter in Erfahrung bringen?«

»Nein.« Ich schüttle den Kopf. »Sie war sturzbetrunken. Ich gehe später nochmals hin.«

»Hm.« Er läuft an mir vorbei und öffnet den Kühlschrank.

»Mir will einfach nicht in den Kopf, warum Anna Leonie entführt hat.«

Marc nimmt eine Packung Schinken und Käse raus und belegt sich eine Scheibe Toast. Hat er mich nicht gehört oder hat er auch keine Vermutung? Nach dem ersten Bissen antwortet er: »Vielleicht der Versuch, einem kaputten Leben wieder einen Sinn zu geben?«

Seine Erklärung erscheint mir genauso unplausibel wie die von Dora. »Anna wollte nie eine Familie.«

»Vielleicht hat sie es getan, weil du dich nicht mehr bei ihr gemeldet hast. Oder weil du einen Universitätsabschluss hast und sie nicht, was weiß ich?« Marc wäscht sich die Hände und reibt sie ruppig am Küchentuch ab, bis sie ganz rot sind.

»Wieso reagierst du so aggressiv?«

Er schaut auf, als wäre er soeben aus einem Tagtraum erwacht. Seine Hände sinken und die Falte zwischen seinen Augenbrauen verschwindet. »Ich will damit sagen, dass du dir nicht so viele Gedanken machen sollst. Es ist nicht wichtig, warum sie es getan hat. Hauptsache, wir finden Leonie unverletzt wieder.«

Er beugt sich vor, um mich zu küssen, aber ich drehe den Kopf weg. »Für mich ist es wichtig! Anna ist meine beste Freundin.«

»Sie *war* deine beste Freundin«, korrigiert er mich.

»Das ändert nichts daran, dass sie immer die Erste war, die ich anrief, wenn ich jemanden zum Reden brauchte.« Ich denke daran zurück, wie oft wir nach so einem Anruf bei ihr auf dem Sofa saßen und uns das Herz ausgeschüttet haben. Immer mit einer Tasse Tee, um die klammen Finger zu wärmen. Wie vom Geistesblitz getroffen schiebe ich Marc ein Stück von mir. »Ich muss nochmals zurück.«

»Ihre Mutter ist mit Sicherheit nicht weniger betrunken als vor einer halben Stunde.«

»Nicht zu Dora. In Annas Wohnung!«

Marc lacht, als hätte ich einen Witz gemacht. »Was willst du in ihrer Wohnung? Die Polizei hat sie sicher gründlich durchsucht.«

»Nicht gründlich genug, sonst hätten sie etwas gefunden und uns benachrichtigt.« Ich schlüpfe in meinen Mantel.

»Wie willst du in ihre Wohnung kommen?«

»Ich habe den Schlüssel.« Ich nehme ihn vom Schlüsselbrett und halte ihn theatralisch in die Luft.

»Das kannst du nicht machen!«

Er versucht, mir den Schlüssel abzunehmen, als sei ich unberechenbar und wüsste nicht mehr, was ich tue. Ich reiße meinen Arm los und in dem Moment zieht Marc seinen mit einem überraschten Ausdruck auf dem Gesicht zurück.

»Ich habe kein gutes Gefühl dabei«, stottert er.

»Kein gutes Gefühl?« Ich schnappe nach Luft. »Ich tue alles, um meine Tochter wieder in den Armen halten zu können, und du hast kein gutes Gefühl dabei?«

»Ich meine nur, du solltest die Detektivarbeit der Polizei überlassen.«

»Genau das ist der springende Punkt! Die Polizei macht nichts!«, unterbreche ich ihn. Auf einmal kommt es mir so vor, als ob wir an unterschiedlichen Fronten kämpfen würden. Ich mache alles, um Leonie zurückzubekommen, und Marc überlässt es dem Zufall. Ich suche in der Kommode nach einer Taschenlampe. Die Große, mit der man problemlos jemanden erschlagen könnte. Da! Ich ziehe sie heraus und schnappe den Mantel.

»Bitte mach das nicht«, fleht Marc.

Ich antworte nicht, sondern stürme aus dem Haus.

Kapitel 22

Jetzt

Auf einmal ist sie hellwach, geweckt durch einen Schrei direkt in ihr Ohr. Schon wieder. Sie presst die Hände an die Schläfen. In ihrem Kopf dröhnt es, als würde ein Militärflugzeug oberhalb der Hütte vorbeifliegen. Sie ertastet Emma und spürt die Nässe um ihren Hintern. Dabei hat sie ihr die Windel erst vor ein paar Stunden gewechselt. Unter Dauergeschrei zieht sie Emma aus und wäscht sie mit einem Lappen ab. Mangels frischer Kleider wickelt sie das Baby nur mit einer Windel bekleidet in ihre Jacke. Der verschmutzte Strampler fällt auf den Boden und bleibt liegen.

Emma schreit immer noch und verzieht das Gesicht zu einer hässlichen Fratze. Sie nimmt Emma hoch, wiegt sie und läuft mit ihr auf und ab. Nichts scheint sie zu beruhigen. Mit dem wild strampelnden Baby auf dem Arm füllt sie eine Milchflasche mit Wasser, gibt das Pulver hinzu und schüttelt kräftig. Sie setzt sich auf das Bett und führt das Fläschchen an Emmas Mund. Gierig saugt sie daran, als hätte sie nicht erst vor einer Stunde getrunken. Erschöpft lehnt sie sich ans Bettgeländer und lauscht mit geschlossenen Augen dem Sauggeräusch. Emma trinkt, um alles gleich wieder rauszupinkeln. Nach der Mahlzeit hält sie Emma im Arm, bis sie wieder einschläft. Auch ihre Augenlider werden schwer und fallen zu.

Die Taschenlampe wirft einen schmalen Lichtkegel durch die Nacht. Nur noch vereinzelt brennen Lichter in den Häusern. Ich bin diese Strecke so oft gelaufen, mit und ohne Kinderwagen. Jede Abzweigung, jede Grundstückmarkierung, jeder Strauch ist mir bekannt. Ich weiß, in welchen Feldern die Grillen zirpen und auf welchen Bäumen die Vögel Nester für ihre Jungen bauen. Aber in der Dunkelheit ist alles anders. Ungewohnte Geräusche dringen an mein Ohr, vermischen sich mit dem Klimpern der Schlüssel in meiner Hosentasche. Ein Rascheln und ein Krächzen von Tieren, die während des Tages nicht unterwegs sind. Unbeirrt laufe ich weiter. Erst vor Annas Zuhause stoppe ich. In Doras Wohnung brennt Licht. Ein Pärchen nähert sich im Gleichschritt, kichernd, die Arme um die Taille des anderen geschlungen. Ich krame in meiner Tasche, tue so, als würde ich den Schlüssel suchen, und atme erleichtert auf, als sie an mir vorbeilaufen, ohne Notiz von mir zu nehmen.

Vielleicht sollte ich mich hinter dem Haus verstecken und warten, bis das Licht erloschen ist und Dora tief schläft. Andererseits ist sie so betrunken, dass sie ohnehin nicht mitbekommen würde, wenn ich das Haus betrete und nach oben in Annas Wohnung schleiche. Wenn ich es jetzt nicht mache, verlässt mich der Mut. Ich zähle bis drei, dann drücke ich die Klinke runter und die Tür öffnet sich mit einem lang gezogenen Knarren. Millimeter für Millimeter schiebe ich sie weiter auf und lausche. Nichts. Schleichend wie eine Katze auf der Jagd steige ich die Holztreppe zu Annas Wohnung hoch und federe dabei meine Schritte ab. An Annas Tür hängt kein Schild, kein getrockneter Blumenstrauß oder etwas anderes, das

Besucher willkommen heißen würde. Ich klopfe leise, keine Ahnung, warum. Anna ist nicht da, niemand wird mir öffnen. Schnell verschwinde ich im Inneren, schalte das Licht ein und die Taschenlampe aus. Der Lichtkegel wäre für einen vorbeilaufenden Fußgänger verdächtiger als eine Lampe. Die Decken sind so tief, dass die vor mir baumelnde Schirmlampe fast meine Mütze berührt. Hart und eckig heben sich IKEA-Regale, -Sofas und -Tische vom Holz des Chalet-Stils der Wohnung ab, als würden sie sich gegen den Ort sträuben. Schneebesen und ein paar Holzschaber stehen aufgefächert in einem Behälter aus Glas. Der Fruchtkorb auf der Küchenablage ist leer. War die Polizei schon hier? Es sieht nicht danach aus. Alles ist aufgeräumt und an seinem Platz, als ob Anna tatsächlich verreist wäre.

Der Schal um meinen Hals engt mich ein und treibt den Schweiß auf meine Stirn. Ich wickle ihn ab, lege ihn auf das Zweiersofa und widme mich dem ersten Regal. Die Bilderrahmen sind noch da, auf jedem Regal einer. Doch etwas ist anders. Ich blinzle zweimal und schüttle ungläubig den Kopf. Früher standen hier andere Fotos. Anna und ich als Kinder, Anna und ich im Teenageralter, Anna und ich während des Gymnasiums. Sie hat alle Fotos gegen nichtssagende Bilder von Sonnenaufgängen und bunten Blumenwiesen ausgetauscht. Hatte sie mich schon länger aus ihrem Leben gestrichen?

Mit einem wachsenden Klumpen im Magen widme ich mich dem Regal gleich darunter. Annas Schulordner. Ich nehme einen hervor und lege ihn mit dem Rücken auf die Sofalehne. Der Verschluss klickt, als ich den Ordner öffne. Ein Kontrollblick zur Tür. Vor mir liegen

Berechnungen für den Mathematikunterricht. Blätter über Blätter hatte Anna in meiner Anwesenheit vollgeschrieben. Die Prüfung setzte sie trotz der Mühe in den Sand. Dreimal. Deswegen und wegen ihrer schlechten Fremdsprachenkenntnisse war sie am Gymnasium gescheitert und hat danach beruflich nie mehr etwas auf die Reihe gekriegt. War sie tatsächlich eifersüchtig auf meinen Masterabschluss? Ich schaue die verbleibenden Ordner durch, einen nach dem anderen, und stelle sie wieder ins Regal zurück. Wir haben uns seit der Geburt von Leonie nicht mehr oft gesehen. Kann in einem halben Jahr so viel passieren, dass ein Mensch, den man einst in- und auswendig kannte, auf einmal fremd wird?

Ich durchsuche die restlichen Regale, dann die Wandschränke, werde immer hektischer. Menschen hinterlassen Spuren. Eine unachtsame Notiz, scheinbar belangloses Gekritzel. Ich wühle in Annas Schubladen. Irgendwo muss sich ein Hinweis auf ihren Aufenthaltsort finden lassen.

Im Schlafzimmer halte ich einen Moment inne und starre auf das Doppelbett. Es ist viel zu groß für eine Person. Mit wie vielen Männern sie hier ihre innere Leere weggeschlafen hat? Weiß ich von jeder ihrer Liebschaften oder hat sie mir die meisten verschwiegen? Ich schüttle den Gedanken ab und öffne den Kleiderschrank. Jedes einzelne Kleidungsstück liegt sorgfältig zusammengefaltet auf einem Stapel. Jeden Pullover, jede Hose falte ich auseinander, schaue in die Taschen und lege sie in den Schrank zurück. Ich erkenne Annas Lieblingsjeans mit dem Schmetterlingsaufdruck am rechten Bein. Sie trug diese Hose ständig. Der Stoff ist bei den Knien und zwischen den Beinen abgewetzt und deswegen nicht mehr tragbar. Anna hat die Hose trotzdem behalten. Ich lege sie zurück zu den anderen. Zwischen einem Stapel Pullover finde ich ein Säcklein mit Vanilleduft gegen die Motten, sonst nichts. Hat die Polizei mögliche Hinweise auf Leonies Aufenthaltsort bereits konfisziert und Herr Gerber hat mir nichts davon gesagt?

Ich luge ins Esszimmer und betrachte die Regale. Auf dem obersten stehen Weingläser, die billigen aus dem IKEA, gleich darunter ein zweites Geschirrset. Immer wieder schaue ich auf die Uhr. Die Zeit rast. Ich bin schon zu lange in ihrer Wohnung. Viel zu lange, aber noch nicht fertig. Ein innerer Drang treibt mich weiter, zwingt mich, alles zu durchsuchen, als würde er spüren, dass es nur eine Frage der Zeit ist, bis ich auf etwas Brauchbares stoßen würde. Ich ziehe die Schubladen auf. In einer finde ich das Ladekabel für Annas Handy. Das würde auch erklären, warum sie meinen Anruf nie beantwortet hat. Der Akku ist leer gewesen. Oder lag es zu dem Zeitpunkt bereits verlassen im VW Bus? Auf dem Regal über der Schublade fallen mir fünf dünne Hefte ins Auge. Marcs Immobilienpublikationen. Seit wann interessiert sich Anna für den Immobilienmarkt? Ich greife nach der Ausgabe von diesem Jahr und blättere darin herum. Ein paar Seiten sind mit gelbem Marker gekennzeichnet. Ich blättere weiter und stoße auf einen doppelt unterstrichenen Titel: »Exkurs: Eigenheim in Schweden«. Mein Puls beschleunigt sich. Ich sehe das Land auf der Karte vor mir, lang gezogen und majestätisch liegt es da und mindestens genauso verlassen. Man konnte dort Hunderte von Kilometern fahren, ohne einer Menschenseele zu begegnen. Ein Verdacht wandert von meinem Bauch in meinen Kopf und setzt sich dort fest. Ist Anna mit Leonie nach Schweden abgehauen? Mit dem Zug und der Fähre kommt man problemlos über die Grenzen. Schweden ist Teil der Europäischen Union. Es ist ein Leichtes, sich ins Ausland abzusetzen. In der Hoffnung, mehr Hinweise zu erhalten, nehme ich die anderen Immobilienpublikationen in die Hand und schaue sie durch. Vielleicht hat sie einen Hausverkauf dokumentiert oder einen Mietvertrag versteckt. Ich blättere und blättere, finde aber nichts.

Unter mir knarrt der Boden und mein Blick schießt automatisch zur Tür. Dora. Ich muss hier weg! Mit den Publikationen unter dem Arm schleiche ich aus der Wohnung. Ich spähe über das Treppengeländer. Mit vorsichtigen Schritten nehme ich eine Stufe nach der anderen, ohne den Gang aus den Augen zu lassen. Bei jedem Knarren des Holzes zucke ich zusammen. Mitten auf der Treppe entdecke ich Dora. Sie schwankt in Richtung des Wohnzimmers und bleibt auf der Schwelle stehen. Das Herz klopft mir bis zum Hals und ich halte den Atem an. Schweißperlen laufen mir über die Schläfe, während sie zum Fenster hinausblickt. Was, wenn sie mich entdeckt? Kann sie mir überhaupt etwas vorwerfen? Anna hat mir den Schlüssel gegeben, rein rechtlich gesehen ist das hier kein Hausfriedensbruch. Da wendet sie sich kopfschüttelnd ab und verschwindet im Wohnzimmer. Unbemerkt husche ich hinaus in die Nacht.

Marc sitzt am Esstisch und hebt mechanisch einen Teebeutel aus einer Tasse und taucht ihn wieder hinein. Blutrote Wolken schweben durch das Wasser. Er sagt nichts, schaut nicht einmal auf. Ich beiße in meine Unterlippe und setze mich ihm gegenüber, ohne den Mantel auszuziehen. Dann fächere ich die Hefte auf dem Tisch aus. Zuerst schaut er nicht auf. Aber dann wecken die Immobilienstudien sein Interesse.

»Was willst du mit denen?«, fragt er.

»Die habe ich aus Annas Wohnung mitgenommen. Seltsam, nicht? Sie hat den Exkurs über Schweden markiert.«

»Der ist von mir.«

»Ich weiß.«

»Was hat das zu bedeuten?« Er greift nach dem obersten Heft und blättert es durch. Das dünne Papier wellt sich unter seinen Fingern und auf seiner Stirn bilden sich tiefe Furchen.

»Vielleicht ist sie in Schweden.«

»Warum sollte sie?«

»Wegen des Sozialsystems. Nordische Länder sind viel großzügiger als die Schweiz.« Ich erinnere mich daran, dass Anna und ich bäuchlings auf ihrem Bett lagen und in Ferienprospekten blätterten. Beim Anblick der Unendlichkeit der Landschaft seufzten wir. Dort konnte man stundenlang wandern, ohne einer Menschenseele zu begegnen.

»Vom Sozialsystem profitiert sie nicht, wenn sie mit Leonie untertaucht«, wendet Marc ein.

»Was, wenn sie falsche Papiere besorgt hat?«

»Für so raffiniert halte ich sie nicht.« Marc lacht und wirft mir das Heft entgegen. Dabei fällt ein Stück Hochglanzpapier heraus und gleitet über den Tisch. Es bleibt vor mir liegen. Ich erkenne das Motiv sofort.

Es ist eine Nahaufnahme von Marc und mir auf unserer Hochzeit. Dieses Foto haben wir auf all unsere Dankeskarten gedruckt. Marc hält mich fest im Arm und schaut mit einem siegessicheren Lächeln direkt in die Kamera. Erst auf den zweiten Blick bemerke ich, dass man von mir nichts mehr erkennt. An der Stelle, wo mein Gesicht war, prangt ein weißer Fleck. Weggekratzt mit einem Messer. Mir wird heiß. Ich wische die nassen Handflächen an der Hose ab. Warum hat Anna ein Foto von Marc und mir, eines, worauf ich nicht mehr zu erkennen bin?

»Was hat das zu bedeuten?« Ich schaue Marc fragend an. Er starrt auf den Boden. Seine Oberlippe glänzt, der Schweiß verfängt sich in den Bartstoppeln. Ich blättere das Heft nochmals durch, Seite für Seite. Dabei zittern meine Finger so fest, dass das Papier raschelt. In der Mitte klemmt ein weiteres Bild. Ein Ausdruck auf normalem Papier, der sich nahtlos zwischen die Seiten der Immobilienstudie einfügt: deutlich jüngere Versionen von Marc und Anna, Wange an Wange und beide in Trainingskleidung. Dunkle Haarspitzen lugen unter Marcs Kappe hervor. Das Bild muss entstanden sein, bevor ich ihn kennengelernt habe. Neben Anna steht eine weitere Person. Von ihr ist nur ein Teil des Arms und der Schulter zu erkennen, der Rest wurde weggeschnitten. Ich lege es auf den Tisch und schaue erneut zu Marc. Sein Adamsapfel bewegt sich, als er schluckt.

»Was ist das?«, krächze ich.

Marc verschränkt die Finger im Nacken und sieht an die Decke. Wie betäubt starre ich auf seine Lippen und warte, dass sie sich öffnen und rauslassen, was gesagt werden muss. Die Sekunden fließen zäh wie Harz. Ich höre das penetrante Summen des Kühlschrankes und Marcs Atemzüge, die auf einmal schneller werden. »Anna ist in mich verliebt.«

»Wie bitte?« Ich halte die Luft an und die Zeit scheint nun still zu stehen. Anna, verliebt in Marc? Unvorstellbar.

»Sie war es schon, bevor wir beide uns kennengelernt haben.«

»Ihr habt euch gekannt, du und Anna?«

»Vom Laufklub.«

Da macht es Klick. Ich falle in den Stuhl zurück. Marc ist der Mann aus dem Laufklub, von dem Anna so lange schwärmte und von einem Tag auf den anderen damit aufhörte. Weil ich die Schnellere war. Ich hatte ihr Marc vor der Nase weggeschnappt. Ist er der Grund, warum sie sich seit damals nicht mehr auf etwas Festes einlässt? Ich starre das Bild an. Mein Magen grummelt und eine leichte Übelkeit steigt in mir hoch, so wie damals während der Schwangerschaft mit Leonie. »Warum hast du mir nie davon erzählt?«

»Ich wollte eure Freundschaft nicht gefährden.«

Die Szene, wie ich ihr ein Foto von Marc im Anzug zeige, taucht vor meinem inneren Auge auf. *Der ist nichts für dich,* hatte sie gesagt. So stark hatte sie noch nie einen meiner Freunde abgelehnt. Nun kenne ich den Grund dafür. Sie wollte Marc für sich. Marc nimmt den Teebeutel aus der Tasse und drückt darauf herum. Das weiche Innere quillt heraus und rinnt über seine Finger. Seine Lippen werden schmal und er scheint mit sich zu ringen. Ich warte auf den Hammer, der auf mich herabfährt und mir den Kopf zertrümmert.

»Hast du ihre Gefühle erwidert?«, frage ich zögerlich, wissend, dass ich damit eine Lawine losbrechen könnte.

»Nein. Ich habe sie gar nie bewusst wahrgenommen. Und wenig später habe ich dich kennengelernt.« Er lächelt schwach.

Mein Körper weiß nicht, wie er auf diese Nachricht reagieren soll. Mir ist heiß und kalt, ich könnte gleichzeitig lachen und weinen. Die schönste Frau, die ich kenne, umgarnt meinen Mann und er hat kein Interesse an ihr. Das passt zu ihm. Schon damals ist er mit gesenktem Kopf durchs Leben gelaufen, mit den Gedanken immer bei der Arbeit.

»Ich bin froh, dass du das sagst, denn einen Moment lang hatte ich Angst, dass …« Ich denke an den Tag meiner Hochzeit zurück. Anna saß so verloren auf dem Stuhl im Empfangsraum und ich glaubte, es ginge ihr nicht gut. Vielleicht war sie gar nicht krank. Vielleicht hatte sie gehofft, dass Marc nicht auftauchen würde. Die letzten Jahre mit Anna relativieren sich. Meine Freundin löst sich auf und zurück bleibt eine völlig fremde Person. Marc sitzt regungslos auf seinem Stuhl. Bei seinem Anblick kehrt die Anspannung in meinen Körper zurück. Ich richte mich auf und kralle die Finger in den Stoff meiner Hose. Es ist noch nicht alles gesagt.

»Isabel …«

Bitte setz dich. Diese Floskel fehlt noch und ich bin mir sicher, er würde sie sagen, wenn ich nicht schon sitzen würde.

»Ich muss dir das sagen, weil …« Seine Stimme versagt. Marc, mein sonst so selbstsicherer Mann, druckst herum. »… weil du mir sonst nie verzeihen würdest.«

Mit offenem Mund starre ich ihn an und warte auf den Aufprall, auf das Taubheitsgefühl und den Schmerz.

»Ich habe mit Anna geschlafen.«

Da ist er, der Hammer. Er zertrümmert mir nicht nur den Kopf, sondern auch mein Herz.

»Du hast mit Anna geschlafen?« Meine Stimme klingt wie ein heiseres Piepsen. Ich schlucke leer.

Marc schaut auf den Fußboden und startet nicht einmal einen Versuch, sich zu verteidigen. Er schweigt, was viel schlimmer ist, als einen Schwall Worte aus seinem Mund zu hören.

»Wann?«, frage ich.

»Vor drei Monaten.«

Ich rechne die Monate zurück. September, August, Juli. In meinem Kopf rattert es. Plötzlich weiß ich genau, wann es passiert sein muss.

»In jener Nacht«, sage ich und ich weiß, dass er an dieselbe Nacht denkt. »Du bist erst um drei Uhr nach Hause gekommen und hast behauptet, du hättest länger arbeiten müssen.«

»Es hat nichts bedeutet.«

»Ich habe geglaubt, du hättest aus Rücksicht auf meine Gefühle gelogen. Weil du dich für mich als Hausfrau und Mutter schämst und nicht zugeben wolltest, dass du dich deswegen betrinken musstest.«

»Isa …« Marc streckt die Hand über den Tisch und will meinen Arm berühren, doch ich ziehe ihn mit einem Ruck zurück. Wie betäubt sitze ich da und starre ins Leere. Wie konnte ich mich so in Marc täuschen? In Anna? Ich glaubte, die beiden zu kennen, dabei kannten sie sich viel besser. Sie haben mich hintergangen, lautlos und unbemerkt. Ich schaue auf und balle die Hände zu Fäusten. »Drei Monate lang habt ihr geschwiegen, du und Anna. Ihr habt so getan, als sei nichts passiert!«

»Was hätte ich sagen sollen? Ich wollte dich nicht verletzen.«

Ich stemme mich am Tisch hoch. »Wenn du das nicht wolltest, warum sagst du es mir jetzt?«

»Weil mir klar wurde, dass du mir erst recht nicht verzeihen könntest, wenn du es von Anna erfahren würdest.« Marc spricht lauter als zuvor und steht ebenfalls auf. Unsere Blicke verkeilen sich und wir starren einander an. Er hätte mir nicht freiwillig davon erzählt. Die Fotos haben ihn in die Enge getrieben. Was, wenn ich nicht in Annas Wohnung gegangen wäre? Wenn ich nicht entschieden hätte, die Publikationen mitzunehmen? Dann würde ich Marc gegenübersitzen und mit ihm darüber diskutieren, wo Anna Leonie hingebracht haben könnte. Ich denke an seine ungewohnt aggressive Reaktion, als er davon erfuhr, dass Anna am Tag der Entführung in unserem Haus war.

»Hast du es gewusst?«, frage ich. »Hast du gewusst, dass Anna es gewesen sein könnte?«

»Nein … Oder doch.« Er rauft sich die Haare. »Ich habe gehofft, dass ich mich irre.«

Ich laufe rückwärts. Es ist so heiß im Mantel, in diesem Haus. Ich muss hier weg. Ohne zu antworten, wende ich mich ab.

»Geh jetzt nicht, bitte.« Marc steht neben mir und hält mich am Arm fest. Seine Finger graben sich tief in mein Fleisch. Dieselbe Verzweiflung liegt in seinem Griff, die sich auch in seinen Augen widerspiegelt. Ich lache auf.

Als könnte er mich so zum Bleiben bewegen. Nichts hält mich mehr bei ihm. Ich reiße mich los, schlüpfe in meine Stiefel und stürme aus dem Haus. Der Wind peitscht mir ins Gesicht und meine schweren Brüste hüpfen bei jedem Schritt schmerzhaft auf und ab.

»Isa!« Marc ruft immer wieder meinen Namen. Seine Stimme wird leiser, je weiter ich mich vom Haus entferne. Er folgt mir nicht. Ich bin hin- und hergerissen. Ein Teil von mir ist froh darüber, ihn nicht länger ansehen zu müssen. Der andere enttäuscht, dass er sich nicht mehr um mich bemüht.

Anna und Marc. Ich hatte immer geglaubt, die beiden können sich nicht leiden. Nie wäre ich auf die Idee gekommen, dass Anna in Marc verliebt sein könnte und erst recht nicht, dass sie miteinander geschlafen haben. Ich sehe Anna deutlich vor mir, wie sie sich an Marc schmiegt. Wie er anfänglich versucht, ihre Hände abzuwehren und sein Gesicht wegzudrehen. Bis irgendwann sein Widerstand schmilzt, seine Bewegungen träge und langsam werden, als hätte Anna ihn mit ihrem Gift gelähmt, bis er es willenlos geschehen lässt. Sie streicht mit ihren Lippen über seine, wie sie es bei hundert anderen Männern auch gemacht hat. Küsst ihn, wie alle anderen, liebt ihn wie alle anderen in ihrem viel zu großen Doppelbett. Ich renne und renne, aber die Bilder in meinem Kopf lassen sich nicht abschütteln. Das wirft ein völlig anderes Licht auf die Entführung. Nun sehe ich ein Motiv. Anna war eifersüchtig, aber nicht auf Leonie, wie Dora vermutete. Sie wollte nicht mich für sich allein haben, sondern mir etwas wegnehmen, weil sie Marc nicht haben kann.

Schon nach kurzer Zeit bekomme ich keine Luft mehr. Ich keuche und drücke meine Hand auf die schmerzende Stelle an meiner Seite. Die Temperatur hat merklich abgekühlt und frisst sich durch die Kleidung bis auf meine Knochen. Ich weiß nicht, ob meine Wangen vor Hitze oder vor Kälte brennen. Da ist nur diese Leere in meinem Innern. Alles ist weg. Leonie. Anna. Und jetzt auch noch Marc.

Kapitel 23

Jetzt

Der Duft frisch gewaschener Bettwäsche umspielt meine Nase, der kuschelige Flanellstoff schmiegt sich samtweich an meine Haut. Ich bin wieder ein Kind, das den vertrauten Geräuschen aus der Küche lauscht. Geschirr klappert. Messer schnippeln. Milch plätschert in den Topf. Dazu die Schritte meiner Mutter. Sie flitzt von der Küchenablage zum Tisch und wieder zurück. Weiter entfernt höre ich die Stimme meines Vaters am Telefon, der einem Kunden verspricht, die Ersatzteile für seinen Computer noch am selben Tag zu liefern. Gleich wird er hochkommen und klopfen, ein paar Sekunden warten und dann eintreten. Ich würde mich schlafend stellen und ihn glauben lassen, er hätte mich mit dem Kuss auf die Stirn geweckt.

Ich will länger in diesem Zustand schwelgen, in dieser Wattewolke kurz nach dem Aufwachen, wo einen Moment lang alles in Ordnung ist. Ich strecke meine Hand aus, will mich daran festhalten, greife aber jedes Mal ins Leere. Die Erinnerung an diese Zeit entfernt sich wie ein losgelassener Luftballon. Sie fliegt über meinem Kopf, wird immer kleiner, bis nur noch ein winziger roter Punkt zu sehen ist, der bald ganz verschwindet.

Ich öffne die Augen und drehe mich zum Fenster. Vor den gekippten Rollos drängt sich der Hochnebel und versperrt den Sonnenstrahlen den Weg. Mein Handy liegt vor mir auf der Matratze. Ich kann mich nur noch vage daran erinnern, dass Marc gestern ein paar Mal versucht hat, mich anzurufen. Immer wieder wurde ich deswegen aus dem Schlaf gerissen. Ich ziehe die Bettdecke über meinen Kopf. Am liebsten würde ich mich für immer hier verkriechen und in den Erinnerungen an meine Kindheit schwelgen. Wie Anna und ich im Garten meiner Eltern den frisch zusammengekehrten Blätterhaufen durchwühlten, kaum hatte mein Vater uns den Rücken zugekehrt. Wir kicherten, sammelten die schönsten Herbstblätter ein und klemmten sie im warmen Wohnzimmer zum Trocknen zwischen die Seiten der Telefonbücher. Damals war alles in Ordnung gewesen.

Schon nach kurzer Zeit wird der Sauerstoff unter der Bettdecke knapp. Ich schlage sie zur Seite und überprüfe, ob neue Nachrichten eingetroffen sind. Außer einer Mail von Salome gibt es nichts Neues.

Liebe Isabel,
vielen Dank für deine Anfrage. Leider lebe ich nicht mehr in der Schweiz. Ich bin vor drei Monaten mit meinem Mann nach Deutschland zurückgezogen. Melde dich doch bei der Stillberatung der Frauenklinik wegen des Milchstaus.
Dir und deiner Familie alles Gute!
Salome

Beim Lesen der Nachricht kribbeln meine Brustwarzen. Verdammt, die Milchpumpe! Ich hatte es gestern so eilig, von Marc wegzukommen, dass ich nicht daran gedacht habe, sie einzupacken. Ich lege das Handy zur Seite und taste meine Brust ab. Der Knoten ist noch da. Allerdings hat die Milchproduktion nachgelassen, denn so prall gefüllt wie nach der ersten Nacht ohne Leonie sind meine Brüste nicht mehr. Ich werde die Pumpe heute Morgen holen müssen. Hoffentlich ist Marc nicht zu Hause.

Ich gehe runter in die Küche. Meine Mutter sitzt am Tisch und blättert in einer Zeitung, die Lesebrille auf der Nasenspitze. Als sie mich entdeckt, legt sie die Brille auf den Tisch.

»Guten Morgen Isabel.«

»Hallo Mama.« Ich zeige auf eine Schale frisch geschnittener Früchte. Trauben, Äpfel und Birnen. »Ist die für mich?«

Sie nickt. Ich setze mich damit zu ihr, ein Fuß auf dem Stuhl, sodass mein Knie bis über die Tischkante herausragt.

»Das hast du schon lange nicht mehr gemacht«, stellt meine Mutter fest.

»Was?« Ich löffle ein Stück Birne in den Mund.

»Dich in unser Haus geschlichen und hier übernachtet.«

»Zu Hause erinnert mich alles an Leonie«, lüge ich und verdränge den Gedanken an Marc. »Störe ich?«

»Nein. Ich muss aber in einer Stunde in den Trödelladen.« Sie lächelt. »Du darfst mich gern begleiten, wenn du Ablenkung brauchst.«

Ich denke an die bekannten Gesichter, die dort regelmäßig ein- und ausgehen. Vor allem die Eltern von ehemaligen Mitschülern und die Freundinnen meiner Mutter. Schon bei der simplen Frage, wie es mir geht, würde ich ins Stocken geraten. Jedes Mal müsste ich die Mundwinkel krampfhaft hochziehen und nicken. Wahrscheinlich weiß nach der Polizeibefragung sowieso das ganze Dorf von Leonies Verschwinden. »Lieber nicht.«

»Du müsstest nicht im Verkauf aushelfen«, sagt meine Mutter, als hätte sie meine Gedanken gelesen. »Es gibt genug andere Aufgaben. Wir haben erst gestern eine Ladung neuer CDs geliefert bekommen.«

»Ich überlege es mir.«

»Hat die Polizei Neuigkeiten?«

»Ja.« Die Birne bleibt mir im Hals stecken und ich huste, bis mir die Tränen in die Augen treten. Nach einem Schluck Wasser stoppt der Hustenreiz und ich räuspere mich. »Es könnte sein, dass Leonie bei Anna ist.«

Die Farbe weicht aus ihrem Gesicht und die Zeitung raschelt, als sie auf den Tisch sinkt. »Wie meinst du das? Ist Leonie …«

»Nein, nein«, wiegle ich ab, als ich realisiere, was sie denken muss. »Anna lebt. Sie hat Leonie entführt.«

Meine Mutter fasst sich an die Brust. Ich sehe, wie es in ihrem Kopf arbeitet. Wie sie begreift, dass Leonie nicht tot ist, und dann erfasst, wie Anna damit zusammenhängt.

»Großer Gott. Warum sollte Anna das tun?«

»Vielleicht aus Eifersucht.«

Weil sie mir mein Glück nicht gönnt, geht es mir durch den Kopf. Doch das kann ich ihr nicht sagen, sonst würden wir auf Marc zu sprechen kommen und ich müsste ihr erzählen, was er getan hat.

»Hast du eine Vermutung, wo sie sein könnte?«

»Nur eine vage.«

Ich habe Herrn Gerber von meinem Verdacht erzählt, Anna könnte mit Leonie in Schweden sein und er versprach mir, die Passagierlisten der Fluggesellschaften zu überprüfen. Ich lasse meine Gedanken unausgesprochen, kratze stattdessen die letzten Früchte in meiner Schale zusammen. Da klingelt es. Punkt neun. Der Postbote ist immer noch genauso pünktlich wie früher.

»Ich gehe schon«, sage ich mit Blick auf die noch halb volle Müslischale meiner Mutter und öffne die Tür. Ich ziehe ruckartig Luft ein und mache einen Schritt zurück. Es ist Marc.

»Hallo«, sagt er und mustert mich mit geröteten Augen.

Da ist der Mann, den ich geheiratet habe, und auch wieder nicht. Tiefe Furchen haben sich in sein Gesicht gegraben und er steht leicht vornübergebeugt, als läge eine Last auf seinen Schultern, die er allein nicht stemmen kann.

»Woher wusstest du, wo ich bin?«

»Neben Anna bleiben nicht viele Optionen.« Er streicht sich über die Bartstoppeln an seiner Wange. Wann hat er sich das letzte Mal rasiert? Mein Blick fällt auf die Tasche in seiner Hand.

»Ich dachte, die brauchst du vielleicht.« Er streckt sie mir entgegen.

Ich nehme sie und streife dabei seinen Unterarm. Es ist meine Milchpumpe, sorgfältig in Küchenpapier eingewickelt. »Danke.«

»Können wir reden?«

»Reden?«, frage ich dümmlich, als wäre es völlig abwegig. Ich will nicht reden, will nicht hören, was genau in dieser Nacht passiert ist, wo doch das Ergebnis gereicht hat, dass der Marc, den ich kannte, verschwunden ist.

Widersprüchliche Gefühle keimen in mir auf. Diesem Mann habe ich versprochen, den Rest seines Lebens mit ihm zu verbringen. Ihn zu achten und zu lieben, in guten wie in schlechten Zeiten. Am Tag unserer Hochzeit war für mich sonnenklar, dass ich für ihn da sein werde, wenn er krank werden würde oder wenn er im hohen Alter nicht mehr wüsste, wer ich bin. Niemand hat mich darauf vorbereitet, dass er fremdgehen würde. Niemand hat mir gesagt, dass der Schmerz sich in mir einnisten und mich aussaugen würde wie eine Zecke.

»Ich will nicht reden.« Ich will die Tür schließen, doch Marc schiebt seinen Schuh dazwischen und übt gerade so viel Druck aus, dass ich es nicht schaffe.

»Nur zwei Minuten. Bitte!« Wieder erscheint die Hoffnung auf seinem Gesicht, dass sich alles zum Guten wenden würde, wenn wir nur miteinander sprachen. Wenn er mir erklären könnte, was ihn dazu bewogen hat, mit Anna zu schlafen. Auch in mir regt sich etwas. Vielleicht hat er tatsächlich eine plausible Erklärung. Was, wenn Anna ihm Drogen verabreicht hat und er gar nicht richtig bei Bewusstsein war, als es geschah? Mein Widerstand lässt nach und ich trete nach draußen. Ein eiskalter Wind weht um die Hausecke und bringt meinen Schlabberpulli zum Flattern. Ich schlinge die Arme um mich.

»Wollen wir nicht lieber reingehen?«

»Sag einfach, was du zu sagen hast.«

Betreten schaut er zu Boden. »Die Nachricht, dass du nicht mehr arbeiten willst und du diese weitreichende Entscheidung ohne mich getroffen hast, hat mich tief verletzt. Ich musste nachdenken. Anna muss mir in die Dorfkneipe gefolgt sein, denn sie trat kurz nach mir ein.«

Ich kneife die Augen zu, doch die Bilder verschwinden dadurch nicht. Nur zu gut kann ich mir vorstellen, wie Anna in einem hautengen Kleid auf einem Barhocker sitzt und die endlos langen Beine übereinanderschlägt.

»Wir haben geplaudert und etwas getrunken.«

Ich runzle die Stirn.

»Na gut, viel getrunken und geredet. Über dich und deinen plötzlichen Sinneswandel. Als es Zeit war, nach Hause zu gehen, war sie nicht mehr in der Lage, allein aufzustehen. Deswegen habe ich sie begleitet. Ich weiß nicht, wie …«

Meine Gedanken hängen bei der Kneipe. Die kleine, schmutzige Dorfkneipe mit den vergilbten Spitzenvorhängen. Mir wird schlecht. Marc war zwar alkoholisiert, trotzdem hat er aus freien Stücken mit ihr geschlafen. Nein, ich will nicht hören, wie er sich in ihre Wohnung einladen ließ und wie genau sie es in ihrem Bett getrieben haben.

»Erspar mir die Details!«, fahre ich ihn an.

»Isabel, bitte …«

»Geh jetzt!« Ich hebe meine Hand und drücke die Klinke runter.

»Das ist nicht fair! Lass es mich wenigstens erklären.«

»Ich will das nicht hören.« Ich halte mir die Ohren zu wie ein störrisches Kleinkind, höre ihn aber trotzdem.

»Nach der Geburt warst du verändert, hattest nur noch Augen für Leonie. Mich hast du nicht mehr gesehen.«

»Jetzt ist unsere Tochter schuld?«

»Ich versuche nur, zu erklären, wie ich mich gefühlt habe.«

»Du wolltest keine Familie, dann wurde ich schwanger

und war nicht bereit, abzutreiben.« Meine Stimme bricht.

»Isa.« Marc will mich in den Arm nehmen, doch ich schlage seine Hände weg.

»Weißt du, was ich glaube? Das war kein Fehltritt. Du saßest in der Falle und hast nach einem Ausweg gesucht, da kam dir Anna gerade recht! Wenn du mit einer anderen schläfst, verlasse ich dich bestimmt, nicht wahr? So wärst du beide auf einen Schlag los, die Frau und das Kind.«

»Das stimmt nicht, Isa.« Und dann leiser: »Du weißt, dass es nicht stimmt.«

»Es ist kalt.« Ich öffne die Tür und will hineingehen.

»Isa.«

»Isa, Isa, Isa! Ich kann es nicht mehr hören!« Ich schlinge die Arme um die Tasche mit der Milchpumpe und drücke sie an mich. »Die Arbeit wartet auf dich. Deine Beförderung war dir sowieso immer wichtiger als wir.«

Wir starren uns an. Marcs Augen glänzen und als er blinzelt, fließt eine einzelne Träne über seine Wange. Ich wollte ihn verletzen und es ist mir gelungen. Während meine Worte in meinem Kopf nachhallen, warte ich auf das Gefühl der Genugtuung. Es bleibt aus. Ich wende mich ab und verschwinde im Innern des Hauses. Erschöpft sinke ich auf den Boden. Stille. Kein Klopfen, kein Rufen, kein Flehen. Meine Mutter steht im Türrahmen und mustert mich mit zusammengezogenen Augenbrauen.

»Die Erinnerung an Leonie ist nicht der einzige Grund, warum du hier bist, oder?«

Mit Tränen in den Augen nicke ich.

Der Trödelladen ist nicht weit vom Dorfkern entfernt. Meine Mutter hat mich überredet, sie zu ihrer Schicht zu begleiten, damit ich auf andere Gedanken komme. Im Schaufenster sind gebrauchte Kleider, Küchengeräte und allerlei Filme ausgestellt. Das Bimmeln der Türglocke begleitet uns ins Innere.

»Was für eine Überraschung!« Eine quirlige Frau mit kinnlangen Locken und einem rosa leuchtenden Trainingsanzug begrüßt uns. Sie mustert mich mit eisblauen Augen. »Du hast jemanden mitgebracht.«

»Meine Tochter Isabel.«

»Schön, dass du da bist, Isabel«, sagt sie und führt mich durch den Raum. Auf den Regalen stehen Artikel zum Weiterverkaufen. Spielzeug, Fernseher, Kleider, Kommoden. An der Decke hängen Mobiles mit Fahrzeugen, Zootieren und der Arche Noah, alles aus Holz. Die anderen Freiwilligen nicken uns zur Begrüßung zu und widmen sich wieder ihrer Arbeit. Ich erkenne die Mutter von Sonja inmitten der Gesichter. Vornübergebeugt hält sie Babykleidung mit gestreckten Armen von sich und sortiert sie nach Größe. Ob Sonja ihr von unserer Begegnung in der Bäckerei erzählt hat? Falls ja, lässt sich ihre Mutter nichts anmerken. Wir gehen an ihr vorbei ins Hinterzimmer.

»Es gibt eine Menge zu tun. Wir haben Hunderte neue CDs reinbekommen, die wir kontrollieren, sortieren und etikettieren müssen.«

Ich ziehe meinen Mantel aus und hänge ihn über die Stuhllehne. Mein Blick schweift immer wieder zu den Mobiles im anderen Raum. Das mit den Schmetterlingen gefällt mir besonders gut. Ich ertappe mich bei dem Gedanken, dass ich es besser nicht kaufen sollte. Wer weiß, ob es jemals zum Einsatz kommen würde. Ich sinke auf einen Stuhl und starre auf die wachsenden Stapel CDs vor mir. Die Kollegin meiner Mutter stellt einen CD-Player daneben.

»Bitte jede CD auf Kratzer überprüfen, dann in den Player legen und jedes Lied kurz anspielen.« Sie öffnet eine Hülle, schiebt die CD in den Player und demonstriert, was sie soeben gesagt hat. Metallicas Black Album, das erkenne ich sofort. Augenblicklich finde ich mich in meiner Teenagerzeit wieder. Anna und ich mit schwarzen Lidern und Nietengürteln um die Hüften in der vordersten Reihe eines der seltenen Konzerte, die Metallica in Zürich gab. Wir rissen die Arme in die Höhe, schrien jeden Song mit und schüttelten die schwarz getönten Haare, bis uns fast die Köpfe abfielen. Ich erinnere mich genau daran, wie wir am nächsten Tag furchtbaren Nackenmuskelkater hatten.

Anna verändert sich vor meinen Augen. Die frech geschnittenen schwarzen Stirnfransen werden länger, ihre Haare nehmen wieder ihren natürlichen, kastanienbraunen Farbton an. Plötzlich steht sie da, nur mit roter Spitzenunterwäsche bekleidet. Meine beste Freundin wird zur Geliebten meines Mannes und zur Entführerin meines Kindes.

Ich entferne die CD energisch aus dem Player und schiebe eine andere hinein. Das wiederhole ich so lange, bis ich in eine Art Trance komme. Willen- und gedankenlos lege ich die CDs ins Gerät, lasse die Songs an mir vorbeiziehen und meine Gedanken ebenfalls. Eine CD nach der anderen. Eine Erinnerung nach der anderen. Ich werte nicht, urteile nicht. Zwei Stunden später bin ich mit allen durch und fühle mich so leer wie die Kisten neben mir. Ich räume die CDs wieder ein und trage sie zu der freien Verkaufsfläche direkt neben dem Eingang. Die Türglocke klingelt, viermal kurz nacheinander. Kinder rennen an mir vorbei ins Innere, direkt zu den Spielsachen. Ich hebe den Kopf und schaue in ein vertrautes Gesicht.

»Isabel.« Natalia schlingt die zu große Männerjacke um ihren Körper. »Wie geht es dir? Ist die Polizei mit ihren Nachforschungen vorwärtsgekommen?«

Ich ignoriere die erste Frage. »Nein, bisher nicht.«

»Ich hoffe, ihr findet Leonie bald.«

Wir stehen unschlüssig voreinander, wissen beide nicht, wie wir uns verhalten sollen. Ich denke an unsere letzte Begegnung vor ihrem Haus, als sie gerade mit dem SUV nach Hause gekommen ist, und ich daraufhin mit beiden Fäusten auf ihre Tür eingehämmert habe. Ich senke den Blick zu Boden. »Ich möchte mich für mein Verhalten von neulich entschuldigen. Bei mir ist eine Sicherung durchgebrannt.«

»Mir tut es auch leid. Meine Mutter hat Kuhmilch in Ronnis Fläschchen gefüllt. Davon bekam er solche Bauchschmerzen, dass er die gesamte Autofahrt zurück geschrien und den Rücksitz vollgekotzt hat. Dann noch der Besuch auf der Polizeiwache. Ich war am Ende meiner Kräfte.«

»Das verstehe ich.«

»Vergessen wir es.«

Ich lächle und Natalia lächelt mindestens ebenso gezwungen zurück. Wir würden wohl nie beste Freundinnen werden. Sie folgt ihren Söhnen zum Spielzeug. Der kleinere hat das unterste Regal bereits ausgeräumt und die zwei größeren streiten sich um einen Bagger. Die Kinder verschwimmen. In meiner Vorstellung sitzt ein kleines Mädchen mit zwei Schwänzchen am Boden. Sie lacht glockenklar und strahlt mich mit glänzenden Augen an. Ich presse meine Hand an die Brust, um den ziehenden Schmerz darin zu vertreiben. Die Sehnsucht nach Leonie zerreißt mich beinahe. Wenn sie größer ist, will ich ihr diesen Laden zeigen, will beobachten, wie sie mit ihren Händen nach dem Spielzeug greift. Ich will sie aufwachsen und ihre ersten Schritte gehen sehen, ihre ersten Worte hören. All die ersten Male, auf die ich mich seit ihrer Geburt freue. Mir bleibt nichts anderes übrig, als meine Tochter wiederzufinden. Denn wenn ich die Hoffnung aufgebe, wer glaubt dann an eine glückliche Wendung?

Am Ende meiner Schicht schiebe ich einen Stuhl zu den Mobiles und greife nach dem mit den Schmetterlingen. Sie tanzen durch die Luft und bleiben auf dem Pult neben der Kasse liegen, wo meine Mutter aushilft.

»Das ist ein schönes Mobile«, schwärmt sie und nimmt den Geldschein entgegen, den ich ihr hinhalte.

»Ja, das finde ich auch.«

Ich laufe zurück zum Haus meiner Eltern, weil ich Milch abpumpen muss. Meine Mutter ist im Laden geblieben und hilft weiter beim Kassieren. Zig Mal hat sie sich versichert, ob es in Ordnung sei, mich allein gehen zu lassen, und mich mit einem Streicheln über den Rücken mindestens genauso oft ermahnt, vorsichtig zu sein. Mit den Gedanken beim Trödelladen schaue ich aufs Display meines Handys. Ein verpasster Anruf leuchtet auf. Sofort denke ich, dass Herr Gerber versucht hat, mich zu erreichen, und mein Herzschlag beschleunigt sich. Wider Erwarten steht da der Name von Dr. Brunner. Ein mulmiges Gefühl steigt in mir hoch.

Falls ich mich bis Ende der Woche nicht gemeldet habe, können Sie davon ausgehen, dass alles in Ordnung ist.

Das sagte Dr. Brunner bei der Sechsmonatskontrolle, die ich wegen Leonies Verschwinden vollkommen vergessen habe. Die Woche ist längst um und heute ist Freitag. Ein Tag, an dem seine Praxis normalerweise geschlossen hat. Etwas stimmt nicht mit dem Bluttest, sonst hätte Dr. Brunner nicht versucht, mich zu erreichen. Mit zitternden Fingern drücke ich auf die Rückruftaste und warte. Es klingelt so lange, dass ich glaube, niemand würde mehr rangehen. Ich will schon wieder auflegen, da höre ich ein Knacken in der Leitung. Sofort halte ich das Telefon wieder ans Ohr. »Hallo?«

»Frau Thalmann, danke für Ihren Rückruf. Haben Sie einen Moment Zeit?«

»J-Ja«, stottere ich.

»Wir haben die Ergebnisse des Bluttests erhalten.« Dr. Brunners Stimme am anderen Ende hört sich besorgt an. Zu besorgt. Die Holzpfosten am Wegrand scheinen zu kippen. Erst da realisiere ich, dass ich die bin, die schwankt.

»Es besteht der Verdacht auf Diabetes.«

Diabetes? Ich halte mich an einem Pfosten fest und wiederhole in meinem Kopf, was Dr. Brunner gerade gesagt hat. Diabetes. Leonie war auf der Gewichtskurve immer am unteren Ende. Sie könnte einen Mangel an Vitaminen haben oder eine Wachstumsstörung. Aber

Diabetes? »Wovon sprechen Sie? Meine Tochter hat keinen Diabetes!«

»Ich fürchte doch. Typ eins.«

»Typ eins?«

»Leonie hat einen starken Insulinmangel.«

»Einen Insulinmangel?«

»Die geringe Gewichtszunahme, ihr Durst und das häufige Wasserlassen deuteten darauf hin.«

»Sie hatten einen Verdacht?« Meine Finger krallen sich in den Holzpfosten. »Warum haben Sie mir nichts davon gesagt?«

»Ich wollte Sie nicht beunruhigen. Es hätte genauso gut etwas anderes sein können.«

Ich presse die Hand an meine Stirn. Unglaublich, er hat es gewusst und mir nichts gesagt. »Wieso melden Sie sich erst jetzt? Sie sagten, es würde nur ein paar Tage dauern, bis sie die Ergebnisse des Bluttests hätten.«

»Die Verzögerung tut mir aufrichtig leid. Ich hatte in der letzten Woche für nichts anderes Zeit als für meine Patienten. Meine Assistentin erledigt normalerweise die Post.«

Ich erinnere mich zu gut an den leeren Empfang in der Praxis. Die Assistentin war nicht da, er musste die Praxis selber schmeißen. Es nützt nichts, ihm Vorwürfe zu machen. Ich habe den Berg mit der unerledigten Arbeit mit eigenen Augen gesehen.

»Sie müssen mit Leonie so schnell wie möglich ein Krankenhaus aufsuchen und sie behandeln lassen.«

Ein Krankenhaus. Meine Beine geben nach. Ich lande im Gras und lehne mich an den Holzpfosten neben mir.

»Das geht nicht«, flüstere ich heiser.

»Frau Thalmann, die Situation ist ernst. Ihre Tochter braucht dringend Insulin. Sonst …« Er hält inne und ich halte die Luft an. Er spricht nicht weiter, doch ich weiß auch so, was er sagen will: »Sonst könnte sie sterben.«

Kapitel 24

Jetzt

Sanft tätschelt sie Emmas Wange und spricht mit ihr. Keine Reaktion. Nun schläft sie schon seit fünfzehn Stunden. Sie umfasst Emmas Schultern und rüttelt sie. Wieder nichts. Auch wenn sie unter ihre Achseln greift und sie hochhebt, passiert nichts. Nur der Kopf baumelt nach vorn und die Arme hängen runter. Etwas riecht nach Nagellackentferner. Der Geruch kommt aus Emmas Mund. Das Gesicht des Babys verschwimmt vor ihren Augen, sein schlaffer Körper liegt in ihren Armen. Er scheint zu schrumpfen, immer mehr, bis er so klein ist, dass er auf ihrer Handfläche Platz hätte. Ihr Herzschlag pulsiert in den Ohren. Babumm. Babumm. Babumm. Ruckartig atmet sie ein. Das ist nicht ihre Emma, sondern Leonie, die Tochter von Isabel.

Du musst Hilfe holen, *schreit eine Stimme direkt neben ihr, doch sie ist unfähig, sich zu bewegen. Regungslos wie Leonie auf ihrem Arm sitzt sie auf der Bettkante.*

Ich renne quer über das Feld. Mein Herz klopft unermüdlich gegen den Brustkorb, droht, ihn zu sprengen. Trotzdem beschleunige ich weiter, bis die Muskeln in meinen Beinen brennen. Annas Elternhaus ist nicht mehr weit entfernt. Warme Luft strömt stoßweise aus meinem Mund und schwebt als Dunst davon. Ich hatte recht, die ganze Zeit. Die geringe Gewichtszunahme, der große Durst, der gestiegene Schlafbedarf. Mit Leonie stimmt etwas nicht und nun habe ich den Beweis. Es sei eine Frage von Tagen oder Wochen, hat Dr. Brunner gesagt. Wahrscheinlicher sei, dass es nur noch Stunden dauere, bis Leonie überzuckert. Im schlimmsten Fall fällt sie in ein Koma. Wenn sie nicht sofort Insulin bekommt, dann … Ich drücke die Augen zu, wehre mich dagegen, doch die Bilder erscheinen automatisch. Ich komme zu spät. Leonie liegt auf dem Boden, regungslos, die Augen weit aufgerissen und leer. Niemand kann ihr helfen. Ich muss herausfinden, wo sie ist, und zwar schnell. Die einzige Person, die mehr wissen könnte, als sie zugibt, ist Annas Mutter.

Dieses Mal zögere ich nicht. Die Tür knallt gegen die Mauer, als ich sie öffne. Dora steht in der Wohnküche und lässt vor Schreck einen Teller auf den Boden fallen. Klirrend zerspringt er in seine Einzelteile.

»Bist du wahnsinnig geworden, Kind?«, kreischt sie mit vorgestreckter Brust, weicht aber einen Schritt zurück, als ich auf sie zugehe.

»Wo ist Anna?«, frage ich. »Wo hat sie Leonie versteckt?«

»Ich habe schon gesagt, ich weiß nicht …«

»Lüg mich nicht an!« Förmlichkeiten habe ich längst abgelegt. Sie duzt mich, also darf ich das auch. »Ihr Mantel hängt in der Garderobe. Sie war nochmals hier und ich glaube, du weißt, wo sie ist.«

»Anna ist mir keine Rechenschaft schuldig.« Dora rückt ihren Rock zurecht. Sie scheint sich wieder gefasst zu haben. Unbeeindruckt dreht sie mir den Rücken zu und nimmt einen neuen Teller aus dem Schrank.

»Ist sie in Schweden?«

Sie antwortet nicht, öffnet stattdessen den Kühlschrank und holt Käse und Schinken heraus. Mit langsamen Bewegungen rollt sie eine Scheibe nach der anderen zusammen und schichtet sie auf den Teller. Nun brodelt die Wut in mir.

»Ich rede mit dir!« Ich packe ihren Arm. »Ist sie nach Schweden gefahren?«

Sie funkelt mich aus zusammengekniffenen Augen an. Ich spüre ihre Knochen deutlich unter meiner Hand. Durch den luftigen Schnitt ihres Pullovers ist mir nicht aufgefallen, wie abgemagert sie ist. Nun sehe ich es in den schlaffen Falten ihres Gesichts, an den knochigen Händen und ihrer schmalen Statur. Ich lasse sie los, als hätte ich mich verbrannt. Das Blut rauscht in meinen Ohren. Ein regelmäßiges Geräusch, das in Wellen kommt und wieder geht. Es bringt mich zur Besinnung.

Dora wendet sich ab und schneidet zwei Scheiben Brot. Einen Moment lang glaube ich, sie würde mir gleich eine anbieten, doch sie legt beide auf ihren Teller und setzt sich an den Tisch. Unschlüssig bleibe ich neben dem Spülbecken stehen. So komme ich bei ihr nicht weiter. Ich nehme ihr gegenüber Platz und greife nach ihrer Hand.

»Emily«, sage ich nur und mustere sie. Dora hält kurz inne, schaut mich mit einem Ausdruck in den Augen an, den ich nicht deuten kann. »Du hast sie verloren. Du weißt, wie es ist, wenn die Welt aufhört, sich zu drehen, und man am Morgen nicht weiß, wie man den Tag überstehen soll. Du weißt, was dieser Verlust mit einer Mutter macht.«

Mit einem Ruck entzieht sie mir ihre Hand und reibt sie, als hätte ich ihr wehgetan.

»Leonie hat Diabetes. Wenn sie nicht bald Insulin bekommt, stirbt sie.« Meine Stimme bricht. Meine Augen brennen und Dora verschwimmt im Tränenschleier. Mit dem Ärmel wische ich einmal übers Gesicht und sehe wieder klar. Dora starrt aus dem Fenster, wirkt auf einmal abwesend, als wäre sie mit den Gedanken weit weg.

»Stell dir vor, du hättest deine Tochter retten können«, flüstere ich. »Hättest du nicht alles dafür getan? Wenn du weißt, wo Anna ist, sag es mir!«

Ich warte eine Ewigkeit auf eine Antwort. Vergebens. Sie scheint nüchtern zu sein, aber hört mir nicht mehr zu. Vielleicht weiß sie es wirklich nicht. Anna und ihre Mutter haben sich nie nahegestanden, warum sollte sie ihr erzählt haben, wo sie hinfährt? Tränen steigen wieder hoch, ich schlucke sie runter. Die Zeit rinnt wie Sand durch meine Finger und ich sitze nur da und schaue zu. Kann nichts weiter tun, als zu hoffen, dass es nicht Stunden, sondern Wochen dauert, bis Leonie Symptome zeigt, und dass die Polizei sie bis dahin gefunden hat. Das Gefühl der Ohnmacht überkommt mich. Egal, was ich mache, es ist nicht genug. Nichts hilft, Leonie wiederzufinden. Ich habe alles versucht, aus Dora ist nichts mehr herauszuholen. Mir bleibt nichts anderes übrig, als wieder tatenlos herumzusitzen und zu warten. Auf Herrn Gerbers Anruf. Auf den nächsten Tag. Immer nur warten.

»Entschuldigung für die Störung«, flüstere ich tränenerstickt und stehe auf. Ich habe schon den Türgriff in der Hand, als Doras Stimme so leise an mein Ohr dringt, dass ich sie beinahe überhört hätte.

»Anna hasste es, mit ihrem Vater in die Berge zu fahren. Trotzdem habe ich sie jeden Sommer für zwei Wochen mit ihm in unsere Jagdhütte geschickt.«

Ich drehe mich um und schaue sie verwirrt an.

»Nach den letzten Sommerferien mit ihrem Vater ist etwas passiert. Sie sprach nicht mehr mit mir, reagierte nicht auf meine Sticheleien. Nach dem Duschen überraschte ich sie im Bad, nur mit einem Handtuch bekleidet. Ihr Körper war mit braungelben Flecken übersät.«

Ich schlage die Hand vor den Mund. Auch ich erinnere mich an diesen Sommer. Sie hatte sich wochenlang in ihrem Zimmer eingeschlossen und sich geweigert, mit mir zu reden.

»Er hat sie geschlagen und vielleicht noch anderes mit ihr angestellt, das war mir in dem Moment klar. Ich glaubte, sie würde nie wieder einen Fuß in diese Hütte setzen. Offenbar habe ich mich geirrt.«

Mein Puls beschleunigt sich und treibt meinen Atem an. »Wieso erzählst du mir das?«

»Der Schlüssel zur Hütte fehlt.«

Ich schnappe nach Luft. Dora kramt eine alte Wanderkarte aus einer Schublade und zeichnet mit einem Leuchtstift einen Kreis um ein Gebiet im Wald, ganz in der Nähe der Schlucht.

»Am Fuß des Bergs ist ein Wanderparkplatz.« Sie überreicht mir die Karte und ich fühle eine unglaubliche Energie in mir. Da ist sie wieder, die Hoffnung, die mich antreibt. Der Wille, Leonie zu finden. Dora lässt mich nicht los, und als ich aufschaue, trifft mich ihr ernster Blick. »Erzähl es niemandem! Ich will deswegen keinen Ärger bekommen.«

»Danke. Ich danke dir vielmals!«

Mit einer verboten hohen Geschwindigkeit rase ich auf der Überholspur über die Autobahn ins Berner Oberland. Nur noch dreißig Minuten Fahrt trennen mich vom Wanderparkplatz. Ich schaue stur geradeaus, konzentriere mich auf die Mittellinie. Das Gebüsch am Wegrand nehme ich nur als flüchtigen Schatten wahr. Am Horizont türmen sich dunkle Wolken über den Bergen. Ein Sturm braut sich zusammen und ich fahre direkt auf ihn zu. Ich darf nicht zu spät kommen.

Die Polizei ist benachrichtigt und Herr Gerber hat mir versichert, die Rettungsflugwacht einzuschalten. Obwohl ich ihm den Ort so gut wie möglich beschrieben habe, wird es dauern, bis sie zu der Hütte finden. In unmittelbarer Nähe kann kein Helikopter landen und mit dem Auto ist der Weg nicht befahrbar. Meine Entscheidung war schnell gefällt. Kaum zu Hause angekommen, bin ich ins Auto gestiegen und davongefahren. Im Rückspiegel sah ich Marc mit verschränkten Armen in der Einfahrt stehen. Er hätte mich für verrückt erklärt und versucht, mich aufzuhalten, deswegen war es besser, wenn er nichts von meinem Plan wusste. Ich weiß selbst nicht genau, warum ich den Worten einer Alkoholikerin so viel Gewicht beimesse. Vielleicht, weil sie dieses Mal nüchtern war. Oder weil mir keine andere Wahl bleibt. Was ich aber weiß, ist, dass ich nicht erneut tatenlos auf dem Sofa herumsitze und darauf warte, dass die Polizei ihre Arbeit erledigt. Was, wenn Polizei und Rettungsflugwacht nicht genug sind? Was, wenn Anna abhaut, sobald sie das Geräusch der Rotoren hört? Oder wenn sie beim Anblick der Polizei in Panik gerät und etwas Dummes macht?

Vielleicht ertränkt sie Leonie in einem Fluss. Oder in einem Teich, höre ich die Stimme ihrer Mutter. Mein Hals wird eng. Ich drücke aufs Gaspedal, der Tacho wandert nach oben. Leonie erscheint vor mir, wie sie friedlich im Stubenwagen schläft, mit leicht geöffnetem Mund. Der weiße Strampler mit der grauen Wolke. Die winzigen, leicht rosaroten Finger. Ihre Stupsnase. Das Geräusch, wie sie die Luft ausstieß und dabei leise schnarchte, klingt in meinen Ohren nach. Ich schüttle mechanisch den Kopf. Es darf nicht das letzte Mal gewesen sein. Es darf nicht sein, dass ihr Anblick im Stubenwagen meine letzte Erinnerung an sie bleibt. Ich will weitere schaffen. Jede Minute, ja jede Sekunde mit ihr würde ich noch mehr genießen, wenn ich sie nur wieder in meinem Arm halten darf.

Ich bremse abrupt ab, verlasse die Autobahn und fahre weiter auf einer Hauptstraße, immer den Anweisungen des Navigationssystems meines Handys folgend. Einmal muss ich am Straßenrand halten und die Karte zu Hilfe nehmen, bevor ich in eine Nebenstraße ohne Wegmarkierungen abbiege, die das Navigationsgerät nicht findet. Die Landschaft verändert sich. Sie wird wilder und hügeliger. Neben mir recken sich die Berge majestätisch dem Himmel entgegen. Die Spitzen sind schneebedeckt und leuchten vor den schwarzen Wolken. Noch ein paar Meter bis zum Wanderparkplatz. Ich trommle mit den Fingern aufs Lenkrad. Gerade rechtzeitig entdecke ich den Wegweiser, der halb von einem Busch bedeckt ist. Ich bremse scharf und biege auf den schmalen Kiesweg ein. Tief herabhängende Äste kratzen über die Scheibe, der Kies spritzt an die Unterseite der Karosserie. Als Einzige parke ich auf dem kleinen Platz und steige aus. Die Sonne ist längst hinter den Bergen verschwunden und hinterlässt eine eisige Kälte im Tal. Ich schaue hinunter auf die Ferienhäuser, die über den ganzen Hang verstreut sind. Nur in einem brennt Licht, die anderen scheinen unbewohnt zu sein. Kurz kommen mir Zweifel. Vielleicht hat die Rettungsflugwacht Leonie bereits gefunden und sie ist auf dem Weg ins Krankenhaus. Wäre es besser gewesen, dort auf sie zu warten, als allein in die Berge zu fahren und einen steilen Hang hinaufzuwandern, in der irrwitzigen Hoffnung, Leonie zu finden? Ausgerechnet ich, wo ich doch seit der Schwangerschaft die Ausdauer und Kondition eines Faultiers habe. Das ist verrückt! Unschlüssig bleibe ich stehen und lausche dem Zischen des Windes in den Baumkronen. Ich schlinge die Arme um meinen Körper, schließe die Augen und atme tief ein. Die Luft hier oben ist so rein und unschuldig, genau wie Leonie. Sie ist hier, das spüre ich. Es ist verrückt, aber nicht verrückt genug, dass ich so kurz vor dem Ziel aufgeben würde. Jetzt bin ich hier und ich werde weitergehen.

Angetrieben von meinem Instinkt folge ich dem Bach aufwärts. Er führt mich in einen Wald voller Buchen und Fichten. Kaum bin ich zwischen den Bäumen verschwunden, wird es finster. Unbeirrt marschiere ich weiter, ignoriere den Durst, der meine Kehle hochsteigt. Es geht im Zickzack über Wurzeln und umgefallene Baumstämme steil nach oben. Endlos steige ich weiter auf, immer weiter und weiter. Die kalte Luft kratzt in meinem Hals, trotzdem schwitze ich, unter den Armen, zwischen den Brüsten, auf der Stirn. Über mir wanken die Baumkronen bedrohlich wie Marionetten im Wind. Ich habe nur ein Ziel vor Augen: Ich will Leonie finden.

Nach einer halben Stunde Fußmarsch erreiche ich eine Anhöhe und bleibe keuchend stehen. Mittlerweile ist es so dunkel geworden, dass ich den Weg nur mit zusammengekniffenen Augen erkenne. Das Licht im Ferienhaus unten im Tal ist auf die Größe einer Ameise geschrumpft. In der Ferne höre ich die Rotoren eines Helikopters. Ist das die Polizei? Die Rettungsflugwacht? Beide? Kurzerhand nehme ich mein Handy hervor, drücke die verpassten Anrufe von Marc weg und beleuchte die Wanderkarte. Der steile Abschnitt scheint hinter mir zu liegen. Hier, versteckt im Dickicht, muss die Hütte sein. Ich beleuchte die unmittelbare Umgebung und lausche. Keine Hütte. Keine Leonie. Ich laufe weiter, mit der Handylampe als Wegweiser, und kämpfe mich durch Unterholz in die Richtung, in welcher ich die Hütte vermute. Je länger meine Suche dauert, desto stärker wird der Gedanke, dass mich Dora reingelegt und die Position der Hütte absichtlich falsch eingezeichnet hat. Ich schaue mich um und sehe nur Bäume, überall Bäume. Hier ist keine Hütte! Meine Brust verengt sich, als hätte jemand ein Band darum gelegt und es festgezogen. Das Atmen fällt mir immer schwerer. Ich muss die Polizei benachrichtigen. Ihr mitteilen, dass ich vielleicht falschliege und Leonie nicht hier ist.

Gerade als ich den Gedanken gefasst habe, wird alles um mich herum schwarz. Das Display meines Handys leuchtet vor meinem inneren Auge nach. Ich drücke den

Einschaltknopf. Vergebens. Der Akku ist leer. Mist, Mist, Mist! Ich zittere und wäre am liebsten auf der Stelle umgekehrt. Doch das kann ich nicht. Nie würde ich Leonie im Stich lassen.

Reiß dich zusammen, sage ich zu mir und presse die Lippen aufeinander, um das Zittern zu stoppen. *Geh weiter, immer weiter.* Der Wind frisst sich durch meine Kleider bis auf die Haut. Der Weg wird enger, Dornenbüsche und Brennnesseln recken sich mir entgegen. Ich bücke mich, hebe einen dicken, abgebrochenen Ast hoch und schlage mich damit durchs Dickicht. Bin ich hier richtig? Ich halte die Wanderkarte ganz nah vor mein Gesicht. Trotzdem erkenne ich nichts. Das Helikoptergeräusch entfernt sich und kommt zum Erliegen. Um mich herum ist nur noch Dunkelheit. Blind laufe ich weiter. Die Verzweiflung frisst sich in meinen Magen und wandert von dort aus durch meinen ganzen Körper. Meine Gedanken sind bei Leonie. Ich kann mir ein Leben ohne sie nicht mehr vorstellen. Alles, was mir zuvor wichtig war, meine Arbeit, meine Freundschaft zu Anna, meine Beziehung zu Marc, hat seit Leonies Geburt an Bedeutung verloren. Sie ist zu meinem Lebensmittelpunkt geworden. Nichts macht mich glücklicher, als am Morgen von ihrem fröhlichen Plappern geweckt zu werden, sie in den Arm zu nehmen oder ihr tröstend übers Haar zu streicheln, wenn sie weint. Zu sehen, wie sie von Tag zu Tag größer wird. Ich muss sie finden.

Zuerst regnet es nur schwach. Ich höre die Tropfen auf die Baumkronen fallen, ab und zu spüre ich einen auf meinem Gesicht. Dann beginnt es zu rauschen. Die Blätter werden durchlässig, beugen sich unter dem

Gewicht des Wassers. Es prasselt schräg auf mich nieder. Mit jeder Sekunde wird der Regen stärker, bis die Tropfen so hart auf meinem Gesicht aufschlagen, dass ich es schmerzvoll verziehe. Mein Mantel hat sich nach kurzer Zeit vollgesaugt und drückt mich mit seinem Gewicht zu Boden. Wasser läuft in Rinnsalen den Hang hinunter, schwemmt Blätter und kleine Steine mit sich. Meine Beine sind schwer wie Blei, meine Schritte werden langsamer. Es kostet mich unendlich viel Kraft, weiterzugehen. Ich habe keine Wahl. Wenn ich weitergehe, werde ich die Hütte finden. Ich muss einfach.

Ich habe die Hoffnung schon fast aufgegeben, da sehe ich ein Licht in der Ferne. Hinter der Regenwand leuchtet es nur schwach. Ich lache und weine gleichzeitig, während ich einen Fuß vor den anderen setze. Zuerst nur langsam, dann immer schneller. Ich erkenne ein zweites Licht. Zwei Fenster. Eine Hütte. Ich überlege nicht, laufe geradewegs auf die Tür zu.

Kapitel 25

Jetzt

Ich stehe mitten in der Hütte. Die Bilder der aufgeschlitzten Tiere an den Wänden fallen mir als Erstes ins Auge. Ihre Schatten flattern bedrohlich im Licht der Öllampe. Dazwischen hängt ein Foto von Annas Vater in Gummistiefeln, neben ihm der leblose Körper eines Hirschs. Erst dann entdecke ich Anna zusammengekauert auf dem Bett, mir den Rücken zugewandt. Suchend schweift mein Blick durch den Raum.

»Wo ist Leonie?«, frage ich. Anna antwortet nicht. Der Regen trommelt aufs blecherne Dach und übertönt alle anderen Geräusche. Sie muss den Wind gespürt haben, der durch die Hütte zieht, denn plötzlich dreht sie sich um. Ihr Gesicht ist tränenüberströmt, die Mascara verlaufen. In den Armen hält sie Leonie, nur mit einer Windel bekleidet. Ich schlage eine Hand vor den Mund und ersticke den Schluchzer, der daraus zu entfliehen versucht. Mit zwei großen Schritten bin ich bei ihr, strecke die Hand aus, um sie zu berühren und sie zu mir zu nehmen. Mitten in der Bewegung halte ich inne. Etwas stimmt nicht. Ich schaue Leonie genauer an. Sie liegt nicht in Annas Armen, sie hängt darin, den Kopf unnatürlich nach hinten gebeugt. Es kostet mich unendlich viel Kraft, nicht niederzuknien und mich zu übergeben. Ich entreiße ihr Leonie, ohne auf Widerstand zu stoßen. Ihre Finger sind eiskalt. Auch der restliche Körper fühlt sich kühl an. Panik überkommt mich. Bin ich zu spät?

»Leonie, wach auf«, flüstere ich, bittend, flehend, aber sie reagiert nicht. Ich halte die Hand vor ihre Nase und warte auf ein Zeichen, dass sie lebt. War das eben gerade ein Atemzug oder bloß der Wind? Ich presse meine Hand auf ihre Brust. Den Herzschlag spüre ich, wenn auch nur schwach. Ich greife nach der Decke über einer Stuhllehne, wickle Leonie darin ein und drücke sie an mich. Sie ist kalt. So kalt.

»Warum hast du das getan?«, flüstere ich erstickt und schaue auf. Anna reagiert nicht, starrt teilnahmslos durch mich hindurch. Hört sie mich nicht oder will sie mich nicht hören? Dann schreie ich: »Warum hast du das getan!«

Annas Schultern beben, aber sie bleibt stumm. Wo ist die Rettungsflugwacht? Ich kann nicht mit Leonie den Berg hinunterrennen. Es ist zu dunkel und der Weg zu weit und zu steil. Bis ich bei einer der Ferienwohnungen angelangt bin und telefonieren kann, ist es zu spät. Hier bleiben ist auch keine Option. Sie braucht Insulin! Wenn sie keines bekommt, dann … Nach und nach realisiere ich, was das bedeutet. Meine Tochter wird sterben. Ich drücke mein Gesicht an ihre Wange und wiege sie im Arm, schluchze und heule, beides gleichzeitig. Die Angst, Leonie zu verlieren, drückt meine Kehle zusammen und nimmt mir die Luft zum Atmen. Immer wieder halte ich die Hand vor Leonies Nase und auf ihre Brust, um

Atmung und Puls zu überprüfen. Sie atmet. Ihr Herz schlägt. Wie lange noch? Wenn ich gewusst hätte, dass mir nur sechs Monate mit meiner Tochter vergönnt sind, hätte ich nicht mehr geschlafen. Ich wäre die ganze Nacht wach geblieben und hätte ihr Gesicht studiert. Ihre Augenbrauen, die schon jetzt dieselbe Form haben wie meine. Ihre Nase und das Kinn wie bei Marc. Der kleine rosarote Mund mit den Sabberbläschen. Meine Leonie.

Ich weiß nicht, wie lange ich zitternd und heulend auf dem Boden gesessen und Leonie an mich gedrückt habe, mich immer wieder versichert habe, dass sie noch atmet. Irgendwann lässt der Regen nach. Sanft tröpfelt er aufs Dach, als bitte er um Erlaubnis, auf die Erde fallen zu dürfen. Nur in mir tobt der Sturm weiter. Die bissige Kälte dringt ungehindert durch die Ritzen im Holz. Ich senke den Blick auf den Boden und da sehe ich sie. Leonies Rasselsocken. Nicht nur eine, sondern zwei liegen neben dem Herd im Dreck. Fragend schaue ich Anna an. Sie blinzelt, öffnet den Mund und schließt ihn wieder. Demütig. Schuldbewusst. Wie damals im Kindergarten, als sie, ohne zu fragen, die Hälfte meines Pausenbrotes gegessen hat. Ich sehe sie vor mir mit den zwei Pferdeschwänzen, auf unterschiedlicher Höhe zusammen gebunden. Wie sie den Kopf gesenkt hielt und kein Wort sagte. Ich greife nach den Socken. Ein blechernes Scheppern ertönt, wie damals, als Leonie mit genau diesen Socken an den Füßen strampelte.

»Ich wollte sie nur zurückbringen«, stammelt Anna. »Die zweite Socke. Sie lag auf der Quartierstraße. Ich wollte sie wirklich nur zurückbringen.«

Ich schlucke leer.

»Ich habe geklopft«, fährt sie fort. »Du hast nicht aufgemacht. Leonie schlief und ich wollte sie nicht wecken, so habe ich die Tür aufgeschlossen.«

Ich horche auf. »Du hast was?«

»Die Tür aufgeschlossen.«

»Wie?«

Sie greift in ihre Hosentasche und holt etwas Silbriges hervor. Ich schlage die Hand vor den Mund. Der Schlüssel zu unserem Haus liegt klein und unschuldig in Annas Handfläche.

»Woher …«

»Du warst so beschäftigt mit deinen Gästen gewesen. Ich hatte noch den Schlüssel zu eurer Stadtwohnung und dachte, es wäre in deinem Sinn, wenn ich ihn gegen den eures Hauses austausche.«

»Mit welchen Gäs…« Mitten im Wort halte ich inne, weil mir klar wird, wovon sie spricht. Ich erinnere mich an die Hauseinweihung und wie ich beim Schlüsselbrett stehen geblieben war und mir nicht erklären konnte, warum der Schlüssel aus der Stadtwohnung dort hing. Anna kriecht auf mich zu, hält aber mitten in der Bewegung inne.

»Ich wollte Leonie nicht mitnehmen, wirklich nicht. Es ist einfach passiert.« Ihr Blick huscht von Leonie zu mir und wieder zurück. Unzählige Male, als würde sie nicht realisieren, was gerade geschieht. Sie ist nur noch ein Schatten. Von der einst so selbstbewussten Frau ist nichts übrig geblieben. Vor einem Jahr hätte sie mich in den Arm genommen, mir über den Rücken gestreichelt und mir zugeflüstert, dass sich alles zum Guten wenden würde. Damals hätte ich es zugelassen. Ich hätte ihr geglaubt. Jetzt nicht mehr.

Ich spüre alles, was ich bisher ausgeblendet habe. Die nassen Kleider auf meinem Körper. Die Kälte auf meiner Haut. Die Müdigkeit in meinen Gliedern. Sie legt sich auf mich und drückt mich zu Boden wie mein nasser Mantel. Am liebsten hätte ich dem Impuls nachgegeben, mich einfach auf das Holz sinken zu lassen und einzuschlafen. Wenn nicht dieses Geräusch wäre. Es ist nicht das Zischen des Windes, sondern das gleichmäßige Rattern von Rotoren. Die Rettungsflugwacht! Ich rapple mich auf und stürze aus der Hütte. Tatsächlich! Am Himmel blinkt das rote Licht eines Helikopters, bereit zur Landung. Ich renne auf das Licht zu, Leonie fest an mich gedrückt, stolpere mit kribbelnden Beinen durch Gebüsch und Gestrüpp, mit der Schulter voran. Immer wieder schaue ich nach dem Licht, überprüfe so, ob ich noch auf Kurs bin. Die Bäume um mich herum werden weniger, plötzlich stehe ich auf einer Wiese, wo der Helikopter zur Landung ansetzt. Zwei Männer in orangenen Leuchtwesten springen aus der Kabine.

»Hier sind wir!« Meine Stimme kämpft gegen den Lärm der Rotoren an. Die beiden Männer laufen mit der Trage in die falsche Richtung. Ich höre nicht auf zu rufen und renne weiter. Einer der beiden dreht sich um und entdeckt mich. Als sie auf mich zukommen, strecke ich ihnen Leonie entgegen, als würden Bruchteile einer Sekunde über Leben und Tod entscheiden.

»Diabetes«, schreie ich. »Es besteht der Verdacht auf Diabetes Typ eins!«

Der Sanitäter nickt und legt Leonie auf die Trage. Der andere Mann, wahrscheinlich der Notarzt, kontrolliert Leonies Puls und Atmung, so wie ich vorhin. Dann testet er ihre Reflexe, doch Leonie reagiert nicht. »Die Patientin ist komatös«, stellt er fest und berührt ihren Rücken. »Wahrscheinlich unterkühlt.«

Das Diabeteskoma. Ich erstarre. Der Sanitäter schließt sie an einen Monitor. Ein leises Piepen ertönt. Unterdessen desinfiziert der Notarzt eine Stelle auf Leonies Kopf und legt einen Zugang. Leonie, die beim Blutabnehmen geschrien hat, als ginge es um ihr Leben, bleibt still.

Da verschwindet das Piepsgeräusch. An dessen Stelle tritt ein monotoner, lang gezogener Ton. Ich versuche, zu erfassen, was geschieht. Ohne ein weiteres Wort legt der Arzt zwei Finger auf Leonies Brust und drückt zu. Immer wieder dieselbe Bewegung im Takt ihres Herzens, das nicht mehr von selbst schlägt. Ich bin wieder im Kreißsaal und liege auf dem Bett. Vergangenheit und Gegenwart verschmelzen. Ein Schrei löst sich aus meiner Kehle. Ich schreie, im Kreißsaal, im Wald, beides gleichzeitig. Leonie wird sterben und ich kann nichts tun, außer zusehen. Kurz hole ich Luft und lege alle Kraft in den nächsten Schrei, für Leonie, weil sie es nicht kann, schreie alles aus mir heraus. Ich huste und keuche, stütze mich auf den Knien ab. Noch nie in meinem ganzen Leben habe ich mich so hilflos gefühlt. Nur danebenzustehen und zuzusehen, nichts tun zu können, um Leonie zu helfen. Es fühlt sich an, als wäre das Leben auch aus mir gewichen.

Von weit weg dringt ein Piepsen an mein Ohr. Ich öffne die schweren Augenlider und blinzle. Leonie liegt auf der Trage, in eine Wärmedecke gewickelt. Neben ihr ein Monitor, der zackige Kurven aufzeichnet. Ihr Herzschlag! Leonie lebt! Ich habe keine Zeit, mich zu erholen. Der Sanitäter zieht mich am Arm in den Helikopter und drückt mir ein Paar Ohrenschützer in die Hände. Ich sinke auf den Sitz, den er mir zuweist, und setze sie auf. Die Rotoren drehen schneller. Wir heben ab und fliegen durch die Nacht.

Eine Kinderkrankenschwester brachte mich in den Warteraum vor der Intensivstation und drückte mir einen Becher Tee in die Hand. Leonies Anblick, wie sie im grellen Licht der Deckenspots dalag, schutzlos und ausgeliefert, war nach der Reanimation im Wald mehr gewesen, als ich ertragen konnte. Mein Hals kratzt und die nasse Kleidung klebt auf meiner Haut. Immer wieder stehe ich auf und laufe im Warteraum umher. Die Kinderkrankenschwester bleibt sitzen und mustert mich. Ich bin ihr dankbar, dass sie es bei zwei Versuchen, mich mit einem Gespräch abzulenken, belassen hat. Meine Gedanken sind auf der anderen Seite der Wand, wo die Ärzte sich über Leonie beugen und in einer unerträglichen Hektik Befehle verteilen. Überall sind Hände, Nadeln und Flüssigkeiten in sterilen Behältern. Ich bin hier und kann nichts weiter tun, als zu warten und zu erahnen, wie es Leonie jetzt geht, was die Ärzte mit ihr machen. Ich stelle den Becher Tee auf den Stuhl neben mir.

Eine Frau im weißen Kittel stürmt aus dem Zimmer, in das Leonie zuvor hineingeschoben wurde. Ich richte mich auf und erwarte, dass sie mich holt und zu meiner Tochter bringt. Stattdessen entfernt sie sich in schnellem Schritt. Ich schaue ihr nach, bis sie in einem anderen Zimmer am Ende des Ganges verschwindet. Kurz darauf wieder eine Frau, diesmal im blauen Kittel, und erneut die Hoffnung auf Neuigkeiten. Wieder nichts. Ich wünschte, Marc wäre hier. Gleich nach der Ankunft im Krankenhaus habe ich ihn mit dem Telefon, das mir die Kinderkrankenschwester geliehen hatte, angerufen und ihm alles erzählt. Er hatte versprochen, sofort zu kommen. Unser Auto steht noch auf dem Wanderparkplatz, weswegen er den öffentlichen Verkehr nutzen muss. Fahren um diese Zeit überhaupt noch Busse? Ich sinke auf dem Stuhl zusammen. Wie lange sitze ich bereits hier? Die Zeit vergeht nur zähflüssig und gleichzeitig rasend schnell. Ich habe jegliches Gefühl dafür verloren. Wieder ertönen Schritte auf dem Gang. Ich erkenne sie sofort, niemand läuft so entschlossen wie mein Mann.

»Marc!«, rufe ich. Ich renne auf ihn zu und klammere mich an ihn wie an einen Rettungsring. Als könnte er mich herausziehen aus dem Sumpf, in dem ich so tief stecke.

»Isa!« Er drückt mich so fest, als wolle er mich nie wieder loslassen. »Wo ist Leonie?«

Ich schaue auf. Die Haut um seine Augen ist rot und fleckig, als hätte er geweint.

»Auf der Intensivstation.« Ich zeige auf das rote Schild mit der Beschriftung »Bitte draußen warten«.

Die Kinderkrankenschwester lächelt mich an und lässt Marc und mich allein. Wir setzen uns in den Wartebereich.

»Leonie wird es schaffen.« Seine Stimme ist fest und duldet keinen Widerspruch. »Sie hat schon einmal bewiesen, wie stark sie ist, und sie wird es ein zweites Mal tun.«

Mir fehlt die Kraft zu antworten, so nicke ich. Er hat recht. Leonie ist eine Kämpferin, deswegen haben wir sie so genannt. Sie kämpft wie eine Löwin, heute wie damals.

Als das nächste Mal jemand die Intensivstation verlässt, widme ich dem erst keine besondere Aufmerksamkeit. Zu oft gingen Ärzte und Pflegepersonal ein und aus, ohne mich zu beachten. Dieses Mal jedoch kommt die Frau zu uns. Ihre kurzen Haare stehen auf alle Seiten ab und sie wirkt, als hätte sie eine dreißigstündige Schicht hinter sich.

»Ich bin Dr. Reinhardt, die leitende Oberärztin. Sind Sie die Eltern von Leonie?«

»Wie geht es ihr?« Ich springe auf und unterdrücke den Impuls, sie am Kragen zu packen, um die Worte aus ihr herauszupressen.

»Sie ist stabil.«

Stabil. Leonie ist stabil. Die drei Worte sickern langsam in mein Bewusstsein und setzen sich dort fest. Ich wiederhole den Satz wieder und wieder, bis ich die Bedeutung vollends erfasse: Leonie schwebt nicht mehr in Lebensgefahr. Erst jetzt, als mein Herz ganz leicht wird, merke ich, wie schwer es vorher war.

»Können wir zu ihr?«, fragen Marc und ich gleichzeitig.

Die Mundwinkel der Ärztin, deren Namen ich schon wieder vergessen habe, heben sich. »Natürlich.«

Wir folgen ihr auf die Intensivstation. Der Raum ist nur spärlich beleuchtet. Ich luge über die Schulter der Ärztin auf der Suche nach Leonie. Gelbe Trennvorhänge sind an der Decke befestigt und erwecken den Eindruck von riesigen Duschkabinen. Mein Blick huscht hin und her, überall Gitterbetten mit Babys, an der Wand Magnettafeln mit ihren Namen. Mia, Lars, Julia in großen, farbigen Buchstaben. Ich klappere die Namen ab und entdecke Leonies, bevor wir bei ihrem Bett angelangt sind. Sie liegt nur mit einer Windel bekleidet in der hintersten Ecke, direkt am Fenster. Zwei Schläuche sind an ihrem Arm befestigt. Ein Kabel führt von ihrer Hand zu einem Monitor, der wellenförmige Kurven aufzeichnet. Leise Schluchzer dringen aus meiner Kehle. Ich lehne mich über das Gitter und wage es nicht, sie anzufassen. Inmitten des Kabel- und Schlauchgewirrs wirkt sie so klein, so zerbrechlich. Ein so unschuldiges Lebewesen gehört nicht hierhin. Marc stellt sich auf die andere Seite und greift wie selbstverständlich nach Leonies Hand.

»Ihre Tochter befindet sich in einem diabetischen Koma«, erklärt die Ärztin und kontrolliert gleichzeitig die Werte auf dem Monitor. »Sie hat auf dem Weg hierher intravenös eine Elektrolytlösung erhalten. Wir geben ihr innerhalb der nächsten vierundzwanzig Stunden immer wieder kleine Mengen Insulin, damit der Blutzucker nicht zu schnell und zu stark sinkt. Ihre Werte normalisieren sich bereits, wir möchten sie jedoch gern zur Beobachtung weiter auf der Intensivstation behalten.«

»Wird sie wieder aufwachen?«, frage ich.

»Die Chancen stehen gut, doch wir müssen die nächsten Stunden abwarten und schauen, wie sie auf die Therapie reagiert. Mehr kann ich Ihnen zum jetzigen Zeitpunkt leider nicht sagen.«

Wieder spüre ich die Tränen und drücke Leonies Hand. »Dürfen wir hierblieben? Ich möchte da sein, wenn sie aufwacht.«

»Sie dürfen bleiben, solange Sie wollen.«

»Haben Sie vielleicht Ersatzkleidung für meine Frau?«, fragt Marc und zeigt auf meinen feuchten Pullover, der wie eine zweite Haut an mir klebt. Ich merke, dass ich zittere, trotz der Wärmelampe über Leonie.

»Auf der Erwachsenenstation findet sich bestimmt etwas Passendes«, sagt die Ärztin. Kurz später bringt sie mir ein Krankenhaushemd und eine Decke.

»Geh ruhig.« Marc nickt mir aufmunternd zu, als er merkt, dass ich mich nicht von der Stelle bewege und Leonies Hand fest umklammert halte. »Leonie passiert hier nichts.«

Es dauert einen Moment, bis ich mich von ihr löse. Ich flüstere ihr zu, dass ich gleich wieder bei ihr bin, und gehe aus dem Zimmer. In der Toilette schäle ich mich aus den nassen Sachen, trockne mich ab und ziehe mich um. Weiß steht mir nicht, denke ich, als ich mich im Spiegel sehe. Zwischen meiner Haut und dem Hemd bestehen keine Kontraste. Nur die blauen Augenringe stechen hervor und wirken im Schein der erbarmungslosen Deckenlampe wahrscheinlich schlimmer, als sie sind. Ich bin so müde, als hätte ich tagelang nicht geschlafen. Die Wanderung zur Hütte hat meine letzten Kraftreserven aufgebraucht. Haarsträhnen kleben mir im Gesicht. Ich streiche sie nach hinten und flechte einen lockeren Zopf.

Als ich wieder ins Zimmer komme, hält Marc zwei dampfende Becher in den Händen. Ich rieche Kaffee, doch in dem Becher, den er mir hinhält, hängt ein Teebeutel. Ich greife danach, setze mich neben Marc und betrachte Leonie. Die Müdigkeit lässt mich alles wie durch einen Schleier wahrnehmen. Leonie liegt hier, neben uns. Auch wenn sie gerade mit Medikamenten vollgepumpt ist und zig Schläuche zur Versorgung benötigt, glaube ich daran, dass alles gut wird. Ich betrachte sie und wehre mich gegen meine zufallenden Augenlider.

»Schlaf ruhig«, flüstert Marc. »Ich wecke dich, wenn sie aufwacht.«

»Und wann schläfst du?«

»Wenn du nicht mehr müde bist.«

Einen Moment lang sträube ich mich dagegen, bis ich merke, dass es keinen Sinn hat. Dann kippe ich den Stuhl nach hinten. Kurz bevor ich einschlafe, geht mir der Gedanke durch den Kopf, dass es tatsächlich Anna war. Sie hatte den Schlüssel zu unserem Haus mit dem der Stadtwohnung ausgetauscht, im Glauben, es wäre in Ordnung, da wir immer die Ersatzschlüssel voneinander hatten. Ich habe nicht vergessen, die Tür abzuschließen. Die Last der Schuld, die auf mir gelegen hat, verschwindet und ich dämmere langsam weg.

Kapitel 26

Jetzt

Vor meinen Lidern flackert es. Mein rechtes Bein ist eingeschlafen und kribbelt unangenehm. Ich blinzle, hebe eine Hand vor meine Augen, um das grelle Licht abzuschirmen. Ich bin im Krankenhaus. Leonie liegt vor mir in einem Gitterbett und Marc gekrümmt im Stuhl daneben, das Kinn auf der Brust und die Hand auf ihrem Arm. Beide haben die Augen geschlossen. Der Anblick wärmt mich von innen und gleichzeitig versetzt er mir einen Stich. Gestern kreisten meine Gedanken so sehr um Leonie, dass ich alles andere verdrängt hatte. Alles, was Marc und Anna mir angetan haben. Nie wieder werde ich Marc anschauen können, ohne dass Anna vor meinem inneren Auge auftaucht und mich daran erinnert. Der Sessel knarrt, als ich aufstehe und mich über Leonies Bett beuge. Von dem Geräusch wacht Marc auf. Er reibt sich in den Augen und scheint im ersten Augenblick nicht zu wissen, wo er ist.

»Ich muss eingeschlafen sein«, murmelt er. »Tut mir leid.«

»Wir sind auf der Intensivstation. Falls etwas mit Leonie nicht in Ordnung sein sollte, wären die Krankenschwestern innerhalb von Sekunden an ihrem Bett.«

»Das stimmt.« Er lächelt. »Ich brauche einen Kaffee. Möchtest du auch etwas?«

»Nein, danke.«

Marc verschwindet aus meinem Blickfeld, aber das Bild von ihm und Anna bleibt. Ich schüttle den Kopf, um es zu vertreiben. Ich will jetzt nicht an die beiden denken, sondern mich auf Leonie konzentrieren. Wenn sie so ruhig daliegt, die kleinen Fäuste nahe beim Mund, sieht sie so zerbrechlich aus, dass ich mich fast nicht getraue, sie zu berühren. Leonie ist mein Ein und Alles. Für sie habe ich meine Karriere aufgegeben und ich würde mich, wenn ich alles nochmals durchleben könnte, wieder genauso entscheiden. Nichts könnte die Erlebnisse mit Leonie jemals aufwiegen. Der Horizont fängt hinter den Häusern an zu glühen und färbt den Himmel blutrot. Ich lehne mich über das Bett und streichle ihren Arm. In dem Moment bewegt sich Leonie und öffnet die Augen.

»O mein Gott«, sage ich nur und kann die Tränen nicht mehr zurückhalten. »Leonie.«

Wie aus einem Traum erwacht, schaut sie sich mit großen Augen um, genau wie Marc vorhin. Verwirrt, weil sie nicht weiß, wo sie ist. Ihr Blick bleibt an mir hängen. Es ist fast wie nach der Geburt, als wir uns zum ersten Mal gesehen haben. Die Verbindung zwischen uns ist sofort wieder da. Ich weine und lache, beides gleichzeitig. Ihre blonden Haare glänzen wie Gold in der Sonne, die mittlerweile über dem Horizont steht. Ich schnuppere an ihrem Köpfchen, atme den Duft von Karamell ein. Nach so langer Zeit der Trennung riecht sie noch besser als in meiner Erinnerung. Ich lege meine Wange auf ihr Haar. Im Augenwinkel erscheint die zuständige Kinderkrankenschwester.

»Sie ist aufgewacht«, flüstere ich.

»Offensichtlich.« Sie wirft einen Blick auf den Monitor und streicht an den Handinnenflächen und Fußsohlen entlang. Leonie gibt nur leise Geräusche von sich. Trotzdem fließt Milch aus meinen Brüsten und durchtränkt das Krankenhaushemd.

»Soweit alles gut. Ich rufe gleich einen Arzt.«

»Darf ich sie stillen?«

»Ja, sie wird ohnehin überwacht. Zu Hause allerdings werden Sie die Menge an getrunkener Milch genau bestimmen müssen, damit Sie wissen, wie viel Insulin Ihre Tochter braucht.« Sie macht eine kurze Pause, als müsste sie überlegen, was sie noch sagen soll. »Ich organisiere ein Gespräch mit einem Experten, der Sie schulen wird, wie Sie mit der Diabeteserkrankung Ihrer Tochter umgehen können.«

Die Freude darüber, dass Leonie wieder wach ist, hat mich vergessen lassen, was uns bevorsteht. Insulin. Diabetes. Unser Leben wird sich komplett verändern. Ich streichle Leonie die Härchen aus der Stirn. Sie schaut mich immer noch an. Und dann lächelt sie. Nur leicht, aber es reicht, dass mich eine Welle der Zuversicht durchflutet. Wir haben schon so viel durchgestanden. Mit Diabetes kann Leonie leben und ich auch. Das ist alles, was zählt.

Marc kommt zurück und bleibt regungslos neben dem Monitor stehen. Sein Blick ist auf unsere Tochter gerichtet.

»Leonie«, flüstert er ungläubig. Plötzlich steht er neben mir, umfasst ihren kleinen Körper. Ich halte sie sofort fester, will nicht, dass sie mir wieder genommen wird, wo ich sie doch erst wiederbekommen habe. Ich schaue auf in Marcs Gesicht und erkenne die Liebe in seinem Blick. Nie habe ich darüber nachgedacht, wie es ihm mit der Entführung ging. Nicht ein einziges Mal habe ich ihn gefragt, was er dachte, so sehr war ich mit mir selbst beschäftigt. Jetzt weiß ich es: Er hat genauso gelitten und in Angst gelebt wie ich. In dem Moment wird mir bewusst, dass sich etwas ändern muss. Obwohl ich Leonie am liebsten bei mir behalten hätte, überreiche ich sie Marc und schiebe die Hände unter die Oberschenkel.

»Meine kleine Leonie.« Marc presst seine Nase an ihren Kopf und schnuppert an ihr so wie ich zuvor.

Mir steigen wieder die Tränen in die Augen. Wer die beiden so sieht, Gesicht an Gesicht, kann nicht leugnen, dass es sich um Vater und Tochter handelt. Sie ist sein Ebenbild.

»Was sagen die Ärzte?«, fragt Marc.

»Es geht ihr gut. Sie bleibt vorerst auf der Intensivstation, bis die Blutzuckerwerte wieder im Normalbereich sind, und wird danach zur Beobachtung auf die Normalstation verlegt.«

Marc nickt und stupst Leonies Nase mit seiner an. Dann setzt er sich mit ihr auf den Stuhl und hält sie so fest, als hätte er Angst, sie könnte ihm sonst entgleiten. »Ich habe auch Neuigkeiten. Herr Gerber hat mich vorhin angerufen, weil er dich nicht erreichen konnte.«

»Was wollte er?«

»Anna war nicht mehr in der Hütte, als die Polizei eingetroffen ist.«

»Was?« Nur dieses eine Wort kommt aus meinem Mund und doch presst es mir die gesamte Luft aus den Lungen.

»Auch in der näheren Umgebung wurde sie nicht gefunden. Bevor er nach ihr fahnden lässt, möchte er nochmals mit dir sprechen, damit du bestätigst, dass Anna Leonie entführt hat.«

Anna ist auf freiem Fuß. Das ist das Einzige, das in meinem Kopf hängen bleibt. Sie könnte jederzeit in diesen Raum spazieren. Mein Blick huscht zur Tür. Was, wenn niemand sie bemerkt? Wenn sie Leonie erneut mitnimmt? Oder noch schlimmer: Wenn sie ihr etwas antut? Ich schaue mich um und plötzlich entdecke ich überall gefährliche Gegenstände. Ein Schlauch, mit dem sie Leonie erwürgen könnte. Eine Schere, die sie ihr in die Brust rammen könnte. Eine Decke, die sie ihr aufs Gesicht pressen und damit ersticken könnte. Was, wenn … Ich japse nach Luft. Eine Kinderkrankenschwester huscht ins Zimmer zum benachbarten Bett. Ich kralle die Hände ins Krankenhaushemd und ertappe mich dabei, wie ich sie mustere. Klein, blond, rundlich. Nein, das ist nicht Anna, selbst wenn sie eine Perücke aufgesetzt hätte. Die Erkenntnis trifft mich wie ein Schlag. Sie könnte nicht nur hier reinspazieren, sondern auch in unser Haus.

»Anna hat unseren Hausschlüssel. Wir müssen das Schloss austauschen.«

»Ich kümmere mich darum.«

Kapitel 27

Jetzt

Ein paar Tage später dürfen wir Leonie endlich mit nach Hause nehmen. Marc steuert unseren Wagen auf den Parkplatz und schaltet den Motor aus. Nur Leonies leises Schnarchen durchbricht die Stille zwischen uns. Den ganzen Weg vom Krankenhaus bis hier haben wir kein Wort gesprochen. Immer wieder schaute Marc mich verstohlen von der Seite an, sagte aber nichts. Er will wissen, wie es mit uns weitergeht, was es zu bedeuten hat, dass ich mit Leonie nicht zu meiner Mutter gefahren bin, da bin ich mir sicher, auch wenn er nichts sagt. Marc räuspert sich und will nach meiner Hand greifen. Bevor er sie zu fassen bekommt, löse ich den Sicherheitsgurt und öffne die Tür. Ich kann jetzt nicht über uns reden. Nicht jetzt, wo ich doch selber nicht weiß, wie es weitergeht.

Kalte Luft streicht um meine Beine und Nieselregen rieselt in mein Gesicht. Schnell laufe ich um den Wagen und trage Leonie samt Babyschale ins Haus. Marc folgt mir mit einer Tasche vollbepackt mit Leonies Medikamenten, die wir auf dem Nachhauseweg in der Apotheke abgeholt haben. Im Haus riecht es nach neuen Möbeln, als wären wir seit Wochen nicht mehr hier gewesen. Obwohl ich jetzt weiß, dass Anna einen Schlüssel hatte und so ins Haus gekommen ist, überprüfe ich nun bewusst, ob ich tatsächlich abgeschlossen habe. Dann hebe ich Leonie aus der Babyschale. Eine innere Unruhe ergreift mich. Ich wandere im Haus herum, gehe von einem Raum zum nächsten. Im Schlafzimmer liegen die Bettdecken zusammengefaltet auf der Matratze, die Schlafanzüge auf den Kissen. Die Gardine flattert im Zugwind des gekippten Fensters. Mit klopfendem Herzen luge ich hinter die Tür. Nichts, außer einem Spinnennetz an der Decke. Ich arbeite mich weiter vor, schaue in Schränke und hinter die blickdichten Vorhänge. Jede Faser meines Körpers steht unter Spannung. In den anderen Zimmern und im Keller gehe ich gleich vor, mit demselben Ergebnis. Außer Marc, Leonie und mir befindet sich niemand im Haus. Erst jetzt atme ich auf.

Leonie rekelt sich in meinem Arm und öffnet die Augen. Bestimmt hat sie Durst. Ich wiege sie und notiere ihr Gewicht. Dabei muss ich aufpassen, dass das Gerät an ihrer Hose nicht runterfällt. Mittels eines Katheters ist die Insulinpumpe mit ihr verbunden und gibt kontinuierlich kleine Dosen Insulin ab, damit Leonie rund um die Uhr optimal versorgt ist. So müssen wir ihr nichts spritzen. Marc zieht sich unterdessen lautlos in sein Büro zurück. Wieder auf dem Sofa löse ich den Verschluss des Still-BHs und lege Leonie an meine Brust. Sie saugt ein paar Mal und schon ist es da, dieses Kribbeln in der Brustwarze, wenn die Milch einschießt. Kurz darauf trinkt sie mit großen Schlucken. Seit ich Leonie wieder stille, ist der Knoten in der Brust verschwunden. Erstaunlich und auch wieder nicht, denn keine Milchpumpe der Welt ist so effektiv wie das Saugen eines Babys. Ich lehne den Kopf ans Polster und schließe die Augen. Eine Hand liegt auf Leonies Rücken, die andere auf ihrem Kopf. Die Anspannung der letzten Tage fällt von mir ab. In diesem Moment gibt es nur noch Leonie und mich. Das nie mehr erleben zu dürfen, wäre unerträglich gewesen. Trotzdem kann unser Ritual nicht darüber hinwegtäuschen, dass jetzt alles anders ist. Das letzte Mal, als ich sie auf diesem Sofa gestillt habe, wäre ich nie darauf gekommen, dass Anna mir Leonie wegnehmen würde. Ich hatte keine Vorstellung davon, wie es sein würde, um das Leben meiner Tochter zu bangen, dass der ganze Körper schmerzen konnte, ohne sich verletzt zu haben, weil sie nicht mehr da ist. Das letzte Mal mit Leonie auf dem Sofa wusste ich noch nicht, dass Marc mit Anna geschlafen hat. Ausgerechnet jetzt, wo wir nach den schwierigen ersten Monaten nach Leonies Geburt näher zueinander gerückt waren, hat er uns dadurch wieder auseinandergetrieben. Die Müdigkeit überkommt mich. Ich bin erleichtert und traurig zugleich. Leonie ist bei mir, dafür sind Marc und Anna ganz weit weg.

Mein Handy vibriert, lang genug, dass ich aufwache. Ich blinzle und reibe den Schlaf aus den Augen. Meine Blase drückt, als wäre ich seit Stunden nicht mehr auf der Toilette gewesen. Leonie liegt auf meinem Bauch und schnarcht leise. Ich lächle und streiche ihr über die Haare, dann greife ich nach dem Handy. Es erinnert mich daran, dass Herr Gerber heute Nachmittag vorbeikommt. Er will mit mir über Annas Verschwinden sprechen. Am liebsten würde ich ihm absagen. Wie soll ich ihm weiterhelfen, wo ich doch selbst keine Ahnung habe, wohin sie geflüchtet sein könnte. Anna ist mir fremd geworden, ihre Handlungen unberechenbar. Sie hat mir zwar erklärt, dass sie nie geplant hatte, Leonie zu entführen. Warum hat sie es trotzdem getan? In meinem Magen grummelt es und der Druck auf meine Blase wird größer. Ich schiebe Leonie samt Stillkissen aufs Sofa und bette sie so, dass sie nicht herunterfällt, wenn sie sich dreht.

Auf dem Weg zur Toilette bemerke ich, dass die Tür zu Marcs Büro leicht offen steht. Ich stoße sie auf. Der Bürostuhl ist leer, das Licht der Leselampe beleuchtet die Zeitung auf dem Schreibtisch. Ich trete näher und betrachte das Geschriebene. Es ist nicht die Finanzzeitung, die er normalerweise liest, sondern das Käseblatt der Region. Niemand schaut es an und dennoch wird es zweimal pro Woche zugestellt. Mein Blick fällt auf die Überschrift: »Stellenanzeigen«. Einige Inserate sind mit gelbem Leuchtstift markiert. Verwirrt schüttle ich den Kopf. Was hat das zu bedeuten? Die Toilettenspülung ertönt, danach die Tür zum Bad. Ich drehe mich um, als hätte ich Marcs Anwesenheit im Zimmer gespürt. Er steht im Türrahmen, den Kopf zwischen den Schultern vergraben.

»Was ist das?«, frage ich und zeige auf die Zeitung.

»Ich wollte nicht, dass du das siehst.«

»Warum schaust du dir Stellenanzeigen an?«

Er weicht meinem Blick aus. »Mir wurde gekündigt.«

»Gekündigt?«

Er nickt. In seinen Augen ist ein Ausdruck von Schmerz und Verlust, den ich sonst nur von Angehörigen auf Beerdigungen kenne.

»Aber warum?«

»Die Sparrunde«, sagt er nur.

Ich erinnere mich an die hitzigen Gespräche, die er vor ein paar Tagen am Telefon geführt hat, und an die Drohung seines Chefs, ihn bei der nächsten Sparrunde rauszuschmeißen. Marc muss nichts erwidern, denn ich kenne die Antwort. Wie ein Stromschlag fährt der Gedanke durch meinen ganzen Körper und lässt ein Kribbeln in meinen Fingerspitzen zurück. »Weil du hier bist, statt im Büro?«

»Weil ich hier bin, statt im Büro.«

Er schaut mich an und ich sehe den Mann durchblitzen, der damals mein Herz erobert hat. Der Mann, der für das, was er liebt, bedingungslos einsteht. Er ist hier, bei mir und Leonie, hat seinen Traum, Geschäftsführer zu werden, aufgegeben, um für uns da zu sein. Ich gehe auf ihn zu und hebe die Hand. Mitten in der Bewegung verharre ich. Das Bild von Marc und Anna dringt in mein Bewusstsein und schiebt sich zwischen uns. Die beiden in ihrem Bett, Marcs Lippen auf ihren, er in ihr. Statt ihm über die Wange zu streicheln, wie ich es instinktiv vorhatte, lasse ich die Hand wieder sinken.

»Wie geht es dir damit?«, frage ich stattdessen.

»Es ist in Ordnung.«

»Wirklich?«

»Ich suche mir einen Job in der Umgebung. So bin ich immer in eurer Nähe, falls etwas ist.«

Ich nicke. »Das ist eine gute Idee.«

Stumm bleiben wir voreinander stehen.

»Isa?«

»Hm?«

»Verzeihst du mir?«

Ich schaue auf und blicke in seine Augen, die mich hoffnungsvoll anschauen. Er hat zwar bewiesen, dass ihm die Familie wichtiger ist als der Job, aber seine Einsicht kommt zu spät. Genau wie er zu spät zur Hochzeit kam und zu spät zu Leonies Geburt. So wie er immer zu spät war. Als er mir das Versprechen abnahm, bei ihm zu bleiben, egal, was passiert, glaubte ich, es ginge um Leonie. Es hat keine Bedeutung mehr. Nach dem turbulenten letzten Monat sehne ich mich nach Beständigkeit, nach etwas, das bleibt. Ich würde ihm seinen Seitensprung gern verzeihen, vor allem wegen Leonie. Marc ist ihr Vater, sie soll nicht ohne ihn aufwachsen müssen. Aber das Bild von Anna und ihm vor meinen Augen hält mich davon ab.

»Ich weiß nicht, ob ich das kann.«

Die Hoffnung verschwindet aus Marcs Blick. Es war nicht die Antwort, die er sich gewünscht hat. Das Klopfen an der Tür unterbricht uns. Es kommt mir gerade recht, dass Herr Gerber zu früh ist. Ich presse die Lippen zusammen und zucke entschuldigend mit den Schultern. In stillem Einverständnis gehe ich an die Tür und öffne. Es trifft mich wie ein Schlag in die Magengrube. Es ist nicht Herr Gerber, sondern Anna.

Kapitel 28

Jetzt

Annas Haare kleben strähnig an ihrem Kopf. Die kastanienbraune Farbe schimmert fast schwarz im Nieselregen. Das Klopfen hätte mich warnen sollen. Niemand sonst klopft, wenn man auch klingeln könnte. Nur sie. Ehe ich mich versehe, schießt Marc an mir vorbei, packt Annas Arm und dreht ihn auf ihren Rücken. Anna schreit vor Schmerz und verzieht das Gesicht. Der Beutel, den sie in der Hand hielt, fällt dumpf auf den Boden.

»Wie kannst du es wagen, hier aufzutauchen?«, brüllt Marc. »Hast du nicht genug Schaden angerichtet?«

Bei ihrem Anblick regt sich etwas in mir, das ich nach all dem, was passiert ist, nicht erwartet hätte: Mitleid. Mein Leben lang habe ich Anna beschützt und sogar in diesem Moment fühle ich mich für sie verantwortlich.

»Marc.« Meine Stimme geht in seinem Wortschwall unter. »Hör auf!«

Marc hält inne und schaut mich mit erhobenen Augenbrauen an. »Aber …«

»Warum bist du hier?«, frage ich, den Blick auf Anna geheftet.

»Um mit dir zu reden.« Sie hebt den Kopf und versucht, sich aufzurichten. Marc hält dagegen. »Nur ein paar Minuten. Bitte!«

Ein Teil von mir will ins Haus gehen, die Tür zuschlagen und sie für immer aus meinem Leben aussperren. Der andere Teil hat Fragen, will wissen, warum sie Leonie entführt und mit Marc geschlafen hat. »Marc, bitte lass uns kurz allein.«

»Auf gar keinen Fall! Nicht, nach allem, was sie …«

»Sie tut mir nichts, da bin ich mir sicher.« Ich fokussiere Anna, suche nach Bestätigung für die Worte, die mir so leichtfertig über die Lippen gekommen sind. Annas Miene hellt sich auf.

Marc zögert, dann tastet er sie ab und untersucht ihre Taschen und den Inhalt des Beutels auf dem gepflasterten Gehweg. Ihr Handy, ein paar Walnüsse und eine Packung Salzstangen fallen raus, aber keine Waffe, wie er wohl erwartet hätte.

»Fünf Minuten!« Er hebt den Zeigefinger, als würde er ein Kleinkind abmahnen. »Ich stehe am Fenster und beobachte dich.«

Ich trete nach draußen und schließe die Tür hinter mir. Das Blut rauscht in meinen Ohren. Ich schlucke zweimal leer und blinzle.

»Isabel.« Anna berührt meinen Arm und lässt ihn sofort wieder los, als wüsste sie, dass sie eine Grenze überschritten hat. Früher haben wir uns zur Begrüßung umarmt und hielten die Hand der anderen, wenn wir uns Mut zusprachen oder uns trösteten. Jetzt fühlt sich jede Berührung an wie eine Drohung.

»Warum?«, frage ich tonlos. »Warum nur?«

»Die Socke. Ich …« Sie kommt ins Stocken. Ihr Mund öffnet und schließt sich wie der eines Fisches an Land.

»Ich verstehe nicht, wie du mir das antun konntest. Ausgerechnet du!«

Sie zieht den Kopf ein, wirkt gleich ein paar Zentimeter kleiner.

»Wolltest du mich bestrafen, weil Marc sich für mich entschieden hat?«

»Du weißt davon?«

»Dass du mit ihm geschlafen hast?«, blaffe ich, als hätte Marc es mir aus freien Stücken erzählt. »Natürlich.«

»Es ist nicht so, wie es aussieht.«

»Wie sieht es denn aus?«

»Als ob ich dir absichtlich wehtun wollte.«

»Ob Absicht oder nicht spielt keine Rolle.« Meine Stimme bricht. Ich räuspere mich, um zu verbergen, wie nahe es mir geht.

»Ich liebe ihn. Ich habe ihn geliebt, seit ich ihn im Laufklub das erste Mal getroffen habe. Ich glaubte, mein Interesse träfe auf Gegenseitigkeit, doch als er dich kennenlernte, war ich nur noch Luft.«

»Und nach Leonies Geburt hast du deine Chance ergriffen und dich bei der erstbesten Gelegenheit an ihn herangeschmissen?« Anna schaut nur betroffen auf den Boden. »Ich weiß nicht mehr, wer du bist.«

»Die Schwangerschaft hat mich verändert. Ich …« Ihre Stimme bricht. Der Nieselregen sammelt sich auf ihrem Gesicht, sodass es aussieht, als wären winzige Tränen aus den Poren ihrer Haut getreten.

Ich kneife die Augen zusammen. »*Meine* Schwangerschaft hat *dich* verändert?«

Sie hält inne und starrt mich an, als wüsste sie nicht, wie sie ihre Gefühle in Worte fassen soll. Der Wind zischt um die Ecken des Hauses, zerzaust den viel zu langen Rasen in unserem Garten und fegt gewaltsam die letzten Blätter von den Bäumen.

»Marc hat dir von uns erzählt, aber nicht von …«

»Wovon redest du?«

»Ich war schwanger. Von ihm.«

Ich schnappe nach Luft, taumle nach hinten und halte mich an der Tür fest.

»Ich hatte eine Fehlgeburt.« Sie streicht den Mantel über ihrem Bauch flach.

Anna war schwanger, von meinem Mann. Alles dreht sich, weiter und weiter. Mir wird übel von den ewigen Karussellfahrten. Wann hört es endlich auf? Meine Beine sind weich wie Pudding und drohen, unter mir nachzugeben.

»Ich wusste nicht mehr weiter.« Anna fixiert mich, sucht nach Verständnis. »Weißt du, wie es sich anfühlt, wenn der Arzt dir sagt, das Herz schlage nicht mehr? Wie es ist, wenn dein Baby abgesaugt und dabei zerstückelt wird?«

»Ich weiß, wie es ist, ein Baby im Arm zu halten, das jeden Augenblick sterben könnte.« Die Wunden der Erlebnisse der letzten Tage sind nur mit einer dünnen Kruste überwachsen und reißen auf. Nun kann ich meine Gefühle nicht länger unterdrücken. Meine Schultern beben und ich fange an zu schluchzen. Auch Anna weint. Zuerst berührt sie mich wieder am Arm, dann zieht sie mich zu sich und hält mich fest. »Es tut mir so leid!«

Mir fehlt die Kraft, mich dagegen zu wehren. Unsere Körper beben im Gleichtakt, die Tränen auf ihrer Wange vermischen sich mit meinen. Ein Hauch Vanilleparfüm steigt in meine Nase. Ihre Nähe ist so vertraut und gleichzeitig so fremd. Wie eine Erinnerung, der ich ein letztes Mal erlaube, in mein Bewusstsein zu dringen. Ich verstehe sie. Auch ich lag im Krankenhaus auf der Liege mit taubem Unterleib. Ich hatte die Wahl, mein Kind abzutreiben oder zu bekommen. Sie nicht. Der Schmerz des Verlustes, gepaart mit all den Bürden, die sie in ihrem Leben zu tragen hatte, haben sie zu dem Menschen gemacht, der sie ist: eine Frau, die nichts mehr hat, außer sich selbst.

»Isabel, bitte verzeih mir!«, schluchzt sie.

Ich löse mich von ihr und wische mit dem Ärmel über meine feuchte Wange. Sie schaut mich mit demselben flehenden Blick an wie Marc zuvor. Er verrät, dass es ihr leidtut. Unendlich leid. Es gab eine Zeit, da waren wir unzertrennlich. Isabel und Anna, Anna und Isabel, fast wie Zwillinge. Unsere Freundschaft hat ein Band zwischen uns geknüpft, bestimmt für die Ewigkeit. Aber Anna hat Leonie entführt und sie dadurch in Lebensgefahr gebracht. Sie hat mit Marc geschlafen und mich verraten. Das Band ist gerissen, die zerfetzten Enden liegen zwischen uns. Sie lassen sich nicht mehr zusammenflicken, egal wie viel Mühe wir uns geben. Nie wieder könnte ich ihr vertrauen. Im Augenwinkel erkenne ich das Fahrzeug von Herrn Gerber, das in unsere Straße einbiegt und im Schritttempo auf uns zufährt.

»Verzeih du mir«, flüstere ich. Meine Maske bröckelt, in Annas Gesicht blitzt die Hoffnung auf, ehe sie den Polizeiwagen bemerkt. Herr Gerber steigt aus und kommt mit schnellen Schritten auf uns zu. Anna versucht nicht einmal, zu flüchten.

»Frau Reuter, Sie sind wegen Entführung einer Minderjährigen festgenommen. Sie haben das Recht zu schweigen …«

Ich höre ihm nicht mehr zu, verfolge aber jeden seiner Handgriffe. Wie er Anna zum Wagen führt. Wie er sie auf die Hinterbank drückt. Sie wehrt sich nicht, legt nur den Kopf an die Scheibe und starrt durch mich hindurch. Mein Herz pocht wie wild. Während ich dem davonfahrenden Wagen nachsehe, spüre ich, dass ein Abschnitt in meinem Leben zu Ende geht.

Kapitel 29

Ein Monat danach

Mit einer Tasse Tee setze ich mich aufs Sofa und kuschle mich in eine Decke. Leonie schläft zwischen Stillkissen und Sofalehne. Ihre Nase ist verstopft, weswegen jeder ihrer Atemzüge rasselt. Das Geräusch beruhigt mich. So kann ich mich jede Sekunde versichern, dass sie noch da ist. Ich blase den Dampf von meinem Tee und schlürfe einen Schluck.

Das Bild von Anna, wie sie von der Polizei abgeführt wird, lässt mich nicht los. Wäre es so weit gekommen, wenn ich mich nach der Geburt nicht von ihr abgewandt hätte? War mein Verhalten ausschlaggebend gewesen, dass bei Anna die Hemmschwelle gesunken und mein Mann kein Tabu mehr für sie war? Ich habe Marc bisher nicht auf Annas Schwangerschaft angesprochen, weil ich seine Antwort fürchte, bin mir aber sicher, dass sie ihn an jenem Tag auf dem Bahnsteig nicht um einen Job angebettelt hat. Viel wahrscheinlicher hat sie ihn mit der Schwangerschaft konfrontiert. Beim Gedanken, was er darauf erwidert haben könnte, steigen mir die Tränen in die Augen. Vielleicht hatte er ihr zur Abtreibung geraten, so wie mir. Auch wenn es gewesen wäre, um unsere

Familie zu schützen, rechtfertigt dies nicht, ein ungeborenes Leben zu zerstören. Lieber bleibe ich unwissend, als herauszufinden, dass es so war.

Lange sitze ich auf dem Sofa und starre vor mich hin. Ich trinke einen Schluck. Nun wäre der Tee weniger heiß, aber meine Lust darauf ist vergangen. Während ich die Tasse in die Spüle stelle, schweift mein Blick zum Fenster hinaus. Mitten in der Bewegung halte ich inne. Da steht sie wieder, diese Frau mit dem Muttermal. Die Frau, von der ich glaubte, sie hätte Leonie entführt. Mein Herzschlag beschleunigt sich. Herr Gerber ist der Spur nicht weiter nachgegangen, nachdem sich der Verdacht auf Anna verhärtet hatte. Wenn sie nicht meine Tochter im Visier hatte, was wollte sie dann?

Ich trockne die Hände ab und gehe nach draußen. Die Frau steht immer noch vor unserem Gartenzaun. Ihr Faltenrock flattert im Wind um ihre Beine. Als sie mich sieht, geht sie weiter, als wäre sie nie stehen geblieben.

»Warten Sie!«, rufe ich, da fängt sie an zu rennen. Ich folge ihr bis zur Abzweigung auf den Feldweg, rutsche aus den Pantoffeln und falle der Länge nach hin. Ein brennender Schmerz schießt in meine Knie. Ich beiße die Zähne zusammen und rapple mich wieder hoch. Nun ist sie schon fast beim Wald. Sie ist zu schnell und mit Pantoffeln hätte ich sie ohnehin nie eingeholt. Mit einer Hand in die stechende Seite gepresst, laufe ich zurück zum Haus. Ich hatte mich vorhin so sehr auf die Frau fixiert, dass ich Frau Kocher im Garten nebenan gar nicht bemerkt habe. Sie krümmt sich über ein Gemüsebeet und legt ein Vlies darüber.

»Dieser Garten bringt mich um«, seufzt sie und streckt abwechselnd beide Hände in die Luft, um ihren Rücken zu dehnen.

Ich trete näher.

»Sie sehen gut aus, Frau Isabel. Haben wieder mehr Farbe im Gesicht.«

»Danke.«

»Es freut mich, dass Sie Ihre Tochter gefunden haben. Es gibt schon genug Leid auf der Welt. Mein Patenkind in Afrika, wissen Sie ...«

Der Novemberanfang hat die eisige Kälte von Russland ins Land geweht. Die Bäume sind völlig kahl und mit Eiskristallen überzogen. Ich vergrabe mein Kinn tiefer im Rollkragenpullover und stecke die Hände in die Hosentasche.

»Sagen Sie«, lenke ich vom Thema ab, »bleibt diese Frau von vorhin manchmal auch vor Ihrem Garten stehen und begutachtet Ihr Haus?«

»Die von vorhin?« Sie tut, als könne sie sich nur mit Mühe daran erinnern, dass bis vor ein paar Minuten jemand vor unserem Haus gestanden ist. »Nein, das ist noch nie passiert.«

»Seltsam.«

»Sie hat aber auch nicht in meinem Haus gewohnt.«

»Was sagen Sie?«

»Sie ist die Vorbesitzerin Ihres Hauses.«

Epilog

Sechs Monate danach

Leonies Party zum ersten Geburtstag hat Spuren hinterlassen. Ich steige über die Girlanden am Boden und verstaue die Bauklötze in der Spielzeugtruhe neben dem Sofa. Das Mobile mit den abnehmbaren Schmetterlingen, das ich im Trödelladen gekauft hatte, liegt ebenfalls darin. Ich habe es nie geschafft, es aufzuhängen. Leonie spielt lieber mit den Schmetterlingen, als sie anzuschauen. Während ich den Abfall in einen Sack stopfe, lausche ich immer wieder Leonies heiterem Gelächter, das durch das gekippte Fenster ins Innere dringt. Ab und zu halte ich inne und beobachte, wie Marc sie auf der Babyschaukel anschubst und Leonie vor Aufregung mit den Beinchen strampelt.

Ich sammle die letzten Teller ein und räume sie in die Spülmaschine. Geschafft. Der Schweiß rinnt über meine Schläfe. Aufräumen gleicht für mich einer intensiven Sporteinheit. Ich steige die Treppe hoch und verschwinde im Bad. Vor dem Spiegel streife ich den Pullover über den Kopf, ziehe Jeans und Unterwäsche aus. Nackt betrachte ich mich mit einem wohlwollenden Lächeln. Die Dehnungsstreifen sind mittlerweile verblasst und stören mich nicht mehr. Sie sind wie ein Souvenir an die Schwangerschaft mit Leonie, eine Erinnerung, was mein Körper alles geleistet hat. Ich springe unter die Dusche und lasse das warme Wasser über meinen Körper laufen.

Sechs Monate ist es her, seit ich genau hier stand und Leonie verschwunden ist. Seither ist so viel passiert. Ich habe herausgefunden, dass Marc mich betrogen hat. Mit meiner besten Freundin. Obwohl ich ihm noch nicht vergeben konnte, habe ich ihm am Tag unserer Hochzeit etwas versprochen: in guten wie in schlechten Zeiten. Die schlechten Zeiten sind noch nicht vorbei. Wenn wir uns berühren, schießen mir automatisch die Bilder durch den Kopf, wie er mit Anna schläft, und ich wende mich ab. Jedes Mal dauert es ein wenig länger, bis die Erinnerung zu mir durchdringt. Gestern haben wir uns sogar geküsst. Wir arbeiten uns Schritt für Schritt vor, bleiben dran, bis das Bild von Anna und Marc hoffentlich so sehr verblasst, dass es nichts weiter ist als ein Flimmern im Augenwinkel. Marc liebt mich, das zeigt er mir mit jedem seiner Blicke und mit jeder seiner Handlungen. Er arbeitet jetzt Teilzeit in einem Immobilienberatungsbüro in Bern. Jeden Abend ist er um achtzehn Uhr zu Hause. Einen Tag pro Woche verbringt er allein mit Leonie. Meistens besuche ich dann meine Eltern oder helfe im Trödelladen aus. So fällt es mir leichter, Marc einen Teil der Kinderbetreuung zu überlassen, ohne ständig die Milchmenge in Leonies Fläschchen kontrollieren zu wollen. Marc sagt, er sei mit dieser Lösung glücklich. Ich bin mir nicht ganz sicher, ob das stimmt. Oft ertappe ich ihn dabei, wie er sehnsuchtsvoll in die Ferne schaut, als ob er sich nach einer beruflichen Aufgabe sehnen würde, die für ihn unerreichbar geworden ist. Die anspruchsvollen Stellen warten in Zürich, er aber bleibt für uns in Bern.

»Manchmal muss man etwas, das man liebt, aufgeben, für etwas anderes, das man noch mehr liebt«, sagte er, als ich ihn darauf ansprach. Das konnte ich gut nachvollziehen. Auch ich habe Oxford, meine Doktorarbeit und damit meine akademische Karriere aufgegeben. Für Leonie. Nun tat er das Gleiche.

Leonie sitzt, krabbelt und sagt erste Wörter. Ich durfte jeden ihrer Entwicklungsschritte als Erste bestaunen, genau so, wie ich es mir vorgestellt hatte. Nach einem Papatag meinte Marc, sie hätte zwei Schritte gemacht, ganz allein. Seither hat sie keinen Versuch mehr unternommen, weswegen ich ihm nicht glaubte. Seit einem Monat isst sie Karottenstückchen und nimmt wunderbar zu, jetzt, wo ihr Diabetes bekannt ist.

Ich steige aus der Dusche und rubble mein Haar mit einem Handtuch trocken. Im Schlafzimmer schlüpfe ich in frische Kleidung. Da höre ich Marc aus dem Garten. Immer wieder ruft er meinen Namen. Ich zucke zusammen, mein Herz rast. Stimmt etwas nicht mit der Insulinzufuhr? Ich ziehe mir den Pullover über den Kopf, während ich die Treppe runter und hinaus in den Garten stolpere.

»Isabel, schau mal.« Marc hält Leonies Hände fest und sie hängt mehr, als dass sie auf eigenen Beinen steht, aber sie läuft. Mit tapsigen Schritten erkundet sie den Garten. Ich lache auf vor Erleichterung. Ihr ist nichts passiert.

Ich habe immer noch wahnsinnige Angst, ihr könnte etwas zustoßen. Diese Angst wird mich mein Leben lang begleiten, denn sie gehört zu einer Mutter so wie die unbändige Liebe für ihr Kind. Früher war es die Angst, sie könnte plötzlich im Schlaf aufhören zu atmen. Heute fürchte ich, sie könnte beim Krabbeln auf die Nase fallen oder in eine Steckdose greifen. In ferner Zukunft würde ich bestimmt kein Auge zutun, wenn sie allein in die Schule geht oder nicht zur verabredeten Zeit von einer Party zurückkehrt. Doch nun weiß ich, dass Marc da ist. Im Gegensatz zum Tag ihrer Geburt bin ich nicht allein. Vier Augen sehen mehr als zwei. Und manchmal ist er tatsächlich der Erste, der einen Meilenstein miterleben darf. Lächelnd gehe ich nach draußen zu meiner Familie.

Kurzgeschichten

Hast du dich gefragt, was damals mit Emily wirklich passiert ist? Möchtest du wissen, über was Anna und Marc auf dem Bahnsteig gestritten haben? Und was ging Anna durch den Kopf, als sie Leonie entführt hat?

Dann melde dich jetzt für meinen Newsletter an. Dich erwarten:

- Drei kostenlose Kurzgeschichten zum Buch, die diesen Fragen auf den Grund gehen.
- Exklusive Einblicke ins neue Buchprojekt (Cover, Klappentext, Leseprobe).
- Ein Blick hinter die Kulissen. Begleite mich auf dem Weg von der ersten Idee bis zum fertigen Buch.
- Informationen zu Neuerscheinungen, Rabattaktionen und Gewinnspiele.
- Gedanken zu Themen, die mich beschäftigen.

Hier geht es zu den Kurzgeschichten:
www.monika-luethi.com/kurzgeschichten

Rezensionen

Hat dir das Buch gefallen? Dann würde ich mich sehr freuen, wenn du auf Amazon oder einem anderen Portal eine Rezension schreiben würdest. Zwei, drei Sätze reichen völlig aus. Das hilft mir und meinen Büchern, in der Vielzahl von Neuerscheinungen gesehen zu werden, weiter Romane schreiben und veröffentlichen zu können. Vielen Dank für deine Unterstützung!

Über die Autorin

Es ist mir egal, wenn sich das dreckige Geschirr in der Spüle stapelt und die Brotkrümel vom Abendessen noch unter dem Tisch liegen. Genauso wenig spielt es eine Rolle, ob ich nach einem anstrengenden Tag mit zwei Kleinkindern kaum noch die Augen offen halten kann. Jeden Abend um acht öffne ich meinen Laptop und schreibe seit 2016 die Geschichten auf, die mir durch den Kopf geistern. Viele davon landen im »Abfalleimer für Literatur«, in bester Gesellschaft mit Novellen, Kurzgeschichten und Gedichten von früher. Ein paar wenige funkeln so stark dazwischen hervor, dass ich sie herausfische und überarbeite. Entstanden sind Romane über Frauen, die mit ihrem schlimmsten Albtraum konfrontiert werden. Es geht um Ängste, Schicksalsschläge und Verrat, aber auch um Liebe und Vergebung. Ich schreibe genau die Geschichten, die ich selbst gern lesen würde.

Möchtest du mehr über mich wissen? Dann besuche mich auf meiner Webseite, in den sozialen Medien oder schreib mir eine E-Mail. Ich freue mich über jede Nachricht.

Webseite: www.monika-luethi.com
Instagram: www.instagram.com/monika.schreibt
Facebook: www.facebook.com/monika.schreibt
E-Mail: monika@monika-luethi.com

Danke

Ohne die vielen lieben Menschen, die mich bei der Entstehung dieses Buches begleitet haben, würde es jetzt garantiert noch in der Schublade liegen.

Danke, liebe Astrid, nicht nur für deine Ermunterung, den Schritt zu wagen und mein Manuskript lektorieren zu lassen, sondern auch für deine tatkräftige Unterstützung im Veröffentlichungsprozess.

Ein riesiges Dankeschön an meine Testleser. Die Geschichte brauchte drei Runden und unzählige Überarbeitungen, bis sie stimmig war. Sabine, Nicole, Nina, Ella, Andrea, Sarah, Kiri, Stephanie, Carina und Annette, eure Anmerkungen waren von unschätzbarem Wert!

Danke Kilt für die Weitergabe deines Polizeiwissens und an Manuel für die Beantwortung der medizinischen Fragen. Ihr habt mir einige grobe Schnitzer erspart.

Mein größter Dank geht an meine Familie. Danke, dass ihr mir Montage und Abende freihaltet, damit ich in meinen Geschichten versinken kann.